Beijos e Croissants

ANNE-SOPHIE JOUHANNEAU

Beijos e Croissants

Tradução
Natalie Gerhardt

Alt

Copyright © 2021 by Alloy Entertainment
Copyright da tradução © 2023 by Editora Globo S.A.

Publicado mediante acordo com Rights People, London.

Produzido por Alloy Entertainment, LLC.

alloyentertainment

Os direitos morais do autor foram assegurados. Todos os direitos reservados. Nenhuma parte desta edição pode ser utilizada ou reproduzida — em qualquer meio ou forma, seja mecânico ou eletrônico, fotocópia, gravação etc. — nem apropriada ou estocada em sistema de banco de dados sem a expressa autorização da editora.

Título original: *Kisses and Croissants*

Editora responsável **Paula Drummond**
Editora assistente **Agatha Machado**
Assistentes editoriais **Giselle Brito e Mariana Gonçalves**
Preparação de texto **Thaís Lima**
Diagramação e adaptação de capa **Carolinne de Oliveira**
Projeto gráfico original **Laboratório Secreto**
Ilustração de capa © **2021 by Carolina Melis**
Design de capa original **Casey Moses**

**Texto fixado conforme as regras do Acordo Ortográfico
da Língua Portuguesa (Decreto Legislativo nº 54, de 1995)**

CIP-BRASIL. CATALOGAÇÃO NA PUBLICAÇÃO
SINDICATO NACIONAL DOS EDITORES DE LIVROS, RJ

J75b

    Jouhanneau, Anne-Sophie
        Beijos e croissants / Anne-Sophie Jouhanneau ; tradução Natalie Gerhardt. - 1. ed. - Rio de Janeiro : Alt, 2023.

        Tradução de: Kisses and croissants
        ISBN 978-65-85348-08-9

        1. Romance francês. I. Gerhardt, Natalie. II. Título.

23-85246   CDD: 843
                     CDU: 82-31(44)

Gabriela Faray Ferreira Lopes - Bibliotecária - CRB-7/6643

1ª edição, 2023 — 5ª reimpressão, 2025

Direitos de edição em língua portuguesa para o Brasil
adquiridos por Editora Globo S.A.
R. Marquês de Pombal, 25
20.230-240 – Rio de Janeiro – RJ – Brasil
www.globolivros.com.br

Para Scott

Capítulo 1

Corro pelo aeroporto, usando uma calça larga, e sinto meu cabelo esvoaçando. Uma criancinha fazendo pirraça entra no meu caminho e salto por cima dela em um *grand jeté* até que elegante antes de fazer uma pirueta para desviar de um homem que está se esforçando para carregar a mala gigantesca.

— *Faites attention!* — grita uma mulher para mim depois de eu quase pisar no pé dela. *Cuidado!*

A questão é que eu posso ser cuidadosa ou me atrasar, e me atrasar não é uma opção no momento. Esta garota estadunidense aqui precisa chegar ao outro lado de Paris *tout de suite*.

— Desculpe! — grito, enquanto corro pelo terminal do Charles de Gaulle com a mochila balançando nos meus ombros.

O motivo do meu atraso foi a forte tempestade que caiu sobre Nova York ontem à noite, resultando em vários atrasos no horário previsto de decolagem, primeiro de quatro horas, passando para seis. Parei de contar depois disso para não desmaiar diante da ideia de perder o meu primeiro dia na escola. Bem, não uma *escola* propriamente dita. Escola é moleza se comparada ao que me espera por aqui.

Eu me deparo com um grupo de crianças ocupando toda a extensão do corredor do terminal e quase caio de cara no chão, mas consigo evitar a queda com um *pas de basque*. Agradeço mentalmente à minha memória muscular adquirida graças a anos de aulas de balé.

Confesso que não foi assim que imaginei passar as minhas primeiras horas em Paris. Eu tinha uma visão perfeita do que deveria acontecer: eu seria recebida por uma manhã quente e ensolarada ao sair do avião, meu cabelo castanho estaria lustroso, e os cachos, com movimento mesmo depois do voo de sete horas. Eu jogaria minhas sapatilhas de ponta sobre um dos ombros e falaria algo fofo em francês com sotaque perfeito, resultado de meses de estudo, antes de começar elegantemente o melhor verão da minha vida: um programa intensivo de balé no renomado *Institut de l'Opéra de Paris*. Um sonho, *non*?

Em vez disso, empurro "delicadamente" algumas pessoas para pegar minha mala na esteira de bagagem e começo a procurar a palavra *taxi* nas placas que pendem no teto. É quando uma coisa muito doida acontece.

— Mia?

Hum... Como alguém em Paris sabe quem eu sou?

— Mia? É você?

Levo um segundo para reconhecer aquela voz. Eu me viro e lá está a minha arqui-inimiga. Ou seria, se eu realmente acreditasse em arqui-inimigas.

— Eita! Audrey! O que você está fazendo aqui?

Percebo que é uma pergunta idiota assim que as palavras saem da minha boca.

— Acho que o mesmo que você, né? — responde ela, parecendo surpresa.

Quando comprei minha passagem para Paris, fiquei surpresa com o número de voos vindo para cá todos os dias.

Acho que pegamos voos diferentes, mas ambos atrasaram por causa da tempestade. De qualquer modo, quase consigo ouvir os pensamentos dela se perguntando: *Como foi que a Mia foi aceita em um dos programas mais exclusivos e renomados de balé do mundo?*

"Porque me acabei de treinar", sinto vontade de responder.

Não vou mentir: Audrey é uma das melhores bailarinas da nossa idade na região interestadual de Nova York, Connecticut e Nova Jersey. Mas quer saber? Eu também sou. Sei disso porque já disputamos várias vezes em todas as maiores competições de dança desde que saímos do berço, por assim dizer. Moro em Westchester, uma cidade bem próxima da cidade de Nova York, e Audrey mora em Connecticut, então, felizmente, a gente não faz aula na mesma escola de balé, mas, várias vezes ao ano, eu a vejo conseguir papéis, receber honrarias e quase sempre ficar *um pouco* à minha frente.

— *Você* entrou no *Institut de l'Opéra de Paris*? — pergunta Audrey, pronunciando o nome da escola com francês perfeito e uma das sobrancelhas levantadas, demonstrando incredulidade. Percebo que ela se arrepende da pergunta, porque acrescenta em seguida: — Tipo, em que nível você entrou?

Pigarreio, tentando conseguir mais tempo. O programa tem cinco níveis, e alunos de todo o mundo são alocados de acordo com as habilidades demonstradas no vídeo de inscrição.

— Quatro — respondo, sustentando o olhar.

Quatro é ótimo. Fiquei *tão* animada por entrar no nível quatro. Sério, fiquei feliz da vida só por ter sido aceita, principalmente depois de ter sido rejeitada pelo programa de verão do American Ballet Theatre, em Nova York. Eu me esforcei a vida toda para entrar em um projeto como este. O balé está na minha família há gerações, ou foi o que me disseram, e sei que minha avó teria ficado muito decepcionada se eu não tivesse ingressado em nenhuma escola, embora eu soubesse que minha decepção seria dez vezes pior.

— Isso é ótimo — diz Audrey, segurando a alça da mala com força, o único sinal que denuncia sua reação. Sim, eu sou boa o suficiente para o nível quatro.

— E você está no...? — começo, embora eu já tenha adivinhado a resposta.

— Cinco — responde ela em tom calmo.

Concordo com a cabeça e forço um sorriso. É claro que está. Tudo bem, na verdade. Sou obrigada a admitir, a técnica de Audrey é impecável.

— Você vem? — pergunta em tom sério, começando a andar na minha frente. — É melhor dividirmos um táxi. Não faz o menor sentido pegar dois se estamos indo para o mesmo lugar — acrescenta como se estivesse falando com uma criança.

— Claro. — Odeio admitir que ela está certa. — Mas a gente deve estar em alojamentos diferentes, né?

Olho o endereço do meu no meu celular, e Audrey lê sobre meu ombro. Ela solta um suspiro.

— É o mesmo que o meu. Será que eles colocaram todo os alunos estadunidenses juntos?

— É o que parece — digo, enquanto seguimos para o ponto de táxi.

Não me preocupo mais em esconder minha irritação. Há mais de cem jovens entre catorze e dezoito anos no programa de verão de balé, e há alojamentos espalhados por toda a cidade. No instante em que recebi meu kit de admissão, com o endereço de onde eu ia ficar, achei que tivesse ganhado na loteria de Paris. Agora não tenho mais tanta certeza.

— Boulevard Saint-Germain — digo para o motorista assim que nos acomodamos no banco de trás do carro cinza metálico com assentos de couro. Até os táxis em Paris são chiques.

O homem franze a testa para mim pelo retrovisor, e não sei o que mais posso fazer além de franzir de volta. Não faço ideia do que está acontecendo. Meus pensamentos estão confusos. Mesmo que eu tivesse dormido durante o voo, só a presença de Audrey já seria o suficiente para me desestabilizar.

Ela meneia a cabeça e entrega para o motorista seu celular, que mostra um mapa com o endereço do nosso alojamento. Meu erro de iniciante me deixa constrangida. Pesquisei tanto Paris que deveria saber que a Boulevard Sant-Germain é uma das mais longas da cidade. Ela serpenteia por quase toda a Rive Gauche, a região de Paris ao sul do Sena. É basicamente o mesmo que dizer a um taxista de Nova York que você está indo para a Quinta Avenida.

Audrey me lança um olhar firme que parece dizer *sua sorte é que estou aqui.*

O celular dela toca quando estamos entrando na via expressa: uma ligação por vídeo com a mãe. Não a conheço, mas sei quem é: uma primeira bailarina aposentada que passou toda a carreira no Bolshoi Ballet, em Moscou. Enquanto escuto Audrey reclamando que o atraso do voo quase destruiu sua vida, percebo que nem avisei aos meus pais que cheguei. Mando uma mensagem rápida dizendo que está tudo bem e meu pai responde na hora.

Boa sorte na orientação! Mostre a eles quem é que manda!

Te amo.

Sorrio e respondo.

> Vou tentar! Te amo também.

Não recebo nenhuma mensagem da minha mãe. Fico olhando para o celular, cheia de esperanças, desejando e esperando. Ela ainda está com raiva de mim. Vovó jurou que ela já teria superado quando eu partisse para Paris, mas, pelo visto, isso ainda não aconteceu.

Desde pequena, dançar é a minha vida. Para minha mãe, porém, não passa de um hobby, algo que faço para me divertir, uma atividade extracurricular para me manter ocupada nos fins de semana. Sempre digo a ela que quero ser bailarina profissional e que estou disposta a fazer tudo o que for necessário para isso, mas ela sempre faz pouco caso, como se fosse uma fase que vai passar. Por sorte, entre meu pai e vovó Joan (mãe da minha mãe), sempre há alguém para me levar para as aulas, me ajudar a costurar os figurinos para as apresentações e me aplaudir em espetáculos importantes.

Mas as coisas ficaram tensas de verdade com ela quando comecei a falar em me inscrever para este programa.

— Você não entrou em Nova York. Por que vai tentar de novo para Paris?

Eu tinha acabado de receber a minha carta de rejeição do ABT e me esforçava para não demonstrar o quanto estava arrasada. Sempre soube que seria muito concorrido, mas acreditei que, depois de uma vida me dedicando à minha arte, eu tinha uma chance real. Mas minha mãe não concordou.

— Tantas garotas querem isso; simplesmente não existem vagas para todas — disse, com uma expressão de tristeza. Dói muito perceber que ela estava certa.

— Paris é o maior sonho de qualquer aspirante a bailarina — retruquei.

Para ser sincera, não era bem assim que estava me sentindo na época. Mesmo sendo verdade — o programa de Paris é tão reconhecido quanto o de Nova York —, o meu grande sonho realmente era entrar no programa do ABT e um dia fazer parte da companhia. Mas aquilo não ia acontecer neste verão, e eu não consegui aceitar a derrota. No mundo do balé, todo mundo se conhece e fronteiras meio que não existem. Se eu conseguisse entrar no programa de Paris, então daria um jeito de conseguir entrar no ABT um dia. Eles não iam se livrar de mim tão fácil, mesmo que eu precisasse cruzar um oceano para provar isso. Pelo menos foi o que disse para mim mesma.

Minha mãe meneou a cabeça.

— São suas últimas férias de verão. Você não quer sair com seus amigos, ir para piscina, ao cinema? Simplesmente fazer outras coisas?

— Existem piscinas e cinemas em Paris também.

Ela ignorou meu tom irritado.

— Mia, tem muito mais na vida do que o balé. Você precisa ter um plano B. Todo mundo deveria ter um, principalmente quando se tem apenas dezessete anos e se está correndo atrás de um sonho impossível.

Ela nunca tinha dito aquilo de forma tão direta antes. Um sonho impossível. Obrigada por acreditar em mim, mãe.

Apesar de tudo que ela disse, continuei ensaiando para o meu vídeo, verificando todos os requisitos: uma apresentação para explicar minha experiência e minha formação, uma demonstração de cada um dos passos-chave e, por fim, uma coreografia autoral de pelo menos dois minutos. Vovó

Joan até fez uma surpresa para mim e me deu um lindo collant de um tom cinza azulado.

— Vai ser seu collant de balé em Paris — disse ela, enquanto eu corria para o meu quarto para experimentar. Serviu perfeitamente e combinou com meus olhos azuis.

— Mas eu ainda nem fui aprovada — respondi para ela enquanto ajustava as alças no ombro.

Senti as mãos trêmulas ao me imaginar fazendo *pliés* em uma academia parisiense bem-iluminada.

— Mas vai ser — retrucou vovó com voz firme. — Como poderiam dizer não? O balé está no seu sangue.

— Mãe! — exclamou minha mãe para minha avó ao entrar no quarto. Ela lançou um olhar cético para o pôster com a pintura de Degas sobre minha cama. — Será que pode parar de dizer essas coisas? Isso nem é verdade.

Minha avó suspirou e se virou para mim.

— É claro que é verdade. Você vem de uma longa linhagem de bailarinas, Mia. — Ela deu uma piscadinha para mim. — Você acredita em mim, não é?

Vovó Joan sempre me contou a mesma história desde o dia que vesti meu primeiro tutu. A primeira parte com certeza era verdade: minha bisavó era francesa. Aos vinte e três anos, ela conheceu um estadunidense em Paris e se mudou para os Estados Unidos logo depois do casamento. Mas antes disso, e é aí que as coisas ficam um pouco nebulosas, ela dançava balé. Assim como a mãe dela, e a mãe da mãe dela, até o fim do século XIX, quando minha tataravó foi uma *danseuse étoile*, a primeira bailarina, a posição mais notável da Ópera de Paris. Supostamente, por volta da época que Edgar Degas criou suas famosas pinturas de bailarinas.

Minha avó insiste que Degas pintou minha tataravó, e que ela foi a modelo de umas das suas obras-primas. A falta de especificidade nessa lenda familiar deixa minha mãe louca da vida. Ela não acredita nessa história e, sempre que vovó Joan fala nisso, fica feliz em dizer que ninguém sabe exatamente em que quadro nossa antepassada deve estar e que ninguém sequer lembra o nome dela. *Se é* que ela era bailarina mesmo. Minha mãe nunca me deixa esquecer que é mais provável que essa seja uma história inventada e impossível de saber ao certo. Ela não quer que eu acredite em contos de fadas.

Mas eu acredito.

Só esse mito é prova suficiente de que o balé é o meu destino: como algo tão peculiar poderia ir passando de geração em geração se não fosse verdade? Essa história sempre fez parte de mim, da forma como danço. Quando estou me apresentando, às vezes imagino minha ancestral rodopiando pelo palco, iluminada por holofotes a gás, enquanto Degas pegava seus pincéis, tintas e pastéis e os deslizava sobre a tela ou papel. Gosto de pensar que ela foi parte de sua inspiração, que ele a viu rodopiar em um mar de cores e luzes.

Usei meu collant novo para o vídeo da audição e Camilla, minha melhor amiga do balé, me ajudou a filmar. Ela tinha decidido só se inscrever em programas de verão locais e jurou que não tinha nada a ver com o fato de não querer ficar longe do namorado, um aspirante a músico chamado Pedro. Acho que minha mãe queria que eu também tivesse um namorado, mas minha experiência romântica até agora só serviu para provar que ninguém consegue fazer meu coração flutuar como o balé. Para combinar com o collant, prendi o cabelo em um coque firme e me maquiei com capricho. E, dois meses depois, fui selecionada para o *Institut de l'Opéra de Paris*, exatamente como vovó afirmara.

Fecho os olhos por um momento e, quando os abro de novo, estou diante de uma das igrejas mais famosas do mundo.

— Notre-Dame! — dou um gritinho para Audrey, que nem reage.

Pressiono o rosto contra a janela, mergulhando na beleza das duas torres que nosso táxi vai deixando para trás, a estrutura em arco se revelando nos fundos, e a magnificência grandiosa de tudo aquilo. Minha primeira visão de Paris! Mas não tenho tempo para saborear o momento, porque nosso carro vira à direita e, alguns minutos depois, chegamos a uma rua cheia de ciclistas, ônibus e pedestres.

— Finalmente — diz Audrey, olhando pela janela.

O motorista buzina enquanto uma bicicleta passa zunindo por nós. Estou definitivamente acordada agora. O ciclista se vira para o carro e berra alguma coisa que só posso supor ser um insulto, embora seja francês e soe elegante para mim. Nosso motorista meneia a cabeça em resposta enquanto estaciona diante de um prédio de pedras brancas de uns seis andares, com janelas pequenas, todas com cortinas cinza. Nosso lar de verão. Graças à minha pesquisa no Google Street View, sei exatamente onde estamos, a um passo das margens do Sena e do bairro universitário chamado Saint-Michel.

Dentro do prédio é bem silencioso. De acordo com o kit de admissão, meu quarto fica no terceiro andar, e puxo minha mala pela escadaria em caracol, um degrau de cada vez, enquanto Audrey se apressa escada acima carregando a sacola de lona.

— Eu sabia! — grita para mim, enquanto ainda estou na escada.

Quando a alcanço, ela está diante de uma porta, meneando a cabeça.

Um cartão escrito à mão informa: *Audrey Chapman & Mia Jenrow*.

Respiro fundo. Colegas de quarto. *Ugh*.

No quarto, há duas camas de solteiro com cabeceira de metal em paredes opostas, ambas pintadas de bege. Também há dois armários minúsculos e uma escrivaninha de metal na qual quase não cabe um laptop. A janela dá para o prédio do outro lado de um pátio interno, deixando pouca luz entrar, embora já seja o meio da tarde. Tudo bem, não é tão glamoroso quanto imaginei.

Sem dizer nada, Audrey passa por mim e escolhe a cama perto da janela. Ela rapidamente pega roupas limpas e vai para o banheiro comunitário. Pego uma camiseta listrada e uma saia azul-marinho esvoaçante e faço o mesmo. Dez minutos depois, estamos as duas de volta ao quarto, prontas para sair, quando noto o tubo de papelão saindo da minha mala e paro.

— O que foi agora? — questiona Audrey, parada já quase na porta.

O atraso do voo significa que precisamos sair imediatamente se quisermos chegar à orientação na hora.

Não quero ter que explicar para ela que dentro do tubo está um dos meus quadros favoritos de todo o mundo. Prometi a mim mesma pendurá-lo assim que eu chegasse em Paris. Só vai levar um minuto.

— Pode ir na frente. Eu... — Pego o tubo e o abro. — Só preciso fazer uma coisa.

Audrey me lança um olhar engraçado, os olhos castanhos e grandes contornados por cílios grossos com curva perfeita.

Tenho certeza de que ela vai sair correndo pela porta e não vai me dirigir a palavra pelo resto do verão. Em vez disso, ela pega alguns alfinetes no quadro de cortiça acima da escrivaninha e tira os sapatos.

— Rápido — diz.

Estou chocada demais para responder enquanto me junto a ela na minha cama. Um instante depois, dou um sorriso quando absorvo a imagem que sempre vejo ao acordar desde que me entendo por gente: "Ensaio de balé no palco", a pintura de Edgar Degas mostrando bailarinas com saias de tule, ensaiando no palco da Ópera de Paris. É tão impressionante; quase consigo sentir a tensão antes de as cortinas se levantarem.

— É uma superstição... — começo.

Audrey me interrompe.

— Eu entendi. Eu coloco sempre a minha roupa de balé da mesma forma: primeiro a alça no ombro esquerdo e só depois no direito, o mesmo com a meia-calça e com a sapatilha... Não consigo dançar se eu não fizer isso.

Dou um sorriso. Audrey e eu nunca tínhamos trocado mais do que algumas palavra frias antes, mas isso é promissor.

— É uma pintura bonita — admite ela.

Com as bailarinas de Degas olhando por mim, minha aventura em Paris pode finalmente começar.

Capítulo 2

Uma batida repentina na porta nos sobressalta. A porta do nosso quarto se abre, e uma garota negra baixinha com cabelo preto e comprido entra.

— Mia, Audrey, *até que enfim!* — A voz da garota é alegre, com um forte sotaque britânico. — Sou a Lucy. Todo mundo já saiu para a orientação, mas Anouk e eu preferimos esperar por vocês.

Lucy dá um passo para o lado e uma garota muito alta, branca e loura entra. Anouk acena para nós e dá um sorriso gentil.

Sinto uma onda de gratidão. Aquelas garotas nem nos conhecem e esperaram por nós. Quem faz isso hoje em dia?

— Prazer em conhecê-las!

— Anouk participou do programa no ano passado e conhece Paris muito bem — diz Lucy, fazendo um gesto para sairmos logo. — Venham, vamos logo.

— Pegamos a linha dez e depois a cinco — diz Anouk com um sotaque que não consigo associar a nenhum lugar. Ao ver minha expressão confusa, ela esclarece: — São as linhas do metrô.

— Ah, claro! — digo.

Podemos até estar atrasadas, mas pelo menos não vamos nos perder.

— Ah, e aqui — acrescenta Lucy, tirando uma coisa da bolsa. Ela nos entrega dois croissants embrulhados em guardanapos de papel e duas tangerinas. — Guardamos para vocês do café da manhã, para o caso de não terem tido tempo de comer nada.

Eu nem tinha notado como minha barriga estava roncando.

— Obrigada! — agradeço, aceitando a minha parte e dando uma mordida no pão. Uau. O sabor amanteigado é maravilhoso e eu gostaria de ter mais tempo para aproveitar a minha primeira provinha da França. — Vocês duas acabaram de se tornar minhas pessoas favoritas em todo o mundo — digo entre uma mordida e outra.

Audrey murmura um agradecimento frio quando Lucy entrega a comida para ela. Acho que é meio rude da parte de Audrey, mas sei que ela não está aqui para fazer amigas.

Gostaria de ser tão disciplinada assim, mas *gosto* de amigos. Amigos são... legais. Penduro a bolsa no ombro e calço os sapatos.

— Estou pronta — digo.

Quando o trem para na estação da Bastilha, já descobri que Anouk é holandesa, de Amsterdã, e que Lucy é de Manchester, no norte da Inglaterra. Anouk parece muito focada e quer nos levar para a escola o mais rápido possível, talvez por já ter passado por aquilo antes, ao passo que Lucy vai falando durante todo o trajeto, fazendo comentários engraçados sobre Paris e rindo como se a gente já se conhecesse há um tempão. Sei que acabamos de nos conhecer, mas já adoro essas garotas.

Ao sairmos do metrô para a Praça da Bastilha, não consigo evitar dar uma paradinha para olhar em volta, boquiaberta.

Paris está ao meu alcance de uma maneira bem real. Posso ter passado meses olhando imagens da cidade no Instagram, mas é totalmente diferente vê-la ao vivo. A *Opéra Bastille* está bem diante de nós, uma estrutura de vidro ultramoderna elevando-se imponentemente sobre a rotatória que leva o mesmo nome da praça. Pela minha pesquisa, sei que essa construção impressionante é uma das *duas* óperas que existem na cidade. A original, *Opéra Garnier*, é um palácio luxuoso do outro lado de Paris que abrigou séculos de apresentações de balé. É onde Degas praticamente morou.

O trânsito está intenso, os carros buzinam e os turistas param para tirar fotos. Árvores ladeiam as calçadas com suas folhas verde-escuras. Enquanto Anouk nos leva por uma ruazinha tranquila à esquerda, resisto ao impulso de sair girando de felicidade por finalmente estar aqui. Alguns minutos depois, vemos nossa escola. É uma construção clássica de pedras claras e coberta por um telhado de ardósia, como vemos por toda a cidade. Pelas janelas abertas, consigo ouvir o piano e a contagem da professora marcando o ritmo:

— *Un, deux, trois, quatre.*

Há uma inscrição acima das portas duplas em um tom de azul escuro na qual se lê *L'Institut de l'Opéra de Paris.*

— Somos as garotas mais sortudas do mundo — diz Lucy com um suspiro feliz enquanto subimos pela escadaria de mármore.

— Principalmente as que estão no nível 5 — acrescenta Audrey.

Reviro os olhos, mas o sorriso de Lucy se apaga um pouco. Ela abre a boca para retrucar, mas Anouk intervém:

— O nível 4 também é incrível... Quase ninguém entra no nível 5 no primeiro ano aqui. — Ela baixa o tom para um sussurro e acrescenta: — Nem no segundo — conclui, como se falasse por experiência.

Audrey não diz nada, mas os lábios formam um sorrisinho satisfeito.

Lá dentro, o hall está lotado enquanto os alunos fazem fila para entrar no auditório. Chegamos bem na hora para a orientação. *Ufa*. Nós quatro nos acomodamos nos assentos mais próximos do palco que conseguimos. Olho em volta e fico impressionada com a diversidade de adolescentes aprovados para o programa: alguns altos e magros, outros baixos e atléticos; a maioria garotas, mas há também alguns garotos espalhados. No intervalo de alguns minutos, acho que ouvi pelo menos três idiomas além de francês e inglês. Está claro que a escola trouxe os melhores talentos de todo o mundo. O silêncio toma o recinto quando Myriam Ayed, a mais famosa *danseuse étoile* do Balé de Paris, pisa no palco. Ela é conhecida por seu talento extraordinário, mas também chegou às manchetes quando foi promovida, porque ela é a primeira mulher negra a se tornar primeira bailarina da Ópera de Paris. Como uma mulher de ascendência multiétnica — marroquina e francesa —, ela foi aclamada como *a* mudança da qual o balé francês precisava: um sinal de que a dança clássica poderia se modernizar se mantendo fiel à tradição. Ela é igualzinha às fotos: musculosa, com traços desenhados, mas olhos calorosos. Sou tomada por uma estranha emoção só de estar no mesmo lugar que ela.

— Que prazer receber vocês aqui — diz a srta. Ayed ao microfone, olhando lentamente pelo salão com um sorriso.

Ela fala em inglês, o idioma oficial do programa de verão, mas o forte sotaque francês está presente em cada uma das palavras.

— Vocês todos se esforçaram tanto para estar aqui hoje e devem valorizar essa vitória.

Ela bate palmas algumas vezes e todos se juntam a ela.

— Já estive exatamente onde estão agora, não faz muito tempo, e sei que ser selecionado já significa que temos o necessário para chegarmos lá. Mas o trabalho de vocês acabou de começar.

Os aplausos diminuem e a srta. Ayed continua:

— É com grande prazer que anuncio que vocês vão dançar *O lago dos cisnes* na apresentação final. Os respectivos *maîtres de ballet* de cada nível vão definir os papéis no início da próxima semana, e estarei torcendo por todos vocês das coxias.

Sinto o coração acelerar. *O lago dos cisnes* é o meu balé favorito (tão dramático! Tão arrebatador! Tão desafiador em termos técnicos!), mas só participei no corpo de baile. Eu faria qualquer coisa para ganhar o papel de Odette, mas os papéis principais com certeza devem ir para os dançarinos do nível cinco. Audrey provavelmente vai ser uma delas.

Olho para o lado e vejo Audrey mordendo o lábio inferior, concentrada em cada palavra que sai da boca de Myriam Ayed. Ela está bancando a forte, mas tenho certeza de que está mentalmente torcendo para conseguir o papel principal.

Depois que conhecemos *monsieur* Dabrowski, o diretor artístico da escola, e alguns outros professores, vamos para o refeitório no qual vamos almoçar todos os dias a partir de agora.

O corre-corre no aeroporto de manhã me deixou faminta, e me sirvo de uma porção extra de queijo, um Camembert cremoso, para me sustentar até a hora do jantar. Depois disso, somos divididos em pequenos grupos para uma visita guiada pelos cinco andares, compostos por várias salas de aula com paredes de vidro e pé-direito alto, lindos pisos antigos de tábua corrida e pianos Steinway, além dos vestiários. Os corredores parecem infinitos, e as salas são muito maiores e mais impressionantes do que as que conheço, mas digo para mim mesma que logo, logo, vou aprender a andar por ali sozinha.

No fim da tarde, Lucy, Anouk, Audrey e eu nos encontramos nas escadaria na frente da escola. Eu me aproximo do nosso grupo, um pouco curiosa sobre um detalhezinho *muito* importante.

— Myriam Ayed não disse muita coisa sobre a apresentação final. E ninguém mais falou sobre os diretores dos programas de formação de bailarinos. Eles vão assistir à nossa apresentação de *O lago dos cisnes,* não vão?

Embora o programa intensivo de verão não seja uma competição — não dão medalhas no fim e os alunos não são julgados —, não é segredo que muitos diretores do programa de formação de bailarinos das maiores companhias de balé do mundo assistem às apresentações finais na esperança de descobrir um novo talento. A pessoa que tem sorte suficiente para ser escolhida por um tem a chance de ensaiar junto com o corpo de baile por um ano antes de, se tudo der certo, entrar para a companhia de forma definitiva. Tenho certeza de que este é o objetivo de quase todo mundo que está participando do programa.

Dizem que os professores passam o nome dos alunos favoritos de antemão para os diretores, o que significa que temos que dar o nosso melhor durante todo o verão para causar uma boa impressão. Se o *maître de ballet* notar você, então é provável que um diretor do programa de formação também note. E se isso acontecer... um convite pode estar a caminho.

— Anouk, isso é verdade? — pergunta Lucy. — Alguém da turma do ano passado recebeu convite para algum programa de formação?

Nós três voltamos a atenção para Anouk. Se alguém sabe de alguma coisa, esse alguém é ela.

— Não olhem para mim — diz ela, brincando. — Eu entrei no nível três.

— Mas você deve ter ouvido alguma coisa — insisto.

— Tá legal — diz Anouk —, mas depois não venham me culpar se isso não acontecer.

— Pare de enrolar — diz Audrey com grosseria. Lucy e eu franzimos a testa para ela, que suspira. — Tipo, fala logo, nós *precisamos* saber.

Anouk se aproxima mais.

— Pelo que ouvi, no fim da apresentação, os diretores de programas de formação fazem uma lista dos alunos nos quais estão interessados. Em geral, os protagonistas, mas nem sempre. Eles podem decidir que alguém no corpo de baile também tem potencial.

Mordo o lábio. Então existe uma chance para as pessoas do nível quatro também. Mesmo que pequena, ela existe.

— Então — continua Anouk —, eles convidam os alunos para uma audição particular. Acho que no dia seguinte. No ano passado, estavam o Australian Ballet, Bolshoi Ballet, Royal Danish Ballet, da Dinamarca, Royal Ballet de Londres e a ABT, é claro.

Audrey me olha bem na hora que estou olhando para ela. ABT. O American Ballet Theatre, em Nova York.

Fecho os olhos e vejo incontáveis fins de semana de ensaio, minhas férias escolares cheias de competições e torneios em lugares distantes, as noites que passei fazendo curativo nos dedos machucados. Tudo isso me trouxe até aqui. Esta é a prova de que sempre existe mais uma chance. O ABT pode ter me rejeitado uma vez, mas eu estou só começando.

Capítulo 3

As meninas decidem pegar o metrô de volta para o alojamento, mas não estou com vontade de ir ainda. Este é o meu primeiro dia em Paris, quero aproveitar antes de as aulas começarem de verdade amanhã.

— Acho que vou passear um pouco — digo, surpreendendo a mim mesma.

Nunca fiquei sozinha em uma cidade grande, e não conheço nada aqui. Eu deveria voltar, desfazer as malas e descansar. Fazer o certo. Mas não quero.

Lucy franze as sobrancelhas.

— Eu vejo vocês no jantar — prometo.

Audrey e Anouk começam a se afastar, mas Lucy insiste.

— Você vai ficar bem?

Dou um sorriso.

— Estou em Paris. É claro que vou ficar bem.

Em vez de ir para o sul, sigo para o oeste em direção ao coração da cidade. Fico com os olhos arregalados enquanto tento absorver tudo de uma vez: o cheiro penetrante do asfalto aquecido pelo sol de verão, a aparência casual, mas arrumada, da maioria dos pedestres (ninguém de short, nenhum chinelo de dedo à vista), o lindo tom de azul-claro no céu. Ouvi dizer que Paris é chamada de cidade cinza, mas hoje o sol está brilhando como se quisesse fazer um espetáculo só para mim.

Enquanto caminho por um bairro moderno chamado Marais, de acordo com o mapa no meu celular, noto um mar de toldos vermelhos acima de fileiras de cafés; as ruas estreitas e sinuosas de paralelepípedos; os prédios limpos e cor de creme; letreiros antigos sobre as lojas.

Parece que voltei no tempo. É a Paris dos filmes, com a qual sonho desde que descobri que estava vindo para cá. Tem uma arte pintada na lateral de um prédio de uma mãe com uma filha de mãos dadas, um lembrete de que eu ainda não liguei para a minha. Coloco os fones de ouvido e ligo para o número fixo de casa. Meu irmão, Thomas, atende depois de alguns toques.

— Sou eu — digo, entrando em uma ruela para sair do caminho dos outros pedestres.

A ponta da minha sandália do pé esquerdo agarra em um paralelepípedo pela terceira vez em alguns minutos e quase caio. Não tenho ideia de como as *parisiennes* conseguem andar de salto alto. Essas calçadas estreitas e estranhas são como pistas de obstáculos para guerreiros de rua treinados.

— Ah, oi — diz ele com voz distraída, enquanto ouço o som do videogame ao fundo.

— A mamãe tá aí? — pergunto.

— Ela tá no trabalho — responde Thomas. — É meio do expediente.

— Claro, dã. — Eu me esqueci de que Paris tem um fuso de seis horas na frente. — O Aveer está aí?

Aveer é o melhor amigo do meu irmão, e, como eles são praticamente inseparáveis, já sei a resposta. Só não quero desligar ainda. Thomas grunhe a resposta.

— Hum, então tá. Diga para a mamãe que eu liguei, tá? E diga para o papai que tá tudo bem.

Enquanto estou falando, dois cachorros muito bem cuidados se aproximam. O menor, um pug de pelo abricó, para e cheira os meus pés. Eu me abaixo e faço carinho na cabeça dele. Sinto o cheiro de xampu, do tipo mais caro. E eu que achei que *eu* era chique com o meu sabonete com cheiro de rosas.

A mulher que segura a guia me lança um olhar incrédulo.

— *Allez viens, Lucien* — diz, puxando o cachorro e esfregando onde eu tinha tocado nele.

Será que cometi algum tipo de gafe francesa? Em Westchester, todo mundo deixa você fazer carinho no cachorro. Vejo a mulher se afastar, fazendo um gesto para o homem ao lado dela. Fico imaginando se ela está falando sobre a estadunidense mal-educada que encostou no cachorro dela sem autorização. Ops.

— Então, tá — diz meu irmão. — Divirta-se, maninha.

— Espera! A mamãe disse alguma coisa sobre mim? — pergunto.

— Tipo o quê?

— Nada. Esquece.

— Tá bem... Ah, a vovó Joan passou aqui ontem. Ela ficou falando de uma tal de tia Vivienne — continua Thomas. — Quem é tia Vivienne? — Ele pronuncia como "Vivian", mas sei exatamente de quem está falando.

— Não se preocupe com isso — digo. — E talvez seja melhor não falar com a mamãe sobre isso, tá?

Depois que desligamos, continuo andando, andando e andando, me sentindo uma pessoa incrível por estar descobrindo uma cidade estrangeira sozinha, mas tentando parecer alguém que sempre faz isso e sem ficar olhando muito para o celular.

Começo a pensar na conversa que tive com a vovó Joan no dia que ela me deu o collant cinza, quando filmei minha audição. Eu estava emburrada no quarto, preocupada que minha apresentação não tinha sido boa o suficiente para ser aceita.

Vovó Joan tinha ido jantar e foi se despedir de mim antes de voltar para casa. Ela se sentou na minha cama ao meu lado e começou:

— Quando você for para Paris...

Suspirei.

— *Se* eu for para Paris...

— *Quando* você for para Paris, você deve fazer uma visita à minha tia Vivienne. Ela é irmã da minha mãe. Já está bem velhinha agora. Ela tem noventa e dois ou noventa e três anos, mas acho que você vai gostar das histórias dela.

Ela me entregou um pedaço de papel, no qual escrevera o nome e o telefone de tia Vivienne. Então, vovó Joan pegou o meu queixo e olhou no fundo dos meus olhos.

— Prometa para mim que vai entrar em contato com ela.

Apenas assenti, com olhar triste. Naquele dia, Paris pareceu uma coisa muito distante.

— E é melhor você desenferrujar o seu francês — disse vovó, saindo do meu quarto e apontando para o canto da minha mesa. Ela só conversava comigo em francês quando eu era pequena, mas não mais. — Tia Vivienne não fala nada de inglês.

Tirei uma foto do papel com o meu celular depois que ela foi embora e tinha esquecido completamente daquilo. Até agora.

Passo pelas minhas fotos até ver a letra cursiva da minha avó. Sei que prometi, mas será que quero *mesmo* ligar para uma parente distante com quem nunca troquei uma palavra?

Mesmo que esteja ficando tarde, não posso voltar ainda. A luz é maravilhosa, suave e um pouco difusa, como se eu estivesse vendo a cidade através de uma lente antiga. Já fui a Nova York várias vezes — afinal, é uma viagem rápida de trem —, mas a cidade parece tão dura em comparação. Paris é simplesmente... diferente. Tem tantas coisas para olhar: as bancas de jornal bem arrumadas nas calçadas, as plaquinhas azuis indicando o nome da rua na lateral dos prédios, as placas de ferro batido com o nome das estações de metrô.

Eu me vejo em uma rua movimentada, cheia de bistrôs e restaurantes. É tão estreita que pessoas e lambretas dividem o espaço. Pequenas mesas de mármore ladeadas por cadeiras com almofadas xadrez estão espalhadas pela rua. As cadeiras sempre voltadas para fora, e as pessoas se sentam umas do lado das outras, observando o mundo em movimento.

Bem nesse momento, um homem usando óculos de aros grossos e um boné coloca algumas moedas na mesa e vai embora. Eu me apresso para pegar o lugar dele, sentando-me na cadeira preta e branca. Sentada ao meu lado, há uma mulher com várias sacolas de compras, conversando baixinho no celular. A ponta de uma baguete aparece de uma das sacolas e sinto a boca cheia d'água ao sentir o cheiro sedutor de pão fresco. Será que ela notaria se eu pegasse um pedaço? Estou brincando. Mais ou menos.

Um garçom, usando uma camisa branca e um avental preto, parece ser uns dois anos mais velho do que eu. Ele é gato de um jeito meio despojado. Espero que ele me ignore por um tempo, porque não sei o que quero. Ou melhor: não sei o que devo querer. O que garotas francesas chiques costumam pedir para beber? A mulher ao meu lado cobre o celular com a mão e se vira para o garçom e pede:

— *Un Perrier rondelle, s'il vous plaît.*

O garçom assente e se afasta. Repito as palavras baixinho para mim mesma.

— *Un Perrier rondelle, s'il vous plaît.* — Fico repetindo isso sem parar, tentando imitar o sotaque e a entonação que ela usou.

Depois de alguns minutos, o garçom volta com uma garrafinha verde de água com gás. Ele a serve em um copo alto com uma rodela de limão na borda. Também coloca uma tigela de batata chips e a conta em cima da mesa. A mulher agradece com um gesto de cabeça e volta para a conversa. Não é tão difícil assim, digo para mim mesma. Consigo fazer isso.

O garçom se vira para anotar o meu pedido.

— *Et vous, mademoiselle?* — *E você, senhorita?*

Parece tão formal, mas de um jeito meio charmoso. Ele sorri enquanto espera a minha resposta. Eu sorrio também.

— *Vous avez choisi?* — Ele pergunta se já sei o que vou querer, sem tirar os olhos de mim.

Vamos lá, Mia, concentre-se. Eu me ajeito na cadeira e levanto o queixo, em uma postura *bem* bailarina, e peço:

— *Un Perrier rondelle, s'il vous plaît.*

— *Tout de suite* — responde. *É para já.*

Ele não piscou. Não fez uma pausa. Ele me entendeu na primeira tentativa. Fico radiante.

Dois minutos depois, o garçom volta com a minha bebida e juro que demora o máximo possível para colocar tudo na mesa. O olhar dele encontra o meu e vejo um sorriso se formando em seus lábios. Ele está me paquerando?

— *C'est mon premier jour à Paris* — digo de uma forma que espero que soe fofa. *É a primeira vez que venho a Paris.*

— *La chance!* — responde ele. *Que sorte a sua!*

Assinto e mordo o lábio inferior. Alguém o chama algumas mesas adiante, mas ele não se move. Tudo bem, Mia, já chega. Você nunca teve tempo para namorados antes, lembra? Pelo menos foi o que eu disse para o Cameron, depois que saímos por algumas semanas no inverno passado. A família dele mora na mesma rua que eu, mas, entre o balé e a escola, as coisas simplesmente não deram certo.

Admito que no início foi bem legal ter um namorado. Depois de cada encontro, Cameron me mandava o link de uma música que o fazia pensar em mim. Depois, começou a sugerir que passássemos mais tempo juntos e ficava mal-humorado sempre que eu ia para a aula de balé. Eu gostava dele, mas... eu meio que me irritei com isso. Uma noite, ficamos juntos até meia-noite, conversando e nos beijando depois de um filme. No dia seguinte, perdi a hora e cheguei atrasada para a aula de balé. Minha professora não me deixou entrar, mesmo depois de eu implorar. Terminei com Cameron naquela mesma tarde.

— À *bientôt, j'espère* — diz o garçom antes de se afastar. *Espero vê-la em breve.*

Ele demora o olhar em mim por mais um segundo e meu coração dá uma aceleradinha.

— *Merci* — agradeço. Minhas bochechas devem estar vermelhas.

Tomo um gole da água com gás e me recosto na cadeira que range e deixo-me levar pelo momento. Olho para o céu avermelhado. O sol se põe tão tarde aqui, como se o fim de tarde soubesse que é um horário mágico e deve durar o máximo possível. Inspiro o ar quente e doce de verão. E a melhor parte? Esse é apenas o primeiro dia. Olá, Paris, aqui estou.

Capítulo 4

— **Para ser bem-sucedido aqui,** vocês devem entender que não há tempo ocioso nem espaço para o erro — informa *monsieur* Dabrowski enquanto vamos para a barra em nossa primeira aula da tarde. — Vocês têm uma oportunidade incrível nas mãos. Não a desperdicem. Quero ver uma dedicação completa à sua arte a partir de agora.

Com certeza quero me dedicar totalmente à minha arte a partir de agora, mas não sei se meu corpo vai aguentar. Quase não preguei os olhos na noite passada depois do meu passeio de fim de tarde em Paris, paquerando garçons gatos (tudo bem, só um). Agora meu corpo parece duro. Minha mãe me alertou sobre os efeitos do fuso horário, mas eu supus que ia estar empolgada demais para senti-los. Eu estava errada. Pelo menos tenho sorte de as aulas serem em inglês e eu não precisar me concentrar para entender o que nosso reverenciado professor está dizendo.

Lucy me lança um olhar de esguelha. Sei que está pensando a mesma coisa. *Monsieur* Dabrowski foi o assunto do jantar na noite anterior. Todas tínhamos ouvido boatos antes de chegar a Paris. *Monsieur* Dabrowski pode criar uma carreira ou destruí-la. Ele faz bailarinas chorarem algumas vezes. Ele só usa preto para evitar distrações. Nunca elogia um aluno durante a aula.

Até agora, ele é exatamente como imaginei, principalmente depois de assistir a alguns filmes dos quais participou. Ele sempre faz papel de bailarino ou de coreógrafo e parece tão misterioso e frio na vida real quanto na tela.

— Eu vou observar cada um de vocês de perto. Quero ver como se movem e conhecer suas fraqueza. Vocês mostraram tudo o que tinham a oferecer no vídeo de cinco minutos da audição ou têm o necessário para sobreviver a seis semanas de balé intensivo? Vocês vão ser um dos cisnes na apresentação final? Vão ter a chance de brilhar diante de toda a escola?

O fuso horário me atinge novamente enquanto ele fala; minha boca está ficando seca e minhas pálpebras estão cada vez mais pesadas. A cada *relevé*, sinto as panturrilhas queimarem, mesmo depois de ter alongado por quase uma hora ontem depois do jantar. Audrey se negou a permitir que eu fizesse isso no nosso quarto porque precisava de paz e tranquilidade, então peguei meu rolo de massagem e fui para o salão de uso comum com algumas outras garotas. Compartilhamos uma careta de dor enquanto nossos tendões sofriam a pressão.

Fico imaginando como Audrey está se saindo, e se *monsieur* Dabrowski tinha sido ainda mais duro na aula da manhã. Ele é o *maître de ballet* do nível cinco, mas avalia os dois últimos níveis no primeiro dia, o que significa que essa é a nossa primeira e última aula com ele. Felizmente.

Meu pescoço estala quando viro a cabeça. Quero muito girá-la, mas resisto. Não vou admitir que estou despreparada diante dele. A sola dos meus pés está dolorida por causa da caminhada de ontem, e meus ombros estão tensionados. É como se parte do meu corpo estivesse pagando o preço do meu encontro com Paris. Talvez eu não devesse ter ficado até tão tarde naquele café, deixando o ar quente de verão soprar no meu rosto na esperança de que o garçom voltasse para ver se eu precisava de alguma coisa. E ele fez isso, duas vezes, e eu disse para mim mesma que aquela era uma boa oportunidade de treinar o meu francês, mas eu talvez tenha me deixado levar pela empolgação de estar na cidade mais romântica do mundo. Eu gostava dessa ideia de Mia Jenrow, um projeto de *parisienne*, conversando de forma divertida com um cara bonito em uma linda noite de verão. Eu me senti adulta, charmosa e corajosa, totalmente diferente de quem eu sou. Agora eu só estou cansada.

— Um pouco mais de giro nessa posição, Lucy. E quando eu digo mais, estou dizendo *muito mais*. O seu *maître de ballet* vai pedir muito mais de tudo para vocês, todos os dias. Mais, mais, *mais*!

Ouço Lucy respirar fundo enquanto obedece, as pernas tremendo enquanto luta contra as coxas para aumentar o giro na quarta posição. Ela faz uma careta por um milésimo de segundo, mas é o suficiente para *monsieur* Dabrowski ver.

— Algum problema? — pergunta ele, parando bem diante de nós, a postura perfeita e o rosto sério.

Lucy não responde nem pisca. Ela sabe que ele não espera uma resposta, apenas a execução correta das ordens.

— Anouk, onde foi que você aprendeu esse *grand jeté*? Parece que está passando pano no chão. Quero ver um pouco de graça! Isso é uma aula de balé, não uma discoteca.

— Mellie, onde está sua ponta? Esqueceu em casa?

Ele sabe o nome de cada uma de nós e nos analisa dos pés à cabeça, mas não diz nada para mim, o que me deixa nervosa. Será que tem algo ainda de mais errado comigo do que com as outras? Fico esperando que ele diga: "Olhe para a frente, Mia, para a frente!"

Juro que ele ainda está observando cada um dos meus movimentos. Fico imaginando se ele consegue enxergar o tremor nos meus músculos e como contraio o abdômen. O suor brota na minha testa e entre as escápulas. Talvez a surpresa de Audrey por eu ter entrado no programa seja justificada. Talvez eu não seja boa o suficiente para isso.

Quando a aula termina, estou tão decepcionada que nem sinto as câimbras nas pernas. Sinto lágrimas no canto dos olhos quando me sento com Lucy e Anouk no banco para tirar as sapatilhas. Concentro-me nas fitas cor-de-rosa, enrolando-as com cuidado, antes de tirar os esparadrapos dos dedos.

— *Mademoiselle* Jenrow.

Ergo a cabeça na direção de *monsieur* Dabrowski, fazendo um gesto para mim do outro lado da sala. Outro boato sobre ele se prova verdadeiro: ele só nos chama pelo primeiro nome durante a aula. Nos outros momentos, ele prefere a formalidade de *mademoiselle* e *monsieur*.

— Uma palavra, por favor.

Sinto o coração afundar. É pior do que eu estava imaginando.

Ele espera até todos os alunos se retirarem. Alguns lançam um olhar de pena para mim enquanto se afastam, confirmando meu instinto de que aquilo não é normal.

— Eu a observei — começa ele.

Prendo a respiração. Devo começar a implorar? Apresentar minha defesa? Tento pensar nas palavras certas, mas minha mente está completamente vazia.

— E decidi que o nível quatro não é o certo para você.

Ele se senta e aponta para uma cadeira ao seu lado, mas eu não conseguiria me mexer nem se eu quisesse. *Não chore*, repito para mim mesma. *Não chore.*

— Você é uma bailarina talentosa — continua *monsieur* Dabrowski, claramente sem perceber o turbilhão de sentimentos no meu coração.

Concordo com a cabeça. Sei que sou uma boa bailarina. Eu me esforço. Nunca desisto. Pratico por horas a fio até que meu corpo ceda à minha vontade. Busco me mover de forma que me faça sentir meu corpo. Mas sei que *monsieur* Dabrowski não quer me elogiar. Ele só está tentando suavizar o golpe, o que torna tudo ainda pior.

— Este verão vai ser desafiador. Mas o que vi hoje me fez pensar que as suas habilidades não estão de acordo com este nível. Talvez seja difícil demais para você, não tenho certeza.

Meu queixo começa a tremer. Preciso me sentar no fim das contas. Minhas pernas estão prestes a ceder quando me sento ao lado dele. Só de pensar que ontem à noite eu achei que era a dona do mundo. Ele vai me dizer que estou sendo enviada para o nível três, não é? Ou que houve algum erro e que eu nunca deveria ter sido aceita no programa. Talvez minha mãe esteja certa.

— Decidi colocá-la no nível cinco. — Os olhos de *monsieur* Dabrowski estão fixos em mim, esperando a minha reação.

— Você... o quê? — É tudo que consigo dizer. Não estou acreditando nos meus ouvidos.

— Você vai começar no nível cinco a partir de amanhã. Certifique-se de ir à secretaria pegar o novo horário e esteja pronta para dar tudo de si.

Nível cinco! Ai, meu Deus. Isso não está acontecendo. Abro um sorriso imenso.

— Muito *merci* para você! Obrigada! *Beaucoup, beaucoup!*

— Não estou fazendo nenhum favor — continua *monsieur* Dabrowski, levantando uma das sobrancelhas diante dos meus agradecimentos efusivos. — E me reservo o direito de mudar de ideia se você atrapalhar a turma.

Concordo com a cabeça, esforçando-me para controlar minha felicidade. Ele precisa ver que estou levando isso a sério.

Ele fica em silêncio por um momento, e começo a me perguntar se essa é a minha deixa para ir embora. Fico na pontinha da cadeira.

Monsieur Dabrowski se levanta e remexe em alguns papéis em cima do piano. Depois se vira para mim de novo.

— Você pode ir agora, mas certifique-se de se vestir corretamente amanhã. — Ele faz um gesto com o queixo na minha direção.

Olho para a minha roupa. Estou usando polainas de tricô que costumo colocar por cima da meia-calça cor-de-rosa no final da aula, e meu collant cinza, é claro. Senti tanto orgulho ao vesti-lo nesta manhã. Eu queria fazer uma videochamada com minha avó quando me vesti, mas me lembrei de que era madrugada em casa.

— Oi? — Eu não faço ideia do que ele está falando. Minhas sapatilhas de ponta são novinhas em folha. Comprei quatro pares só para esta viagem.

Monsieur Dabrowski solta um suspiro frustrado.

— Os alunos de nível cinco usam o collant clássico da Repetto, branco e sem manga. É uma tradição na nossa escola.

— Eu não tenho collant branco — sussurro. — Não sei se consigo comprar um hoje à noite... — Eu ia continuar falando, mas vejo o olhar de irritação no rosto dele.

— As regras se aplicam a todos, *mademoiselle* Jenrow. Não haverá exceções. Ser aceita no nível cinco é uma honra.

— E eu *estou* honrada! Muito, muito honrada. De verdade. É só que...

— Que o quê?

Baixo o olhar, mas consigo sentir os olhos dele me queimando.

— Juro que vou me esforçar — acrescento, desesperada.

Por um breve instante, imagino que eu possa pegar um emprestado com Audrey, mas, além do fato de não sermos do mesmo tamanho, não consigo imaginá-la sendo tão generosa para salvar a minha pele.

Monsieur Dabrowski estala a língua.

— Parece que seu esforço talvez não seja bom o suficiente. Por favor, não me faça me arrepender desta decisão.

— Não vou fazer, *monsieur* Dabrowski. Juro.

E, para manter esta promessa, vou ter que revirar esta cidade pelo tempo que for necessário até eu colocar as mãos naquele collant mítico. *Um, dois, três e...*

Capítulo 5

***Vai.* O mapa no meu celular** diz que vou levar aproximadamente 24 minutos para chegar à Repetto, e a loja fecha em meia hora. Agora é um bom momento para eu começar a me desesperar. Digito mais algumas buscas enquanto sinto as mãos úmidas de suor. Tem uma loja a alguns quarteirões da escola, mas já está fechada.

Dou mais uma olhada no mapa e vou descendo a escada, correndo para a saída. Abro a porta de supetão e não vejo a bolsa de couro no degrau até tropeçar nela. Recupero o meu equilíbrio rapidamente, qualquer bailarina que se preze tem um equilíbrio perfeito, mas o conteúdo da bolsa se espalha por todos os lados.

— *Aargh!* — dou um gemido.

— *Enfin!* — grita um garoto. *Finalmente*.

A voz é de um garoto mais ou menos da minha idade que está lá embaixo, olhando para as coisas dele espalhadas pelo chão.

Não tenho tempo para isso.

— *Oh, c'est pas toi* — murmura o garoto para si mesmo quando olha para mim. *Não é você*.

Ele não é muito alto, deve ter um altura média... mas essa é a única coisa média nele. Ele tem um corpo esguio, e a camisa amarrotada de linho ondula em volta dele. O cabelo cheio e castanho-escuro está caindo em um olho; e ele tem uma covinha linda, mesmo quando franze a testa.

Olho para ele sem entender, e ele fala em inglês:

— Você não é... Deixa para lá.

Para deixar tudo bem claro, meu estado de confusão total não tem a ver com o francês. Tá legal, talvez um pouco a ver com o francês, mas é principalmente porque ele deve ser o cara mais lindo... não, atraente... não, charmoso... não, deslumbrante que eu já vi.

Na vida.

Sim, essa é uma declaração forte, mas ele é. O suficiente para me congelar no espaço. O suficiente para me deixar sem palavras. O suficiente para me fazer esquecer o que eu deveria estar fazendo.

— Inglesa? — pergunta o garoto, subindo a escada.

Ele olha para as coisas espalhadas pelo chão: chaves, carregador de celular e óculos de sol. Percebo nesse momento que eu deveria parar de encarar e começar a ajudar a catar tudo. Eu me ajoelho ao lado dele e nossas mãos quase se tocam quando nós dois tentamos pegar a chave.

— Estadunidense — respondo.

Minha voz falha e sai um pouco rouca e quase inaudível de um jeito nada atraente. Para piorar, tenho quase certeza de que eu devo estar roxa de vergonha e não posso culpar apenas a minha conversa com *monsieur* Dabrowski e a minha corrida pela escada.

— *Américaine* — eu me corrijo. — *Mon français... pas très bon.*

Faço uma careta. Acho que estou parecendo uma criança. Com certeza, a primeira regra de se aprender um novo idioma é que você deve ser capaz de dizer de maneira correta em francês que você não sabe falar francês direito.

— Até que é bom — responde ele em inglês perfeito, com sotaque marcado, mas não pronunciado demais. — A maioria das garotas aqui ainda não consegue aprender uma palavra de francês quando vai embora.

O garoto enfia os pertences na bolsa e a pendura no ombro. Enquanto se levanta, olha para a porta de vidro atrás de mim, apertando os olhos para enxergar do outro lado.

— *Je prends des leçons sur...* Hum, eu tenho um app — digo, tentando dar um sorriso atraente enquanto me levanto também.

Outras aulas que eu deveria ter: como ser *charmante* em qualquer ocasião e como chegar ao outro lado de Paris enquanto estou parada aqui, sorrindo para um garoto misterioso. Ah, e como descobrir se posso vê-lo de novo sem parecer esquisita. Então, basicamente, aprender a ser charmosa, me teletransportar e ler mentes. O francês talvez seja o mais fácil, no fim das contas.

— Eu me chamo Louis — diz o garoto com um aceno.

Ele pronuncia "lu-í", do jeito francês. *Obviamente*. É tão insuportavelmente atraente que fico com vontade de pedir que ele repita mais uma vez.

— Eu... — começo, perdendo-me no sorriso dele por um segundo. Mas tudo sobre a minha corrida louca até a Repetto volta à minha mente. — Eu estou atrasada. Estou super, mega atrasada!

Mesmo assim, não consigo me mexer. Um fato divertido sobre esta rua: ela foi projetada, com toda certeza do mundo, do universo conhecido e desconhecido, para fazer as pessoas se apaixonarem, com as plantas exuberantes e vasos de flores no peitoril das janelas, os postes antigos, as notas de violino de algum apartamento próximo e as fileiras de bicicleta com cestos aramados. É romântica *demais*.

— Então é melhor eu deixar você ir... Estou esperando... uma amiga — explica Louis.

Ele está esperando por uma garota. É claro. *Suspiro*.

— Acho que todo mundo já foi — digo. Não cruzei com ninguém enquanto saía.

— Talvez seja melhor eu ligar... — Ele para de falar, parecendo um pouco triste.

— Tudo bem, então... — Começo a descer a escada.

Ele ignora o celular, porém, e continua olhando para mim. Eu não posso ir embora, seria extremamente grosseiro da minha parte. Mas também não posso quebrar a promessa que fiz para *monsieur* Dabrowski.

— Eu preciso comprar esse collant, ou não vou poder fazer aula amanhã. Meu professor, ele... Bem, vamos dizer que será o fim da minha vida se eu não conseguir chegar à loja a tempo.

Isso o faz sorrir de novo e eu paro de falar, perguntando-me por que o contei tudo aquilo. Não é como se ele tivesse perguntado.

— Ah, uma verdadeira emergência de balé — diz Louis. — Você está indo para a Repetto na Rue de la Paix, certo?

Ele começa a descer atrás de mim e para em frente a uma Vespa que acabei de notar.

Concordo com a cabeça, pois isso funciona muito bem em qualquer idioma.

Louis começa a abrir o cadeado que prende dois capacetes.

— Parece que minha tarde ficou livre de repente. — Ele me entrega um dos capacetes com um sorriso.
Meus braços de repente parecem moles. Não é possível que ele esteja sugerindo o que acho que está sugerindo.
Louis coloca o capacete, monta na lambreta e a liga.
— Você vem? Não temos muito tempo.
Mordo meu lábio. Mandou bem, Paris. Mandou muito bem.

Cruzamos o Marais, passamos por fileiras e mais fileiras de butiques elegantes e, em seguida, entramos em uma avenida ampla (tantas lambretas!) e seguimos por um tempo ao longo do Canal Saint-Martin, perfeito como um cartão-postal. Mesmo com aquele cenário espetacular, só consigo pensar nas minhas mãos na cintura do garoto. Será que estou apertando com força demais? Com certeza. Talvez eu diga que fiquei com medo porque nunca andei na garupa de uma Vespa antes. Tá, e aí ele vai me achar uma estadunidense idiota que tem medo de tudo. Obrigo minhas mãos a relaxarem, o que só me dá uma ideia melhor do abdômen sarado sob a camisa. Meu coração dispara.
Louis pilota muito bem, passando entre os carros e ônibus, desviando de ciclistas e até dando uma olhadinha pelo espelho retrovisor para dar um sorriso *e* uma piscadinha. O que estou fazendo? Saindo com um cara que nem conheço? Acho que Paris mexeu com a minha cabeça. Ou melhor: eu *sei* que Paris mexeu com a minha cabeça.
Passamos rapidamente pela *Opéra Garnier, a Opéra Garnier*!, um pouco antes de entrarmos na Rue de la Paix, e viro para trás para olhar melhor para a construção adornada pelo visor do capacete. Louis encosta no meio-fio diante da loja

Repetto, e já estou tirando o capacete enquanto ele estaciona. Não tenho tempo nem para ajeitar o cabelo nem para admirar o lindo figurino bordado na vitrine. Saio correndo antes de perceber que me esqueci de uma coisa importante.

— Obrigada, obrigada, obrigada — grito. — Ou melhor: *merci!*

Louis dá um sorriso que mostra a covinha.

É quando a minha sorte acaba.

— *Désolée, nous sommes fermés* — anuncia a lojista assim que eu entro. *Sinto muito, já fechamos.*

O cabelo preto em estilo bob emoldura o rosto anguloso. Quando não respondo, ela balança as chaves para me mostrar que estava prestes a trancar a porta. Busco dentro de mim todo francês que conheço para explicar meu problema e passar o senso de emergência, mas a mulher só continua encolhendo os ombros e dizendo que vão abrir amanhã.

— Mas será tarde demais! *J'ai besoin d'un, non... deux, non... trois...* Hum... *leotards blancs, maintenant!* — digo, bem na hora que o sininho da porta toca.

É Louis. Achei que ele já tivesse ido embora, e a última coisa que quero é que me veja implorar em um francês abominável, enquanto fico vermelha e as palavras tropeçam umas nas outras e a lojista me olha com frieza. Ele me fez um grande favor ao me trazer aqui, mas não posso pedir ajuda de novo, eu nem o conheço.

— Louis! — diz a lojista com um sorriso.

— *Christine, comment ça va?* — *Christine, como vai?*

Eles se aproximam e dão um beijo em cada lado do rosto.

Olho de um para o outro, corada. Louis não é aluno da escola, eu teria notado. Ele mencionou uma amiga, mas isso não explica por que ele trata a lojista desta famosa loja de balé pelo primeiro nome. Eles conversam por um tempo, mas falam tão rápido que não consigo entender o que dizem.

— Está tudo bem? — pergunta Louis. — Você parece... confusa.

Confusa nem começa a descrever como me sinto no momento.

A mulher olha de mim para Louis e faz um biquinho.

— Tudo bem, eu vou pegá-los para você — diz ela para ele, em francês.

Para mim, ela aponta para as cadeiras de veludo no meio da loja. Assim que ela se afasta para os fundos da loja, eu solto o ar.

— Você acabou de salvar a minha vida.

— Eu ouço muito isso — responde Louis, sério.

Solto uma risada nervosa.

— Estou brincando — diz ele. — Eu não costumo resolver crises de balé para qualquer um.

Eu me jogo em uma cadeira cor-de-rosa e balanço a cabeça.

— Você não faz ideia do meu problema. Nosso professor é super-rígido. Tipo, todos são, mas ele está em outro nível. Ele diz coisas do tipo "Eu não vou tolerar nada menos do que a mais absoluta perfeição dos meus alunos" — digo, imitando o tom duro de *monsieur* Dabrowski.

Louis se senta ao meu lado com um sorriso divertido. E talvez fosse melhor eu me tocar e parar de falar, mas não paro.

— Sei que ele é, tipo, o melhor dos melhores — continuo, sentindo que o estresse está me fazendo tagarelar, e as palavras vão saindo sem filtro. — Mas ele é tão assustador. Sério, ele é assustador de verdade. Aposto que ele vai dizer que o meu collant não é do tom certo de branco e acabar me expulsando de qualquer forma.

Louis morde o lábio.

— Você ainda não me disse o seu nome.

Fico sem graça.

—Ah, foi mal!

— *Salut, mademoiselle* Foi Mal.

Sinto o rosto queimar pela décima vez, e Louis dá risada.

— Mia! *Je m'appelle* Mia.

— É um prazer conhecer você, Mia.

Estou prestes a começar a falar de novo, mas Louis me interrompe:

— Eu também não disse o meu. E acho que é melhor eu dizer logo.

— Não é Louis? — A pergunta sai mais alta do que eu queria.

Ele ri.

— Não, quero dizer meu nome todo. Sou Louis Dabrowski. E o seu *maître de ballet*, aquele homem assustador que já está te dando pesadelos... ele é o meu pai.

— Ah! — É tudo que consigo dizer enquanto fico olhando para ele boquiaberta.

Não tenho como consertar a situação, a não ser que eu por acaso encontre uma máquina do tempo, agorinha mesmo, mas acho que essa não é uma expectativa muito realista. Infelizmente.

— Pois é. — Louis me lança um olhar constrangido.

Juro que ele parece estar com vontade de rir, mas não consigo achar nada disso engraçado. Sinto o calor subir pela minha nuca.

Eu estava flertando com o filho do professor de balé mais autoritário de toda Paris? Ah, Mia, não. *Non!* Não me importo que ele seja lindo... lindo *de morrer*, na verdade, mas isso simplesmente não é uma boa ideia. Talvez da próxima vez seja melhor pensar antes de montar na garupa da Vespa de um completo estranho, não é?

Já cometi tantos erros que nem sei mais se vou aguentar uma semana inteira. E, para ser sincera, se *monsieur* Dabrowski descobrir o que eu disse a respeito dele, vou ser colocada no próximo voo para Nova York mais rápido do que consigo fazer um *saut de chat*.

Capítulo 6

Estas foram as palavras exatas da minha mãe quando contei que subi para o nível cinco:

— Hum, parece superdifícil.

Acho que foi o "hum" que partiu meu coração. Como se ela simplesmente não conseguisse encontrar uma única coisa boa para dizer sobre o fato de eu ter sido reconhecida como uma das melhores bailarinas do programa.

— Acho que só estou dizendo o óbvio — acrescentou ela depois de um tempo.

— É — respondi.

Estávamos falando por vídeo. Ela estava na cozinha e havia uma assadeira do lado dela cheia de brownies recém-saídos do forno. Eu queria um. Mas tudo bem. Estou em Paris. Não posso ter tudo. Ninguém tem *tudo*.

— Estou feliz por você, Mia.

Está mesmo?, eu queria perguntar. Mas não perguntei, e ela deve ter visto na minha cara.

— Estou mesmo. Parece ótimo. Meus parabéns.

— Hum — respondi, sentindo a garganta fechar.

Desligamos logo depois. Eu não sabia mais o que dizer, e minha mãe estava atrasada para ir para a casa da vovó.

Como minha mãe previu, o nível cinco é superdifícil. Tão difícil que preciso me concentrar exclusivamente no balé, e é por isso que não penso em Louis pelo resto da semana. Não imagino o sorriso dele no meio da aula de ponta, nem me lembro da sensação dos meus braços em volta do corpo dele enquanto tento melhorar minha postura no *arabesque*. Não repasso mentalmente a nossa conversa na hora do almoço com Lucy e Anouk. Não fico me perguntando onde ele pode estar sempre que passo por uma fileira de lambretas paradas na calçada. Não espero que ele esteja esperando na frente da escola todo fim de tarde quando volto para o alojamento com as meninas.

Sério. Não penso. Juro. *Morro de vergonha* quando me lembro das bobagens que falei sobre o pai dele, do meu francês rudimentar enquanto eu tentava implorar para a lojista me vender o collant. Estava com tanta vergonha que só murmurei um agradecimento e saí correndo da loja, largando-o lá. Senti muito medo de que ele contasse para o pai sobre as tolices que eu disse, mas graças a Deus acho que ele não contou. *Monsieur* Dabrowski é um professor rigoroso, mas pelo menos não parece me odiar. Quando apareci com o meu collant branco para a minha primeira aula — mais cedo obviamente —, ele assentiu e só.

— Kenza, você está perdendo a concentração — diz *monsieur* Dabrowski para a garota à minha esquerda. Ela é do Senegal, seus músculos sutilmente marcados dos pés à cabeça, o corpo de uma verdadeira bailarina. — Estou vendo nos seus olhos. Sua mente não está aqui. Você tem algum lugar melhor para estar?

Kenza corrige a postura na hora, o corpo todo se ajustando com determinação.

Ele fica diante dela na barra, apoiando a mão ali.

— *Dégagé devant, deux, trois, quatre.* Dois para o lado, *coupé développé* — diz, demonstrando os passos. Está todo de preto, como sempre, e parece ter mais graça e elegância no dedo mindinho do que todas nós juntas. — Virou, *plié, soutenu.* Agora o outro lado.

Começamos de novo, sem nos atrever a afastar os olhos do coque da garota diante de nós.

— *Rond de jambe, et deux, et trois, et quatre, passé, développé, rond de jambe en l'air, piqué, battement tendu.* Fechou a quinta, virou. Repitam no *relevé* — explica ele, terminando a combinação. — De novo, Kenza. Todas apenas observem.

Uma expressão de angústia aparece no rosto de Kenza, mas ela entra na quinta posição com um sorriso confiante e executa a sequência com perfeição. Ou pelo menos é o que parece para mim.

— *Non!* — diz *monsieur* Dabrowski. — O seu *rond de jambe* está duro demais. E a sua perna precisa estar cem por cento esticada durante o *piqué. Encore une fois!* — Mais uma vez!

Kenza recomeça, mas o nosso *maître* a interrompe quase imediatamente.

— *Non, non, non. Regarde-moi.* — *Não, não, não. Olhe para mim.*

Ele e Kenza se alternam durante os próximos cinco minutos. Kenza não desiste e não permite que as emoções a atrapalhem.

— Isso não tem a ver apenas com o aspecto físico, com a técnica — diz *monsieur* Dabrowski, interrompendo-a de novo. — A sua mente *precisa* estar em um lugar, e um lugar apenas.

Tenho quase certeza de que ele está falando de mim. Da garota que fica paquerando franceses gatinhos e não consegue parar de pensar neles. Bem, nele.

Agora *monsieur* Dabrowski se vira para o restante da turma, e o olhar dele encontra o meu por um segundo. O fogo em seu olhar é tão diferente do brilho relaxado e amigável do filho.

— No que cada uma de vocês está pensando agora? E no que vão estar pensando quando essa aula acabar?

Ninguém responde, é óbvio.

— Balé não é algo que dê para fazer pela metade. Tem que estar dentro de vocês em cada célula, em cada osso. Caso contrário, estarão fadadas ao fracasso.

Não cheguei até aqui para fracassar. Coloco os ombros para trás e tiro Louis da minha mente. *De verdade*.

Faço balé desde que me entendo por gente, mas esta é a primeira vez que danço o dia todo, todos os dias. Meus braços e minhas costas estão doendo tanto que mal consigo segurar o garfo no jantar. Os músculos das pernas continuam tremendo mesmo depois de eu ter ido para a cama. Por mais alongamentos que eu faça, não me sinto nem de perto recuperada. Meus pés estão em carne viva, em um tom permanente de vermelho. Meu primeiro par de sapatilhas de ponta parece exatamente como eu me sinto: manchado e amassado e exausto. Uma semana apenas e já vou ter que quebrar e preparar o próximo par.

Todas as manhãs fico na dúvida se vou conseguir ficar em pé na barra, quanto mais me mover. Mas, quando chego lá, alguma coisa acontece na minha mente, no meu coração, e me sinto nova em folha. O balé é tudo para mim. Sempre vai ser.

A única coisa difícil é que tenho que compartilhar isso com as outras. Mas não com qualquer outra pessoa, uma certa pessoa em particular. *Monsieur* Dabrowski dividiu a turma em duplas para a versão de um duo da "Dança dos pequenos cisnes", e adivinhem com quem ele me colocou?

Achei que Audrey fosse surtar de raiva quando descobrisse. Depois da minha aventura até a Repetto, anunciei animadamente no jantar que eu tinha subido de nível. Lucy me cumprimentou empolgada e muitas outras me deram os parabéns. Audrey apenas enfiou mais salada na boca e afastou o olhar enquanto mastigava alto. Agora estamos unidas de todas as formas possíveis.

— Só pode ser brincadeira! — reclamou ela quando saímos da aula depois de *monsieur* Dabrowski dizer que dançaríamos juntas.

A "Dança dos pequenos cisnes", ou *pas de quatre*, é uma das sequências mais conhecidas de O *lago dos cisnes*, no meio do Segundo Ato. É uma coreografia técnica e etérea ao mesmo tempo, e esses quatro papéis são o mais próximo que se chega de Odette. *Monsieur* Dabrowski decidiu que executaríamos esta dança para ajudá-lo a tomar a decisão sobre os papéis no balé.

Finalmente é sexta-feira: o dia da audição. Assim como todas as duplas, Audrey e eu ficamos uma hora a mais, observando e corrigindo uma à outra. Pedi a ela dicas de como melhorar meu *attitude* — o passo de balé e não o meu jeito. E, como retribuição, eu disse para ela abrir mais o peito sem contrair o maxilar.

Não vou me empolgar e dizer que estou feliz de estarmos nisso juntas, mas Audrey tem uma técnica maravilhosa, e aceito toda a ajuda que eu conseguir. Um pouco antes da nossa vez, confiro no espelho para ver se nenhum fio de cabelo escapou do coque. Sei que *monsieur* Dabrowski vai notar até mesmo o menor detalhe.

Assumimos nossa posição, lado a lado no centro da sala. Todos os olhares estão fixos em nós enquanto as outras alunas estão perto dos espelhos. *Monsieur* Dabrowski acena com a cabeça para o pianista e, assim que a música começa, nós também começamos, nossos braços cruzados, nossos passos espelhando o da outra.

No fim, paramos exatamente onde começamos, esperando que ele chame o outro grupo, mas não é o que acontece.

Em vez disso, *monsieur* Dabrowski me faz a pergunta mais difícil que já tive que responder da vida:

— *Mademoiselle* Jenrow, quais são as fraquezas de *mademoiselle* Chapman? O que a tornaria uma bailarina melhor?

Audrey arregala os olhos. Está tão chocada quanto eu, mas não é ela que tem que responder.

— Audrey é uma excelente bailarina!

Monsieur Dabrowski suspira.

— Não foi o que perguntei.

Olho para Audrey e vejo o pânico nos olhos dela enquanto o salão está no mais completo silêncio. Ela sabe que preciso dizer alguma coisa; só está com medo do que vai ser.

— Bem...

— Isso não tem a ver só com ela — diz *monsieur* Dabrowski. —Se você não sabe no que ela precisa melhorar, então como *você* vai poder melhorar?

Respiro fundo. Audrey é praticamente perfeita... quase perfeita demais. Já a vi dançar em dezenas de ocasiões e, às vezes, parece que estou vendo uma bailarina de caixinha de música. Tento ignorar minhas colegas de turma quando digo:

— Audrey não sabe como se divertir com a dança.

Audrey fica boquiaberta, mas nosso professor apenas concorda com a cabeça, com ar de aprovação. Então, continuo:

— O balé não é uma ciência, é uma arte. Você precisa fazer as pessoas sentirem alguma coisa, e só pode fazer isso se estiver sentindo também.

No instante em que paro de falar, ela começa:

— Talvez eu não tenha emoção suficiente, mas a Mia tem emoção demais. Demais mesmo.

Arfo baixinho, mas não é um comentário injusto, e talvez por isso doa tanto.

— Pois muito bem — diz *monsieur* Dabrowski para ela. — Continue.

— Ela precisa trabalhar a precisão — acrescenta Audrey com um sorriso, como a aluna aplicada que é. — Não pode esperar que os passos simplesmente aconteçam sozinhos. Mia precisa aprender a ter o mais completo controle do próprio corpo. E de todo o resto.

— *Très bien*, meninas. Já vi tudo que eu precisava.

Audrey e eu nos juntamos às outras alunas.

Ele não diz mais nada. Ainda assim, sabemos que está falando sobre os papéis de *O lago dos cisnes*. Ele não abordou o assunto a semana toda, e ninguém se atreveu a fazer perguntas sobre como e quando, exatamente, distribuiria os papéis.

Audrey hesita por um momento antes de perguntar:

— Quando vamos saber quais são os nossos papéis?

— Quem espera sempre alcança — diz ele antes de seguir para a próxima dupla. Vamos ter que esperar, rezar e sonhar por, pelo menos, mais alguns dias.

Por ora, Audrey e eu trocamos um olhar frio. Ela está errada em relação a mim. Eu *estou* no controle, mas isso não significa que não possa aproveitar tudo. É um desperdício estar em Paris e não provar o espírito do lugar, a história, a arte, a cultura, os garotos. Tá legal, não os garotos.

Ah! Talvez minhas emoções tenham me distraído. Paris não tem a ver com franceses gatos e passeios improvisados na garupa de Vespas. Paris não tem a ver com os lindos olhos castanhos de Louis; a covinha na bochecha esquerda que me fez desejar acariciar sua pele macia; nem com o cheiro almiscarado que senti enquanto o abraçava. Agora, só gostaria que nosso passeio pela cidade tivesse durado a noite inteira, porque ele não pode se repetir.

Então, tudo bem. Paris não tem a ver com se apaixonar, pelo menos não para mim. Tem a ver com *dançar*. O motivo que me trouxe até aqui foi aprender com os melhores e um dia entrar no American Ballet Theatre. Talvez em breve, desde que eu não me esqueça do motivo de ter vindo para cá.

Capítulo 7

O *Musée d'Orsay* **talvez seja** um dos pontos turísticos mais lindos de Paris. A concorrência é acirrada, mas, para mim, o museu de arte às margens do Sena é muito mais maravilhoso do que o Louvre ou o Pompidou. Antes do *Musée d'Orsay* abrigar famosas obras de arte, ali foi uma estação de trem. Dá para perceber pelos relógios imensos nas laterais do prédio, sob os quais antigas rotas de trem ainda estão entalhadas. Lá dentro, o pé-direito altíssimo e teto curvo com claraboia de vidro com modelos complexos é uma obra de arte por si só. É um grande salão cheio de estátuas pretas e brancas de todos os tamanhos.

Nunca vi nada igual, e meu coração se enche de alegria enquanto olho tudo a minha volta. Será que é sempre assim descobrir um lugar novo? Não apenas conhecer lugares, sons e cheiros novos, mas sentir cada momento de forma diferente como se sua vida estivesse recomeçando? Ou será que é só o efeito Paris? De qualquer forma, existe um motivo de o *Musée d'Orsay* estar na minha lista obrigatória de visitação: li no meu guia da cidade que esse museu abriga a maior coleção de pinturas de Degas do mundo.

Depois de um descanso mais que necessário no sábado, estou animadíssima para sair oficialmente pela cidade. Esta excursão é opcional e surpreendentemente poucas pessoas do meu alojamento se inscreveram.

— Nem pensar. — Foi a resposta de Audrey quando perguntei se ela ia.

Anouk vai visitar uns amigos que fez na semana passada, e os pais de Lucy vieram de Manchester para passar o fim de semana. Então, sou só eu do meu grupo nesta excursão, junto de alguns outros alunos que nem conheço.

Caminhamos pelas margens do rio para chegar aqui, por entre as multidões de turistas de fim de semana, ouvindo a melodia encantadora de um acordeonista, um senhor de boina e colete cáqui. Havia quiosques pequenos e verdes ao longo do caminho e dei uma olhada em livros e pôsteres antigos, sentindo o cheiro suave e delicioso de papel impresso antigo.

Já no museu, somos levados para o andar dos Impressionistas por Max e Émilie, dois monitores da escola que são apenas uns dois anos mais velhos do que eu. Fico imaginando se eles realmente queriam estar ali ou se foram obrigados a assumir as obrigações de acompanhante. Mas não importa; assim que chegamos à área dedicada a Degas, todos se espalham para explorar no próprio ritmo.

Quando eu era pequena, vovó Joan, minha mãe e eu costumávamos ir todo ano ao Met, em Nova York, e sempre parávamos para admirar "A pequena dançarina de catorze anos", a famosa escultura que Degas fez da bailarina belga Marie van Goethem. A escultura foi reproduzida depois da morte do artista, e diferentes versões estão expostas por todo o mundo, mas, pelo que ouvi, a original está bem aqui, no *Musée d'Orsay*. Se a lenda da minha família sobre a minha tataravó for verdade, ela e Marie van Goethem deviam ter mais ou menos a mesma idade. Provavelmente dançaram na mesma companhia de dança ou posaram para os mesmos quadros. Parece loucura, né? Eu sei, eu sei. *Se* for verdade.

Vou passando pela coleção, parando diante de cada pintura por vários minutos, absorvendo cada detalhe: a combinação etérea de tons pastel, a graciosidade delicada que ele transmite com algumas linhas rápidas e a impetuosidade de suas dançarinas, o que prova que ele estava desenhando lá, diante delas. Tiro uma foto de cada uma delas com o celular para poder olhar de novo mais tarde. Depois de "Bailarinas em azul", vou para "A estrela" e, em seguida, para "Bailarina sentada". Eu me aproximo um pouco para analisar o rosto dela quando sinto uma presença atrás de mim.

— Com licença, *mademoiselle*. Você não deve ficar tão perto do quadro. Afaste-se um pouco.

Meu coração quase sai pela boca, e me afasto, pronta para pedir desculpas, quando percebo que conheço a voz e aquele sotaque tão gostosinho.

— Louis? — digo, virando-me para olhar para ele.

— *Salut* — diz com um sorriso.

Louis se aproxima para um beijo no rosto, e, por um momento louco, acho que ele vai me beijar, tipo, me beijar *de verdade*. E quero que isso aconteça mais do que eu jamais admitiria em voz alta. Arregalo os olhos e um sorriso ilumina meu rosto, até eu me dar conta de que ele só está me cumprimentando, como faria com qualquer pessoa. Ajo de forma só um pouco estranha quando encostamos o rosto e nos afastamos.

— Você está me seguindo? — A pergunta é para ser uma brincadeira, é claro, mas sai totalmente séria.

Louis nega com a cabeça.

— Aquele lá é o meu melhor amigo. — Ele indica Max com o queixo, um dos monitores. — Ele está trabalhando sem folga desde o início do programa, então, decidi vir aqui com ele.

— Ah! — digo, provavelmente parecendo animada demais. — Então, era ele que você estava esperando aquele dia?

— Hum... — Louis olha para Max e Émilie. Ela franze a testa para nós. — Eu não sabia que a namorada dele estaria aqui — diz Louis, se afastando. — Talvez seja melhor deixar os pombinhos em paz.

Interpreto isso como uma despedida.

— Então, a gente se vê por aí? — pergunto, tentando não parecer tão decepcionada.

Louis para e diz:

— Sinto que eu deveria ficar aqui com você, para o caso de se meter em alguma confusão.

— Que tipo de confusão?

— Sei lá... Você parecia prestes a roubar este quadro.

— Verdade. Vou precisar *mesmo* da sua ajuda se eu acabar presa e atirada em uma cela por meu apreço exagerado pela arte.

— *Exactement* — responde ele com seriedade. — Então, vamos?

Olho em volta e noto que nossos acompanhantes foram para outra sala. Eles disseram para nós no início que poderíamos fazer o que quiséssemos e poderíamos ir embora quando quiséssemos, então vou fazer exatamente isso. Louis e eu vamos olhando metodicamente cada uma das pinturas e esculturas, e sempre paro para ler a explicação do cartão.

— Você gosta mesmo desse cara, hein? — comenta Louis quando estamos quase no fim da sala. — Acho que é compreensível.

— Como assim? — pergunto, franzindo a testa.

Não contei nada para ele sobre a minha família. Não contei para ninguém, na verdade.

Louis dá de ombros.

— Você é bailarina. Degas pintava bailarinas.

— Como você fala inglês tão bem? — pergunto, não apenas para mudar de assunto, mas também por estar curiosa desde que nos conhecemos. Louis fala inglês com tanta fluência que quase me esqueço de que estamos na França.

Ele leva a mão à nuca, como se estivesse constrangido com o elogio.

— Minha mãe é metade inglesa, metade francesa, e viaja muito a trabalho. E o meu pai... — Ele faz uma pausa.

— Sim, já conheço o seu pai.

— Pois é. Eles gostavam de falar comigo em inglês quando eu era criança. Eu até frequentei a escola internacional na Suíça, mas quis voltar para a França para o Ensino Médio. Posso falar inglês em Paris. Na verdade, posso falar inglês em qualquer lugar, mas Paris é o único lugar onde quero estar.

— Acho que entendo o motivo.

Olho pela janela do outro lado do Sena. Vejo ao longe a Sacré-Coeur, a famosa basílica elevando-se sobre a cidade. Parece que está pairando no horizonte sempre que você olha, exatamente como quando você está andando de carro e a lua parece te seguir. Mal posso esperar para vê-la de perto. Com Louis. Ou não. Tanto faz.

Continuamos andando, e não sei por que noto isso, mas nossos passos estão em sincronia.

Reconheço a próxima obra na parede na hora, e meu coração quase para: "Ensaio de balé no palco".

— Ai, meu Deus! — Eu arfo. — Está aqui!

Não consigo conter minha empolgação enquanto me espremo entre as pessoas para poder ver mais de perto o meu quadro favorito da vida. Existe uma versão semelhante deste quadro no Met de Nova York, mas este é o que mais amo. É tão surreal finalmente ver o original. Paris realmente é uma cidade mágica: até agora está fazendo todos os meus sonhos virarem realidade.

— É *tããããão* incrível — sussurro.

Louis se aproxima e para ao meu lado.

— Nunca vi ninguém ficar tão animado por causa de um quadro — diz ele, me cutucando de leve.

Minha mente volta para quando eu estava na garupa da Vespa, e como desejei apoiar a cabeça no ombro dele. No fundo da minha mente, uma vozinha me diz que não pode ser coincidência termos nos encontrado duas vezes em uma semana. E não quero que ela se cale.

Eu me obrigo a me concentrar na pintura de novo e abro um sorriso.

— Tenho um pôster desse quadro no meu quarto — digo. — É o meu preferido.

Louis sorri.

— Me dá seu celular — diz ele.

Entrego para ele, que espera até o grupo de pessoas se afastar para tirar uma foto minha na frente do quadro.

— *Parfait* — diz ele, devolvendo o aparelho.

— Eu vou parecer uma nerd falando, mas estou muito feliz por ter isto.

Louis ri.

— Gosto de nerds de arte.

Fico radiante e talvez um pouco vermelha, mas as palavras dele me dão coragem suficiente para pegar o braço dele e puxá-lo para mim.

— Você tem que aparecer na foto também — digo, colocando o celular diante de nós.

Ele cola o rosto ao meu, e sinto um frio na coluna enquanto tiro a foto. Depois, fico doida para olhar, mas me controlo. Vou poder ver a noite toda se eu quiser. E já sei que vou querer.

— E o que deixa *você* animado? — pergunto, esperando que a cor do meu rosto esteja voltando ao normal.

Ele para e pensa um pouco.

— Passear com os amigos pela França. Não saber o que vai acontecer amanhã. Comida boa de verdade. Na verdade... — Ele olha para o relógio. — ... um dos meus cafés favoritos não é muito longe daqui, fica na Saint-Germain, e está quase na hora do almoço... Você tem planos? — pergunta Louis. — A gente pode ir lá. Depois que você acabar de analisar cada pintura de Degas com lente de aumento, é claro.

Eu não posso. Na verdade, não *devo*. Preciso manter o foco no motivo de estar aqui, no balé e em impressionar o diretor do ABT, e é bem óbvio que Louis é uma... distração. Uma distração linda. Tão linda. Mas eu *preciso* comer, então...

— Acho que tenho tempo para isso — digo, tentando manter o rosto sério.

Passamos por várias ruas sinuosas do sexto *arrondissement*, mas assim que chegamos ao lugar que Louis mencionou, ele muda de ideia.

— Café de Flore fica logo ali na esquina. Você conhece?

— Já ouvi falar — digo, tentando lembrar onde ouvi.

Louis sorri, como se estivesse prestes a me contar um segredo.

— É um dos cafés mais antigos de Paris. Sempre foi *o* ponto de encontro para a maioria dos parisienses famosos: autores, jornalistas, atores e todos os tipos de celebridade. Tem até o próprio prêmio literário.

— Mas não sou famosa — digo em tom de brincadeira.

— *Ainda* — retruca Louis com um brilho nos olhos.

Alguns minutos depois, estamos sentados em uma mesa no canto do terraço do famoso café, junto com muitos parisienses chiques. A letra cursiva branca anunciando o *Café de Flore* está quase coberta pelas plantas exuberantes da varanda logo acima. Dou uma olhada em volta, imaginando se vou reconhecer alguém, mas, a não ser por bailarinos, não conheço o cenário artístico francês. Um casal mais velho ao nosso lado come em silêncio, com os guardanapos branco no colo. As taças de vinho tinto mal cabem na mesa e se tocam a cada movimento.

— Não moro muito longe daqui, com o meu pai — diz Louis, apontando para a esquerda. — Algumas ruas de distância, perto do *Jardin du Luxembourg*.

— Uau. — É tudo que consigo falar.

Tento imaginar como seria ser criado tão perto de um parque tão maravilhoso, passeando por monumentos de séculos a caminho da escola, olhando as butiques elegantes e parando em cafés famosos nas tardes. Parece uma vida muito boa.

Ele fica vermelho.

— Não é tão chique quanto aqui, eu juro — diz ele antes de acrescentar: — Minha mãe mora em Londres. Bem, é onde ela mora quando não está viajando. Ela é diretora, então está sempre filmando em algum lugar.

    Louis começa a falar do último filme da mãe, uma drama sombrio que se passa em várias partes de Europa e que será lançado no fim deste verão. Ele fala como se não fosse nada de mais e, quando começa a fazer perguntas, hesito um pouco para contar sobre minha família estadunidense bem padrão.

    — Minha mãe não é uma diretora famosa, mas trabalha no setor de marketing de uma empresa de produtos de beleza, então ganho muita maquiagem de graça. — Dou de ombros. — Meu pai e meu irmão mais novo não se animam muito com isso, mas é uma coisa muito boa para uma bailarina.

    Eles servem a salada, cheias de *crudités* (também conhecidos como verduras e legumes crus) coloridos, e voltamos ao assunto das coisas favoritas dele em Paris: o canal Saint-Martin, onde costuma ir para se encontrar com os amigos; os shows a céu aberto no verão, e os crepes cobertos com Nutella, vendidos em tantas esquinas da cidade. Parece que não posso ir embora sem provar pelo menos um.

    O clima entre nós é estranhamente confortável, como se já tivéssemos feito aquilo muitas vezes antes, mesmo que eu nem soubesse da existência de Louis alguns dias atrás. Estamos sentados bem próximos, e sinto a vibração do joelho dele balançando, quase como se ele estivesse nervoso. Não sei por que ficaria; Louis é maneiro demais para ficar nervoso por causa de alguém ou alguma coisa. Ainda mais por mim.

    — Por que o balé? — pergunta Louis, comendo sua segunda baguete, a qual ele enche de manteiga.

    — Está no meu sangue. — As palavras saem antes que eu consiga impedir.

    Louis levanta uma das sobrancelhas.

— Estou brincando. Mais ou menos. Eu simplesmente me apaixonei pelo balé quando eu era pequena e foi isso. Eu adoro ser transportada pela música de centenas de anos atrás. É como se eu fosse de outra era.

— Como se você estivesse em um dos quadros que acabamos de ver?

— Isso. — Sinto que estou ficando vermelha. — Você vai achar que bobeira — digo, me encostando na cadeira.

— Vamos ver.

— Então, tem essa história que minha avó me contou...

Conto a ele tudo que guardei para mim por todos esses anos. Como as mulheres da minha família dançam há gerações e como minha avó acredita que nossa antepassada é uma das dançarinas de Degas. E que isso é um sinal de que ser uma bailarina é o meu destino.

— Eu disse que é bobeira — digo quando termino de contar.

Louis só fica olhando para mim com olhos arregalados. Acho que falei demais. Não entendo o que acontece comigo quando estou com ele.

— Acho que você e eu temos uma definição diferente de *bobeira* — diz ele por fim. — O que mais sua avó te disse?

— Não muita coisa. Ela me deu um número de telefone de uma tia que mora perto de Paris.

Louis começa a brincar com as migalhas na mesa, esmagando uma por uma com o indicador. Ele franze a testa enquanto faz isso, como se estivesse fazendo uma tarefa muito importante. Ele continua lindo mesmo quando franze a testa.

— E você acha que essa tia talvez saiba mais alguma coisa? — pergunta ele.

— Sei lá. Talvez?

Um garçom de avental branco nos interrompe para tirar os pratos e pedimos dois cafés, que chegam em xícaras minúsculas com o nome do café e um quadradinho de chocolate embrulhado em papel laminado está no pires ao lado do torrão de açúcar. Gosto de como os franceses fazem o café: forte e doce.

Louis parece perdido em pensamentos e ainda estou processando o fato de ter acabado de confessar essa história toda para um garoto que acabei de conhecer. Mas talvez tempo não seja o único indicador de se conhecer alguém ou se sentir próxima a essa pessoa.

— Parece que só tem um jeito de descobrir sobre essa bailarina — diz Louis. — Você tem o endereço dessa tia?

Dou risada, certa de que ele só está brincando, mas ele está bem sério. Então, concordo com a cabeça e pego a foto no meu celular.

— Eu procurei. Fica em uma vilazinha a cerca de uma hora ao sul de Paris. Não tem um jeito fácil de chegar lá...

— Fácil não é o que torna a vida divertida — diz Louis, verificando o mapa no celular dele.

— Eu deveria ligar para ela, mas ela não fala inglês. — Acho que Louis não está mais me ouvindo.

Depois que dividimos a conta, ele empurra a cadeira e se levanta.

— Temos que ir.

Eu me levanto.

— Ir aonde?

— Se eu te contar, você não vai querer ir comigo.

— Mesmo assim eu quero saber.

— Por quê? — pergunta Louis com um sorriso de lado, todo charmoso.

Tudo bem, já definimos que *todos* os sorrisos dele são charmosos, isso quando não são maravilhosos, mas alguns me afetam mais do que outros.

— Nós vamos sair para uma aventura.

Ele só pode estar brincando, né?

— Que tipo de aventura? — pergunto, enquanto eu o sigo pela rua, voltando na direção do *Musée d'Orsay*.

Louis para e olha direto nos meus olhos.

— Você faz muitas perguntas.

Cruzo os braços.

— E você não me dá respostas o suficiente.

Ele cai na risada, que mais parece um feitiço, da melhor forma possível. E talvez seja, porque ontem mesmo eu tinha jurado que não me envolveria com garotos pelo resto do verão e prometi a mim mesma dar toda a minha atenção ao balé. É o motivo por que estou aqui. É claro que ainda me sinto assim. No entanto, sei que estou com problemas... Porque, sejamos sinceras, vou seguir esse som para qualquer lugar.

Capítulo 8

Pela segunda vez esta semana, estamos ziguezagueando pelas ruas de Paris. Não acredito que estou de novo na garupa desta Vespa, abraçadinha na cintura de Louis, como se eu pertencesse a este lugar. Meu coração está disparado e sinto os dedos vibrarem de animação. Eu me obrigo a voltar a mim quando saímos da avenida movimentada e entramos em uma ruazinha perto de uma estação de trem chamada RER. Louis para em frente a um prédio branco com grandes janelas brancas do mesmo tipo de estrutura de ferro que vemos por toda a cidade.

— Infelizmente, não dá para ir pilotando até lá — diz ele, trancando a Vespa.

— Nós *não* vamos à casa da minha tia-bisavó — digo. E estou falando bem sério.

Louis contrai os lábios.

— Você não quer saber se todo esse lance da sua antepassada e Degas é verdade?

Solto um suspiro. Posso dizer que nem conheço essa minha tia-bisavó, que eu deveria voltar para o alojamento e descansar para me preparar para semana que vou ter pela frente, que não vim aqui para paquerar ninguém, por mais linda que essa pessoa seja...

— Não dá para simplesmente aparecer lá — digo, mas Louis já está seguindo em direção à estação.

— *Pourquoi pas?* — *Por que não?*

Passamos por um casal com dois cachorrões na coleira, que constituem muita gente e muitos animais para a calçada estreita e temos que passar pela rua.

— Porque eu nem conheço essa mulher. Não posso simplesmente aparecer lá. Tenho que planejar uma visita.

— Isso parece bem chato — diz Louis, descendo os degraus para o RER de dois em dois.

— É o normal a se fazer. — Sentindo-me uma profissional no sistema de transporte público, passo meu cartão do metrô para continuar seguindo-o e logo estamos na plataforma esperando o trem.

Louis encolhe os ombros.

— Normal, chato. É tudo a mesma coisa.

— E se ela for uma assassina em série? — pergunto, em voz alta demais.

Algumas pessoas se viram para me lançar um olhar esquisito.

— Se ela for — sussurra ele no meu ouvido —, então vai ser uma aventura e tanto.

Meneio a cabeça e sinto o cabelo bagunçado dele roçar no meu rosto. É macio e tem um cheiro maravilhoso. Quero menear a cabeça de novo. E de novo e de novo.

— Olha só, você vai ficar em Paris pelas próximas seis semanas, não é? — pergunta Louis.

— Isso. Mas para dançar. Só para dançar — digo mais para mim do que por qualquer outra coisa.

— Tá, então você vai embora no fim do verão sem conhecer a verdadeira história da sua família? Você vai passar o resto da vida se perguntando se sua avó estava certa, e que talvez sua tia-bisavó soubesse de algo que poderia te contar. E, então, ela vai morrer e você nunca vai saber.

— Hum... você está sendo mórbido — digo.

— Mórbido, mas verdadeiro.

Touché.

Olho para o painel eletrônico com os horários. O trem parte em seis minutos.

— Precisamos ligar para ela primeiro — digo, pegando a foto do bilhete da vovó. Disco o número e entrego para ele.

Um momento depois, ouço alguém atender. Louis dá uma piscadinha para mim.

— *Bonjour, madame* — começa ele. Claro que não é só isso que ele diz, mas só consigo entender algumas partes da conversa em francês. — Mia Jenrow... *Train. Aujourd'hui. Merci beaucoup.*

Quando desliga, está com o sorriso mais travesso no rosto.

— Ela mal pode esperar para conhecer você.

Saímos do trem uma hora depois, e duas senhoras estão esperando por nós na estação. Reconheço-as das fotos da vovó. A mais velha é, claro, a minha tia-bisavó Vivienne, que realmente está ótima para alguém que já passou dos noventa anos.

Ela se ilumina quando me vê.

— *Tu dois être Mia!* — Você deve ser a Mia!

Ela me dá um beijo no rosto, e começa a esfregar meu rosto tirando o que suponho ser a marca de batom que deixou na minha bochecha. Ela continua falando em francês, e lanço um olhar desesperado para Louis.

Ele começa a traduzir na hora.

— Ela está dizendo que você é a cara da sua avó.

— *C'est vrai!* — respondo com entusiasmo extra. *É verdade!*

A outra mulher é a filha mais velha dela, Madeleine. Como Vivienne é a tia da minha avó, irmã da minha bisavó, tenho quase certeza de que isso torna Madeleine e eu primas em algum grau. Eu deveria ter pedido para vovó me explicar a árvore genealógica de novo antes de eu vir para cá.

Madeleine tem cabelo bem curto e ruivo e usa calça larga com uma túnica branca. Parece ter mais ou menos a mesma idade da vovó Joan. Acho que quase setenta anos. Ela fala um pouco de inglês, o que me faz me sentir um pouco melhor.

— *Maman* ficou, hum, muito feliz... quando seu *petit copain*, hum... namorado, ligou — diz Madeleine por sobre o ombro enquanto entramos no carro e ela começa a dirigir.

Ela parece parar de falar a cada duas ou três palavras, como se estivesse procurando a palavra certa. Imagino que não deva treinar o inglês com muita frequência. Ela começa a falar de novo antes que eu tenha tempo de corrigi-la.

Desculpe, falo só com os lábios para Louis em relação a essa questão de namorado, mas ele só sorri para mim.

— *Maman* não dirige mais, mas moro perto e faço muitas visitas.

— Obrigada, Madeleine. É um prazer conhecer você. — Então, eu me debruço em direção à minha tia-bisavó. — Vivienne... a vovó Joan vai ficar tão feliz de saber que eu vim aqui. — Louis traduz para mim e Vivienne abre um sorrisão.

Passamos por vilarejos e campos onde o gado pasta feliz antes de Madeleine estacionar o carro em uma pequena praça perto de uma fileira de casas de pedra. Do outro lado, e juro que isso é verdade, vejo a entrada de um castelo, ou, como os franceses falam, *château*. A construção em si é imensa, o equivalente a umas dez casas juntas, e fica no fim de uma rua arborizada.

Vivienne nota para onde estou olhando e diz algo que não compreendo.

Louis explica:

— Ela disse que os donos são simpáticos, mas que quase não são vistos. Seria legal saber como é por dentro, não é?

Solto um suspiro de alívio. Acho que vovó Joan teria me dito se fôssemos descendentes da realeza francesa. Em vez disso, tia Vivienne e Madeleine nos guiam para uma das casas acolhedoras na praça. Um corredor ladrilhado corta toda a casa e vejo portas escuras e pequenas de cada um dos lados. Há plantas e fotos emolduradas por todos os cantos e uma escadaria que leva ao segundo andar. Dou uma olhada nas fotos, mas todas parecem retratos bem comuns de família. Nenhuma bailarina à vista.

Tia Vivienne nos leva até uma varanda e depois a um jardim de inverno onde nos sentamos sob uma árvore frondosa, que nos protege do sol forte daquela tarde.

— Achei que Joan ensinaria a neta a falar francês — comenta minha tia-bisavó, e Louis traduz.

— Ela ensinou, quando eu era pequena. Mas meus pais insistiram que eu estudasse espanhol na escola.

Louis repete minhas palavras em francês. Vivienne assente, um pouco decepcionada. E sinto o mesmo, desejando ter me dedicado mais a aprender o idioma.

— Espanhol é muito útil também — diz Madeleine, chegando com uma jarra de suco e um prato de biscoitos.

A palavra *beurre* está gravada neles, só para o caso de você não adivinhar, pela cor dourada, que são amanteigados.

— *Maman* está muito orgulhosa por você estar dançando no *Institut de l'Opéra de Paris* — diz Madeleine para mim.

Tia Vivienne fica radiante ao ouvir a menção à famosa escola. Gostaria que minha mãe se sentisse do mesmo modo, mas afasto o pensamento.

— Ela queria que eu também fosse uma... você sabe, uma *danseuse*. Mas eu não era nada boa — conta Madeleine com uma risada.

Vivienne pressiona a mão no braço de Louis, pedindo em silêncio que ele traduzisse. Assim que ele faz, Vivienne abre a boca.

— *Ne l'écoute pas!* — diz ela para mim. *Não lhe dê ouvidos.*

— Minha filha era muito talentosa. Ela só desistiu cedo demais. Todas as mulheres desta família são feitas para o balé. Exatamente como você, Mia. — Louis sorri ao me dizer isso, e sinto que fico vermelha.

— É justamente sobre isso que Mia quer conversar — diz Louis em francês. Quanto mais eu o escuto, mais palavras eu consigo entender.

— *J'ai des questions* — acrescento com cautela. *Tenho algumas perguntas.*

Mas me sinto um pouco tola de fazê-las. Mesmo que elas sejam da família, eu não as conheço. Vivienne assente para mim com um sorriso radiante.

— Vocês podem ficar para *ce soir*, não é? Para conversarmos mais? — pergunta Madeleine, embora soe mais como uma afirmação.

Eu meneio a cabeça.

— Não podemos ficar.

E Louis diz ao mesmo tempo:

— Adoraríamos.

— Temos que pegar o trem de volta — cochicho para ele. Louis encolhe os ombros.

— Os trens funcionam até tarde. Vamos lá, viva um pouco. Vamos passar uma noite louca com suas parentes idosas.

Ele sorri. Como posso resistir?

Entramos quando a hora do jantar se aproxima. Mesmo ainda estando claro, deu uma esfriada para nos lembrar que o dia está chegando ao fim. Madeleine vai até a cozinha para preparar a comida enquanto nós seguimos para a sala de jantar da casa de Vivienne, toda coberta por um papel de parede floral, que já está amarelado em alguns pontos. Uma mesa de madeira rústica e cadeiras combinando ocupam a maior parte do espaço. Comparadas ao resto da casa, as paredes desse cômodo parecem quase nuas, a não ser por um quadro com moldura ornada pendurado na parede.

Vivienne me vê olhando e pega minha mão, puxando-me para perto.

Na moldura, vejo um desenho de uma jovem, da cintura para cima, feito com carvão preto e pastel verde. Ela está olhando para a esquerda, e os olhos sem foco. O cabelo trançado descansa no ombro, preso com um grande laçarote na ponta. Seus ombros estão eretos, uma postura perfeita. O papel fino está rasgado em um canto, e são apenas algumas linhas nítidas, mas desbotando. Talvez seja porque passei a manhã estudando os desenhos de Degas, mas o estilo e a cor são inconfundíveis.

A expressão no rosto de Louis me diz que ele está pensando a mesma coisa.

— Que desenho bonito — diz ele em francês para Vivienne.

Vejo na hora um brilho nos olhos da minha tia-bisavó.

— *Tu aimes Degas?* — *Você gosta de Degas?*

Meu coração dispara.

— Este é um desenho original de Degas? Vovó Joan me contou a história — digo em um francês rudimentar, mas com voz animada.

Tia Vivienne acaricia meu rosto.

— *C'est une belle histoire.* — *É uma linda história.*

Prendo a respiração, esperando por mais, mas ela apenas faz um gesto para nos sentarmos.

Madeleine chega com uma salada de batatas e uma baguete parecendo fresquinha, e consigo sentir o cheiro do outro lado da sala. Sinto a boca salivar.

— *Du vin?* — pergunta Madeleine quando nos servimos.

Ela nem espera a resposta antes de sair da sala. Volta um instante depois com uma garrafa de rosé gelado. Louis assente, levantando a taça. Hesito por um momento. Nunca tomei vinho antes, mas Madeleine já está me servido.

— Você vai gostar — cochicha ele no meu ouvido.

Nesta semana já experimentei tantas coisas pela primeira vez, e estremeço de antecipação ao provar algo que sempre vi como suco para adultos. Ou talvez seja só o cheiro adocicado do hálito de Louis que está me deixando... *quelque chose.*

Tia Vivienne levanta a taça e todos nós fazemos o mesmo.

— *À Mia! Ma petite-nièce!* — À Mia, minha sobrinha-bisneta! — *Bon appétit!* — diz Vivienne, trazendo-me de volta à realidade.

Espero por um tempo até mencionar o desenho de novo. Não quero que pareça que esse foi o único motivo de eu ter vindo. Em vez, disso, passo a maior parte da refeição atualizando tia Vivienne sobre vovó Joan e minha mãe, mesmo que elas só tenham se visto algumas poucas vezes, antes de eu nascer. Também fico sabendo que Madeleine tem dois filhos, ambos com quase quarenta anos. Um deles acabou de ter o segundo filho com a esposa, e Madeleine está maravilhada por ser vovó de novo. Ela pega o celular para me mostrar uma foto e leva a mão ao coração.

Então, notando minha taça vazia, ela enche de novo. Já estou um pouco tonta, mas faço que sim. É assim que os franceses vivem, e não quero perder a oportunidade de aprender mais sobre a cultura deles.

— Este desenho — começo, depois de tomar um golinho. Eu me viro para tia Vivienne. — Você disse alguma coisa sobre Degas?

Não quero perguntar de forma direta se ela tem uma obra de arte extremamente valiosa na sua sala.

Antes que Louis tenha tempo de traduzir a minha pergunta, Madeleine meneia a cabeça para a mãe.

— *Maman! Qu'est-ce que tu as dit à Mia?* — Mãe! Mas o que foi que você disse para Mia?

Mãe e filha discutem em francês por um tempo. Elas falam rápido demais e Louis faz um resumo:

— Madeleine está chateada porque acha que Vivienne disse para você que o desenho é um Degas, quando todo mundo sabe que isso não verdade. Vivienne disse que você ficou curiosa com o desenho porque é lindo demais e não importa o que ela disse.

— Então, é um Degas ou não? — pergunto para Louis, percebendo que eu me importo mais com isso do que eu deveria.

Louis dá de ombro e continua ouvindo a conversa, mas Madeleine escutou a minha pergunta e responde olhando para mim do outro lado da mesa:

— Não é verdade. Não ouça *maman*. Ela só... Como se diz? O avô dela comprou o desenho em um... *antiquaire*, um loja de itens usados. Ele brincava que era verdadeiro, e, então, as pessoas começaram a esquecer que era uma brincadeira.

Mesmo que Madeleine estivesse falando em inglês, tia Vivienne parece ter entendido a fala da filha. Ela meneia a cabeça e pousa a mão no braço de Louis.

— E *é* de verdade. Diga para Mia que é nossa antepassada, a *danseuse étoile*.

— *N'importe quoi* — diz Madeleine, revirando os olhos. *Besteira.*

Louis olha para mim para ver se entendi, e concordo com a cabeça. Mas ainda estou bem confusa. As palavras da minha mãe ressoam dentro de mim. Como ela disse que algumas pessoas optaram por acreditar na lenda, e outras, não. Que a verdade é irrelevante, porque nunca vamos saber. Tento sorrir, para esconder minha decepção. Não quero que isso seja apenas uma história legal. Quero que o balé realmente esteja no meu sangue, na minha ancestralidade.

Madeleine pergunta se quero ajudá-la com a sobremesa, e a acompanho até a cozinha.

— *Tu es triste...* ah, você ficou chateada — diz ela. — Vejo no seu rosto.

Nego com a cabeça, afastando o olhar. Sinto as lágrimas chegando, o que é tolice, eu sei. Não posso permitir que isso me afete. Minha mãe diria que a vida é muito mais que isso.

Madeleine lava alguns morangos e os coloca em uma tigela de vidro. Enquanto isso, coloco a louça na lava-louça.

— Sinto muito — diz ela. O inglês dela é básico, mas é claro, e bem melhor do que o meu francês. — Aquele desenho não é real. Eu mesma levei para uma pessoa, como se diz, para ter provas, para fazer minha *maman* feliz. Ele, hum... como é a palavra? Ele riu. Disse que tem muita gente que imita obras de arte e alguns são muito bons. Ninguém tem como saber se esse desenho realmente foi feito por Degas.

Concordo com a cabeça enquanto tento absorver tudo aquilo. Não há como se provar, então tem isso. Se um perito não tem como descobrir, então nunca vamos saber se minha antepassada foi uma das bailarinas de Degas. Curvo os ombros.

— Eu... — tento dizer alguma coisa, mas não sei o quê. E Madeleine provavelmente também não entenderia.

— *Dis-moi* — pede ela. *Fale comigo*. — Somos família.

Engulo em seco, enquanto sinto uma emoção borbulhando na garganta.

— Ser bailarina é o meu sonho — digo devagar, verificando se ela está entendendo. Ela me encoraja com um movimento da cabeça. — Eu quero isso mais do que qualquer outra coisa. Mas é tão difícil, tão competitivo. Essa lenda... Ela me ajuda a acreditar que consigo, sabe? Que vai dar tudo certo para mim. Ela me dá esperança. Eu... *preciso* que seja verdade.

Olho para o chão. Nunca tinha pensado assim antes, mas agora que verbalizei isso para alguém, percebo que foi como sempre me senti em relação à história da vovó Joan.

— Mia, *regarde-moi* — diz Madeleine, levantando meu queixo com os dois dedos, obrigando-me a olhar para ela. — Você deve acreditar no que *você* deseja acreditar. Se essa lenda a inspira quando você dança, então acredite nela. Se ela faz com que você sinta algo, então é isso que importa.

Enxugo uma lágrima com as costas da mão. Eu nem tinha notado que tinha escorrido pelo meu rosto.

* * *

Depois do jantar, já está praticamente escuro lá fora. Percebo que estamos aqui há muito tempo e pego o meu celular para dar uma olhada no horário dos trens.

— O último sai às 23h05 — digo para Louis.

Ele olha no relógio.

— Vivienne acabou de dizer que quer mostrar para você algumas fotos de família.

Ele deve ter notado minha expressão ansiosa. Eu tenho que ir para o alojamento descansar. Será que *monsieur* Dabrowski vai anunciar os papéis bem cedo de manhã ou vai nos fazer esperar o dia todo?

— Tudo bem, Mia — diz ele, e afasto todas as preocupações. — Temos bastante tempo.

Ainda bem que não tem limite de horário para entrar no alojamento. Fiquei surpresa ao saber que alunos com mais de dezesseis anos podem fazer o que bem entenderem. Talvez seja um lance dos franceses ou de cidade grande, tratar adolescentes como adultos. Desde que aparecêssemos nas aulas na hora e tivéssemos um bom desempenho, somos senhores do nosso próprio destino fora da escola.

Mesmo assim, sinto uma inquietação crescer dentro de mim enquanto observo minha tia-bisavó abrir um armário imponente em um canto e pegar alguns álbuns bem grossos. Hesito por um momento, mas Vivienne parece tão feliz e não quero decepcioná-la. Ajudo Madeleine a preparar o chá e nos acomodamos na sala de estar adjacente, onde nós quatro nem cabíamos no sofá. Louis fica de pé ao lado dele enquanto Madeleine e eu nos sentamos cada uma de um lado de Vivienne. Eu me obrigo a esquecer a história do desenho e sorrio. Ainda estou feliz por ter vindo aqui.

*   *   *

Nós nos despedimos de Vivienne com um beijo uma hora e três álbuns depois, e Madeleine nos leva até a estação de trem. Mas assim que chegamos, antes mesmo de ela estacionar o carro, sei que tem algo errado. Está tudo calmo *demais*.

Louis e eu saímos correndo do carro e vamos até a porta da estação. Está trancada.

— Não é possível — digo, com o coração disparado no peito. — Eu vi o horário! Tem um trem às 23h05, tenho certeza.

Louis passa o dedo pelo horário colocado atrás do vidro.

— Nos dias de semana. O último trem para Paris do fim de semana partiu há vinte minutos.

Sinto um frio na barriga. Louis e eu ficamos nos encarando em silêncio. O que diabos vamos fazer agora?

Capítulo 9

— **Por favor, não olhe para mim.**
Entro no quarto vestida como um merengue cor-de-rosa bem fofinho disfarçado como uma camisola comprida e muito velha. É grande e cheia de babados e botõezinhos fofos. A peça seria exagerada até mesmo para uma garota que gosta de coisas fofas, o que não é o meu caso. Fora do balé, meu estilo é bem discreto: camiseta preta ou branca, jeans justo ou uma saia. Até comprei algumas camisetas listradas para a viagem, porque pareceu algo óbvio para se usar na França, mas camisolas cor-de-rosa chiclete? *Non, merci*. Ah, isso sem falar no cheiro. Acho que ela deve ter ficado guardada com bolotas de naftalina em uma gaveta empoeirada por um milênio. Eu sei, pelo menos não vou ter de dormir na rua, mas mesmo assim.

— Essa coisa é... Nem sei como dizer em inglês — comenta Louis, meneando a cabeça, chocado. — Em francês, nós dizemos que é um *tue-l'amour*.

— *Assassino do amor?* — pergunto, levantando a saia e fazendo alguns passos de dança. Giro e jogo a cabeça para trás com uma risada.

Louis morre de rir também. Está bem melhor do que eu. Vivienne encontrou uma camiseta verde limão desbotada para ele usar com a cueca boxer.

Normalmente, eu me sentira idiota e constrangida por estar vestida daquele jeito na frente do garoto dos meus sonhos (ou qualquer garoto, na verdade), mas só estou aliviada. E fazer graça da situação junto com Louis é bem tranquilo. Não sei como ele consegue, mas torna tudo uma aventura emocionante, seja um passeio no museu, uma viagem de trem para uma cidade pequena e até tomar alguns goles de vinho rosé.

Depois que o choque de ter perdido o trem passou, Madeleine nos levou de volta à casa da mãe e nos disse para não nos preocupar. Eu estava envergonhada pelo meu erro, mas ela e Louis acharam mais graça do que qualquer outra coisa.

Por sorte, os trens partem bem cedo de manhã, então fico repetindo para mim mesma que tudo vai dar certo no final: eu vou ter tempo suficiente para voltar ao alojamento, pegar minhas coisas e dar o meu melhor na aula. Mandei uma mensagem para Lucy avisando que eu ia dormir na casa de uma pessoa da minha família e imaginei que ela passaria o recado de onde eu estava para as outras. Embora eu ache que a Audrey não deva estar nem aí.

— O que os seus pais vão dizer? — perguntei para Louis quando estávamos voltando. — Por favor, não diga para o seu pai que a culpa foi minha.

Estou me esforçando bastante o dia todo, mas é claro que esse pensamento não saiu da minha cabeça: *monsieur* Dabrowski, o professor alto e assustador que tem o meu futuro nas mãos, é pai do Louis.

— Mas a culpa *é* sua, Mia — respondeu ele na hora, e senti o rosto queimar de vergonha. — Não se preocupe — acrescentou. — Eu durmo fora de casa desde que eu tinha catorze anos. Vou mandar uma mensagem para o meu pai, mas talvez ele nem dê falta de mim.

Tia Vivienne já tinha ido para cama quando voltamos. No estado de sonolência que se encontrava, ela nos levou até o quarto de hóspedes no segundo andar.

— Vocês deram sorte. Tenho duas camas de solteiro aqui para quando meus bisnetos vêm me visitar. Mas esperem. Os seus pais deixariam que dormissem no mesmo quarto? — Ela até podia estar dormindo em pé, mas ainda era uma bisavó de noventa anos com princípios.

Louis apenas riu e disse para ela que nossos pais ficariam aliviados por termos um teto sobre nossa cabeça. Não sei se meu pai concordaria muito, mas sorrio e concordo. Espero que ele nunca descubra sobre isso.

— Preciso perguntar uma coisa — digo para Louis quando ele para de rir. Eu me viro para apagar a luz, e o quarto fica totalmente escuro. Ele deve ter fechado as persianas externas enquanto eu estava no banheiro. Dou alguns passos hesitantes até encontrar a cama. — Por que você está me ajudando? — Eu me enfio embaixo das cobertas.

Nós passamos o dia todo brincando e nos divertindo, e talvez seja porque estamos tão próximos agora, mas não consigo evitar. Preciso saber mais.

— Porque é divertido. Já disse que adoro uma boa aventura. Se você me dissesse hoje de manhã que eu acabaria a noite com uma garota bonita e inteligente...

Abro um sorrisão, mesmo que ele não possa me ver, ou talvez seja justamente *por isso*.

Tem outra coisa que quero perguntar. Ele *realmente* estava esperando o amigo Max naquele dia que nos conhecemos na escadaria? Acho que não é da minha conta, mas é difícil acreditar que Louis não tenha... ninguém com quem se aventurar. Imagino uma pessoa com cabelo brilhoso, maçãs do rosto definidas e um ar chique natural que vi em alguma das garotas francesas da minha idade. Sinto um aperto no peito de ciúmes, tudo bem, é mais do que um aperto. Pare com isso, Mia. Isso nunca vai dar certo. Você vai estar bem ocupada nas próximas semanas, lembra?

Solto um suspiro silencioso e decido mudar de assunto.

— Foi ótimo o dia — digo. — Mas... bem, eu não tinha percebido antes, mas eu realmente queria que toda aquela história fosse verdade. Ainda quero. Sei que devo estar parecendo boba, mas a ideia de que uma antepassada minha era tão especial que um dos maiores pintores da história a usou como modelo, que uma pintura dela pode até estar em algum museu em algum lugar... Parece um conto de fadas. Eu adoraria descobrir mais, mas tenho muitas coisas com que preocupar agora. Preciso me concentrar no programa e em conseguir um papel em *O lago dos cisnes*. Essa lenda vai ter que esperar.

Faço uma pausa, esperando que Louis responda, mas o quarto, a casa inteira, está no mais absoluto silêncio.

— Louis?

Mais silêncio, e então:

— Hum?

— Você estava dormindo?

— Hum... — sussurra ele da cama do outro lado do quarto.

Sério? Acabei de abrir minha alma para Louis e ele dormiu?

Passam-se alguns minutos de silêncio antes de ele começar a resmungar:

— Você tem tanta paixão. Isso faz com que eu me sinta...
— Como?
— Sei lá. Como se estivesse faltando alguma coisa em mim.
— Tenho certeza de que deve ter alguma coisa que desperte a sua paixão — digo, mas então percebo que o dia todo de hoje girou em torno de mim. Louis ainda é um mistério.
— Então, qual é a sua? — pergunto. — Qual é a sua paixão?
— Hum — responde ele, parecendo triste e sonolento. — Eu não sei. Talvez eu não queira ter uma.
— Você não está falando sério — digo, brincando.
— E se eu estiver? Eu cresci vendo meus pais com tanta paixão pelos respectivos trabalhos que parecia que nada mais importava.
— Mas... — começo a falar, mas não sei o que dizer.

Não consigo me imaginar sem ter uma paixão, sem ter algo que me faça pular da cama todas as manhãs. Para mim, parece maravilhoso poder crescer com pais artistas que correram atrás dos próprios sonhos e foram muito bem-sucedidos. Mas o que sei sobre a vida familiar de Louis?

Ele fica em silêncio por um tempo, e fico imaginando se dormiu.

— Mia? — chama ele, por fim. — Eu não fui ao *Musée d'Orsay* para passar um tempo com o Max. Eu vi o seu nome na lista da escola e queria te ver de novo...

Dou um sorriso na escuridão. Ouço o sangue rugindo nos meus ouvidos no ritmo do meu coração, e ele soa como sapatilhas de ponta no palco. Fecho os olhos. Bailarinas dançam à minha volta, os braços flutuando enquanto giram e sussurram. Talvez você não precise escolher entre o amor e o balé, Mia. Talvez você possa ter as duas coisas.

Olho para o outro lado do quarto, onde Louis está a alguns centímetros de mim, e ouço a respiração suave. Hoje foi um dia... perfeito. Bem, talvez não perfeito. Imagino os lábios de Louis, tão rosados e brilhantes quando ri. Eles parecem tão macios. Resmungo internamente. Sozinha em meus pensamentos, posso admitir: eu queria que ele tivesse me beijado. Isso deveria ser parte da experiência francesa, não é? Sim, eu sei que ele é filho do meu professor. Não posso negar que seria muito ruim se qualquer um na escola descobrisse o que Louis e eu fizemos hoje, mesmo que não tenhamos *feito* nada de mais... Tudo bem, Mia, já chega. Você precisa descansar para o grande dia de amanhã. Mas, enquanto adormeço, penso que sim, talvez eu possa ter tudo. Com Louis, tudo parece possível.

Capítulo 10

— **Acorda!** *Acorda!* **ACORDA!**

Houve um momento esta manhã, logo depois que abri meus olhos em um lugar escuro e desconhecido, em que achei que teria que partir sem Louis. Precisei estalar os dedos várias vezes, sacudi-lo devagar, depois não tão devagar, e, finalmente, tive que gritar no ouvido dele para que voltasse ao mundo dos vivos. Isso sem contar com o barulho alto do alarme no meu celular que *me* acordou.

Quando descemos, somos saudados por dois cheiros franceses bem conhecidos: café e croissant fresco. O rosto de Louis se ilumina quando Vivienne nos convida para tomar café e comer antes de Madeleine nos deixar na estação de trem.

Mas quando Louis está prestes a se sentar, coloco a mão no braço dele.

— Nós temos que ir.

— *Tu devrais manger quelque chose* — diz Vivienne enquanto coloca café em uma tigela. Tipo, em uma tigela de cereal.

Você precisa comer alguma coisa. Ela diz mais algumas coisas e Louis traduz para mim.

— Madeleine foi até a *boulangerie* especialmente para nós.

Nem preciso responder; a expressão no meu rosto diz tudo.

— Muito obrigada, mas vamos ter que levar para comer no caminho — explica Louis para Vivienne em francês.

Ela parece um pouco decepcionada, mas não protesta enquanto devolve os croissants para a embalagem de papel. Estou quase saindo da cozinha, quando Louis levanta o indicador, pedindo para eu esperar. Ele pega a tigela e toma todo o café de uma vez só.

— Você não queimou a língua? — pergunto.

Louis assente e faz uma careta.

— Mas valeu a pena — diz com voz rouca.

Beijos, croissants e promessas para vermos Vivienne e Madeleine de novo são trocados, mas meus ombros continuam tensos até Louis e eu estarmos sentados no trem a caminho de Paris, de volta à realidade.

Ele abre o pacote e pega um croissant e me oferece outro.

— Vamos saber os papéis de *O lago dos cisnes* hoje — digo, meneando a cabeça.

O fim de semana tinha sido uma fuga divertida, mas agora sinto um nó no estômago. Tudo que consigo pensar é que, até o fim desse dia, ou eu vou estar delirando de alegria ou arrasada de decepção. Toda a minha esperança de entrar no ABT depende do que vai acontecer hoje.

— Eu sei — diz Louis entre duas mordidas.

Metade do rosto dele está coberto de migalhas amanteigadas. O tom é completamente neutro, mas minha mente começa a girar. Será que ele sabe de alguma coisa que eu não sei? E se o pai dele o contou a lista de papéis? *Monsieur* Dabrowski anda com um caderno o tempo todo, com capa de couro preta, no qual faz anotações no fim de todas as aulas. Talvez ele o tenha deixado aberto na mesa da sala de jantar e Louis tenha visto?

Ai, meu Deus. Acho que ele sabe.

Eu me viro para Louis, que está controlando um bocejo.

— Então você sabe *mesmo*? — Arregalo os olhos de medo.

Louis levanta uma das sobrancelhas e boceja de novo.

Tento manter a calma. Mas não consigo.

—Você sabe! — digo, alto demais.

Louis levanta a outra sobrancelha.

— Hum... Uma coisa que *você* precisa saber sobre mim é que eu realmente preciso das minhas oito horas de sono, preferivelmente nove ou dez horas, todas as noites. Neste momento, estou totalmente debilitado por privação de sono, então você vai ter que ser mais clara em relação ao que acha eu que sei.

Parte de mim quer simplesmente perguntar a ele e acabar logo com aquilo. Mas e se ele me disser que eu não consegui nem o papel no corpo de baile? É bem capaz de eu explodir em lágrimas ou gritar de raiva. Considerando tudo, acho que prefiro me descontrolar na frente de toda a turma *e* de *monsieur* Dabrowski do que na frente de Louis.

— Não é nada — digo, tentando bancar a tranquila.

Melhor esperar.

— Parece ser alguma coisa.

Olho para o pacote de croissant no colo dele.

— Sabe de uma coisa? Acho que *estou* com fome — digo, pegando o que sobrou do croissant e ignorando o olhar estranho que ele me lança.

— Tá bom, então eu só vou fechar meus olhos um pouco — diz Louis, apoiando a cabeça na janela.

Ele dorme durante todo o trajeto, me deixando sozinha com meus pensamentos enquanto imagino se vou receber minhas asas hoje ou se vou ser amaldiçoada pelo resto do verão. Pelo menos o croissant é uma ótima companhia. Por dois minutos, pelo menos.

Eu sabia que o meu verão em Paris envolveria todo tipo de atividade física. Não havia dúvida de que meu corpo passaria por diversos testes. Mas nunca achei que o meu tempo aqui fosse envolver tanta... corrida. Uma semana antes, saí correndo pelo aeroporto depois do atraso do voo, toda suada e ofegante. Logo depois, saí correndo para a Repetto em uma caça por um collant branco, e agora estou correndo pelo terminal da Gare de Lyon, descendo a escada para o metrô, então subindo de novo depois da curta viagem, disparando pelo Boulevard Saint-Germain e, finalmente, até a porta do alojamento. *Ufa*. A segunda semana do programa ainda nem começou e já estou exausta.

Paro um segundo para retomar o fôlego antes de entrar. O barulho dos chuveiros vem lá de cima, mas parece que a maioria ainda está acordando. Subo na ponta dos pés, cruzando os dedos para ninguém me ver. Consegui. Vai ficar tudo bem. Posso relaxar agora. Respiro fundo diante da porta do meu quarto, estou prestes a pegar a maçaneta quando a porta se abre. É claro, Audrey Chapman parece arrumada até assim que se levanta da cama. O cabelo trançado está perfeito, os olhos estão alertas, a pele fresca... até o pijama parece ter sido passado.

Ela me olha dos pés à cabeça.

— Você não estava com essa roupa ontem?

Engulo em seco e sinto as orelhas queimarem enquanto tento pensar em algo para dizer.

Então, ela passa por mim e vai para um dos chuveiros, sem esperar a minha resposta. Vamos olhar pelo lado positivo: Audrey se lembra da roupa que usei ontem na minha excursão para o *Musée d'Orsay*. Quem diria que ela presta atenção em mim?

— Ele vai nos fazer esperar o dia todo — resmunga Audrey ao meu lado enquanto trocamos de roupa no vestiário.

Calço as pantufas fofinhas que ganhei de aniversário no mês passado por cima das polainas e me enrolo no cardigã de lã por cima do collant. Podemos até estar no auge do verão, com altas temperaturas, mas ainda preciso me manter bem quentinha até começar a dançar. A moda das bailarinas é estranha, mas me faz sentir como se eu estivesse em um casulo e me ajuda a manter os músculos relaxados.

Audrey e eu não conversamos desde que cheguei ao alojamento, mas nem precisou. Estava bem óbvio que estávamos pensando a mesma coisa. Para ser justa, nenhuma das aulas da manhã são com *monsieur* Dabrowski hoje: primeiro dança contemporânea e, depois, jazz. Mesmo que balé seja tudo que quero fazer, o treino clássico exige o aprendizado de diversos tipos de dança para expandir o repertório e aprender a se mover de formas diferentes. Então, antes do almoço, temos uma aula com um coreógrafo conhecido do Balé de Paris, que pede que façamos uma coreografia que ele está criando para um espetáculo.

Essa é uma das ótimas coisas deste programa: você pode conhecer artistas de renome que trabalham com alguns dos melhores bailarinos do mundo.

Eu me esforço para me concentrar nos passos, mas a tensão no ar dificulta bastante. Os olhares trocados. Os suspiros quase silenciosos. Os maxilares contraídos, mas ninguém rompe o silêncio nem demonstra o menor sinal de impaciência. No fundo, todas nós somos apenas jovens garotas, e três garotos, que vieram de todos os cantos do mundo carregando muitos medos e esperanças. Mas, por fora, fazemos tudo que for necessário para parecermos bailarinos profissionais, dispostos a lidar com qualquer coisa que apareça desde que isso nos aproxime de onde queremos estar.

E, então, a tarde chega. Exatamente como Audrey desconfia, *monsieur* Dabrowski dá a aula inteira sem dizer nada sobre os papéis. Como é a tradição, terminamos com uma *reverence*: nosso *maître de ballet* faz uma saudação e nós respondemos com uma reverência. Depois damos uma salva de palmas. E é só quando as palmas acabam que *monsieur* Dabrowski ergue uma das mãos, pronto para dar as informações que estávamos esperando desde cedo.

— Juntem-se aqui — diz ele, puxando uma cadeira até o centro da sala para se sentar.

O ar está carregado. Nós vinte formamos um semicírculo em volta dele, sentadas com as pernas cruzadas no chão da forma mais graciosa possível. Minha mente vagou por todos os lugares possíveis hoje: um minuto eu ouvia o aplauso no final do meu triunfo como o Cisne Branco, no seguinte sentia meu coração ser arrancado do peito por nem ser convidada para participar. Meu corpo está exausto depois de horas de aulas, mas é a exaustão mental que me encara agora. Gostaria de ver o rosto amigável de Lucy ou de Anouk por aqui, mas, a não ser pela hora do almoço, só passo de vez em quando por elas pelos corredores.

— Como todos sabem — diz o professor —, a apresentação no final do verão é um evento importante para a nossa escola, pois dá aos nossos bailarinos a chance de provar que foram dignos desta experiência.

Ninguém se mexe. Estamos cientes do que está em jogo nesta altura do campeonato, então só queremos que ele acabe logo com isso.

— Todos os bailarinos aqui vão fazer parte do corpo de baile dos cisnes — diz ele.

Alguém deixa escapar um suspiro feliz. Meu coração está batendo a mil por hora.

— A não ser — continua ele — que eu chame o nome da pessoa.

Então, ele abre o infame caderno de couro.

— O papel de príncipe Siegfried vai para Fernando — anuncia *monsieur* Dabrowski, virando-se para ele.

Acho que ninguém fica surpreso, nem mesmo o próprio Fernando, que cerra o punho em comemoração. Um garoto de dezessete anos do Brasil, ele era um dos bailarinos mais falados na nossa mesa na hora do almoço. Parte do motivo tem a ver com os olhos verdes e cabelo preto bagunçado, mas ele também é um bailarino incrível. Tem força e habilidade suficiente para chamar atenção para cada um de seus movimentos.

— Ishani, Gabriela, Anna e Yuang, vocês vão fazer a apresentação da "Dança dos pequenos cisnes".

Olho para Audrey e consigo ver os ombros dela quase derreterem. Tento dizer para mim mesma que tudo bem ser só um cisne. Que é improvável que meu nome esteja na lista. Já consegui ser aceita nesse programa altamente competitivo. E impressionei *monsieur* Dabrowski o suficiente para passar de nível. Isso deveria ser o suficiente.

Monsieur Dabrowski distribui mais alguns papéis: Rothbart, a rainha. Alguns deles vão para alunos do nível quatro também. Enquanto espero para saber meu destino, sei que Lucy e Anouk também estão de dedos cruzados.

Finalmente, o *maître* pigarreia. Este é o momento pelo qual todos estamos esperando.

— E quanto à princesa, para nosso delicado e gracioso Cisne Branco, eu escolhi...

Prendo a respiração. Na verdade, todos na sala param de respirar. Eu me lembro que o que quer que aconteça em seguida já foi decidido.

— ... Audrey Chapman.

Alguém acabou de me esbofetear com muita força. Pelo menos é como me sinto. De repente, começo a sentir muito calor e consigo ouvir meu sangue rugindo nos ouvidos. Eu não tinha percebido, até este momento, como eu queria ser a escolhida. Você pode até tentar gerenciar as expectativas e se lembrar de que está competindo com umas dez garotas tão talentosas e tão ambiciosas quanto você. Você sabe que as chances são baixas. É matemática simples. Os números não se importam com seus sentimentos, esperanças, por mais irracionais que sejam. Mesmo assim, o fato de ser Audrey parece um golpe direto contra mim.

Quando o nome dela é anunciado, Audrey abre um sorriso radiante. Um segundo depois, ela retoma a expressão controlada de sempre.

— Obrigada — agradece ao *monsieur* Dabrowski.

Eu provavelmente teria dado pulinhos e o abraçado. É por isso que ela ganha o papel principal e eu não: ela controla as próprias emoções.

Para o resto de nós, é como se a tensão tivesse acabado. A vida pode continuar agora que sabemos o nosso lugar. Alguns alunos começam a se levantar, mas *monsieur* Dabrowski franze a testa.

— Um momento, por favor — pede ele. — Vocês se esqueceram do Cisne Negro?

Audrey faz uma careta. Como acontece em muitas produções, ela presumiu que faria o papel de Odile também. Ela respira fundo e, então, faz a pergunta que está na ponta da língua de todo mundo:

— Não vou ser *eu* o Cisne Negro?

Monsieur Dabrowski dá um sorriso educado.

— Você até poderia. E faria um excelente trabalho. — Audrey sorri e olha em volta para ter certeza de que todos o ouviram. — Mas — continua nosso professor — este programa deve oferecer oportunidades para o maior número possível de alunos. É por isso que vocês estão aqui, não é?

Alguns de nós assentimos, mas é quase possível ouvir uma agulha cair.

— Então, o papel de Odile, o Cisne Negro sedutor e traiçoeiro, vai para Mia Jenrow.

Arregalo os olhos. Por um segundo, me pergunto se estou imaginando coisas, se ouvi meu nome só porque eu queria muito ouvir. Mas algumas meninas sorriem para mim e outras nem olham nos meus olhos.

É claro que era o Cisne Branco que eu queria desde o início. Ela é a estrela do espetáculo, aquela que todos vêm ver. Mas o Cisne Negro? Ela é a incompreendida. Ela sai do nada para acabar com a paz e chamar a atenção de todos. Ela traz um lado sombrio para o palco e rouba os holofotes. Ninguém quer que ela vença, e ninguém espera que ela vença. Mas ela é o único cisne que ainda está de pé no final.

Esta é a minha chance de sair da minha zona de conforto, de mostrar as minhas habilidades, uma verdadeira oportunidade para brilhar diante do diretor do ABT. Eu não consegui o papel que queria. Consegui um ainda melhor.

Capítulo 11

Não consigo descer da minha linda nuvem preta. Vou dançar um dos papéis mais tecnicamente desafiadores diante dos diretores dos programas de formação de bailarinos das melhores companhias de balé do mundo. Eles vão assistir à minha apresentação e possivelmente mudar a minha vida para sempre. Max, o monitor, ficou algumas horas comigo, Audrey e Fernando na tarde de ontem para passar as sequências, o que significava que ele nos ensinou a coreografia para que pudéssemos começar a ensaiar sozinhos antes dos ensaios com *monsieur* Dabrowski. Fiquei procurando sinais em Max de que ele sabia sobre minha viagem com o amigo dele, mas não vi nenhum.

Agora que voltei à escola, não consigo parar de pensar no que teria acontecido se alguém tivesse descoberto sobre a nossa pequena viagem. Talvez seja por isso que Louis tenha se afastado do grupo no museu; ele entendeu antes de mim que me ver saindo com o filho do professor não pegaria bem. Pelo menos a pressão de fazer o papel de Odile ainda não me atingiu totalmente. Estou feliz demais para pensar nas muitas dificuldades que terei pela frente.

Lucy e Anouk conseguiram um lugar no corpo de baile, então o clima no café da manhã dois dias depois ainda está muito bom. Isso até Audrey Chapman entrar no refeitório.

— Temos que ir — diz ela para mim, como se não tivesse mais ninguém ali. Ela está com a bolsa de balé no ombro e uma expressão irritada no rosto.

Olho para o relógio, que confirma que ainda falta uma hora e meia para o início da aula, como vemos pelo fato de que todas ainda estão tomando suco de laranja e passando manteiga nos *tartines*, enquanto decidem se preferem geleia de damasco ou de morango nas tais *tartines* (prefiro geleia de damasco).

Digo isso para Audrey, que meneia a cabeça em desaprovação.

— Você não está pensando sinceramente em chegar na escola *na hora*, não é?

Faço uma pausa antes de responder, porque parece ser algum tipo de pegadinha. Por um lado, não quero sair ainda. Ontem foi a loucura do pós-anúncio, então Lucy e Anouk só estão me contando agora como foi o fim de semana delas. Parece que, enquanto eu estava perseguindo as lendas da minha família com um lindo francês, minhas amigas estavam.... seguindo outros lindos franceses. Anouk convidou Lucy para um piquenique com ela e os amigos franceses no Champs de Mars, o parque em frente à Torre Eiffel. As garotas passaram horas comendo queijos deliciosos, aproveitando a vista incrível, conversando e tomando sol. Lucy passou a tarde paquerando um garoto chamado Charles que está em Paris para um estágio de verão em uma agência de propaganda.

— Ah — falei, chateada por ter perdido.

Imaginei o sol no meu rosto enquanto eu admirava a estrutura de ferro brilhante diante de mim, com a cabeça descansando na perna cruzada de Louis enquanto ele lia um livro de poemas em voz alta. Teríamos ficado até o pôr do sol, deitados em um cobertor xadrez tomando vinho rosé. Louis teria me ensinado algumas expressões em francês e eu teria ficado olhando, hipnotizada, os lábios lindos formando palavras e me fazendo querer beijá-los. O mundo à nossa volta teria deixado de existir. Ninguém mais além de Louis e eu.

Mas não havia Louis e eu no Champs de Mars.

Eu estava prestes a perguntar em que pé estavam as coisas entre Lucy e Charles, eles iam ter algum encontro? Ele a beijou? Alguém ali *pelo menos* tinha dado um bom beijo de língua? Mas fui interrompida por Audrey.

Por outro lado, se Audrey acha que nós duas precisamos chegar cedo, não quero que pareça que estou fazendo corpo mole.

Audrey solta um suspiro audível.

— Eu não queria dizer isso na frente de todo mundo, mas... — Ela suspira de novo, e acrescenta em um tom normal para que, na verdade, todo mundo *ouça* o que ela vai dizer: — Seus *fouettés* não estão bons o suficiente.

O tom dela é definitivo. É mais uma declaração do que uma crítica. Algo que não pode ser questionado. Então, não questiono. Embora sinta o rosto queimar e prefira ficar ali ouvindo o resto da história de Lucy enquanto vamos caminhando devagar para a escola, no fundo, sei que ela está certa. Eu me levanto, limpo as migalhas da lateral da boca, murmuro um "até mais tarde" para as meninas e sigo Audrey, pronta para forçar tanto as minhas pernas até não as sentir mais.

* * *

Assim que chegamos à escola ainda vazia, Audrey escolhe a sala no último andar "para conseguir a melhor luz natural". Calçamos as sapatilhas de ponta e logo começamos a trabalhar. Enquanto nos aquecemos, alongando as panturrilhas, girando os braços e o pescoço, noto novamente a beleza do espaço. O brilho suave do início da manhã entra por grandes vidraças que se abrem como venezianas para o ar fresco do verão. Olhando para fora, vejo vários telhados de um tom de cinza azulado que me enchem de alegria. Paris é tão cheia de emoção e história; não é de estranhar que tantos artistas floresçam aqui. Até mesmo o ar tem um cheiro mais doce.

Aqui está uma curiosidade sobre o Cisne Negro: ela pode só aparecer no palco por um tempo curto, mas a coreografia dela é a mais técnica de todo o balé. Quando encorajada pelo pai, Von Rothbart, Odile tenta seduzir o príncipe Siegfried no Terceiro Ato, e ela executa uma sequência elaborada e sensual que inclui 32 *fouettés*, um dos giros mais famosos e difíceis de todos os tempos.

Fouetté em francês significa "bater", e a bailarina executa um movimento circular com uma das pernas no ar, enquanto gira sobre a outra, subindo e descendo na ponta exatamente no mesmo lugar. É um esforço até mesmo para as bailarinas mais experientes, já que é quase fisicamente impossível conseguir girar 32 vezes seguidas de forma perfeita. É claro que já fiz *fouettés* antes. Mas, até agora, eu estava nervosa demais para tentar a sequência do Cisne Negro. Estou com medo de não conseguir fazer de forma perfeita, mas o tempo está passando e é melhor eu começar logo.

Audrey e eu concordamos em ensaiar sozinhas por meia hora primeiro, antes de assistirmos às variações (ou solos) de cada uma para analisarmos. Ela vai para a ponta mais distante da entrada, enquanto fico na barra perto da entrada, começando com alguns alongamentos para preparar as panturrilhas para o que está por vir. E lá vamos nós: dois pequenos cisnes e dois sonhos enormes.

Estamos dançando há uns vinte minutos quando ouço um bipe. Ignoro e me concentro no trabalho de braço: subindo e descendo em um movimento contínuo e leve exatamente como um cisne alçando voo. O bipe continua, uma vez, duas, três vezes, antes de eu perceber que está vindo da minha bolsa, que deixei em um banco perto da porta. Eu paro e olho para Audrey que parece estar no meio do solo do Segundo Ato. *Ufa*, ela não ouviu. Decido que é melhor fingir que também não ouvi.

Mas, no instante em que termina a sequência, ela me fulmina com o olhar e leva as mãos à cintura.

— Você não vai desligar?

— Foi mal! — digo, e me encaminho para a bolsa. — Achei que estivesse no mudo.

— Bem, não está — retruca ela, ainda me olhando com raiva enquanto pego o celular.

Eis o que eu deveria fazer: desligar meu celular, fechar a bolsa e voltar ao trabalho. Mas a curiosidade me vence, e não consigo resistir a uma olhada rápida na tela. Sei que Audrey está observando, mas quando vejo que Louis me mandou não uma, mas *cinco* mensagens no WhatsApp, abro um sorriso.

Ergo o olhar e vejo Audrey de braços cruzados. Eu já a vi irritada antes, mas agora ela está louca da vida. De verdade.

— É uma emergência? — pergunta Audrey.

— Hum, não. Foi mal. Já estou desligando!

Faço exatamente isso e volto para o meu lugar. Mas isso não é o suficiente para manter a paz.

— Isso não é brincadeira para mim! — Ela está irritada e caminha rapidamente até o banco. — Temos menos de cinco semanas para ensaiar nossos papéis, e não vou fazer isso enquanto você fica trocando mensagens com seus amigos.

— Foi mal. Você está certa.

Mas o meu pedido de desculpas não adianta. Ela só pega a bolsa e segue para a porta. Sem olhar para trás, ela diz:

— Eu sei.

Faço uma careta sem saber o que fazer. É claro que posso treinar os meus *fouettés* sozinha, e, quando eu estiver pronta para pedir a opinião de alguém, posso chamar Lucy e Anouk ou qualquer outra colega de classe que ficará muito feliz em ajudar. Mesmo assim, eu me sinto culpada por estragar o ensaio de Audrey. E ainda mais culpada por permitir que Louis afete meus ensaios de balé. Então, volto ao treino, fazendo um trato comigo mesma de dançar por mais meia hora antes de me permitir ler as mensagens dele.

Então, eu me sento no banco, ainda ofegante para saboreá-las todas de uma vez.

> Que tal almoçarmos hoje?

> Eu conheço um restaurante ótimo bem perto da escola. Da sua escola.

> A essa altura você já deve ter notado que o refeitório de todas as escolas do mundo são ruins.

> Tipo, não é tão ruim, mas não quero que você saia daqui achando que é o melhor que Paris tem a oferecer.

> Tá legal, acho que só estou falando sozinho mesmo.

> Me avisa!

Abro um sorriso, e mais outro, enquanto leio e releio as mensagens. Eu gostaria de sair da escola para um almoço gostoso com Louis? Com certeza. Olho para o corredor para onde acho que Audrey está ensaiando sozinha e meus ombros caem.

Desculpe, digito, mas apago na hora. Como posso explicar? Não posso fazer isso por mensagem, então, ligo para Louis, que atende na hora.

— *Bonjour!*

— *Bonjour!* — respondo, com o coração batendo um pouco mais rápido ao ouvir a voz dele. Então, começo a falar em inglês porque estou começando a perceber que, nas minhas poucas semanas em Paris, consigo me concentrar na minha dança *ou* nas minhas habilidades linguísticas, mas não nas duas ao mesmo tempo. — Eu vou ser a Odile — digo.

— Que máximo! Estou muito feliz por você, Mia.

Ele parece bem sincero, e fico constrangida ao me lembrar do meu minidescontrole na estação de trem na segunda-feira. Em retrospecto, não consigo imaginar *monsieur* Dabrowski dividindo detalhes do trabalho com Louis.

— Vamos comemorar no almoço — continua ele.

Com certeza! É o que quero dizer. Mas, não. Preciso ser firme. Nada de almoços. Nada de viagens. Nada de diversão. *Argh!* Quem é que vem a Paris e não se diverte? Eu, acho. E todos os alunos do programa que fariam qualquer coisa para estar no meu lugar.

— Não posso almoçar com você hoje — digo.

— Amanhã? — pergunta Louis, com voz alegre.

— Louis — respondo no tom mais suave que consigo. — Eu não posso fazer isso.

Ele ri, mas parece um pouco estranho.

— Não pode o quê? Comer?

Suspiro. Não sei bem ao certo. Vamos lá, Mia, qual é o problema? Eu não posso desperdiçar uma hora do tempo da escola quando eu poderia treinar o meu solo. Não posso arriscar que alguém ache que estou recebendo tratamento preferencial por conhecer o filho de *monsieur* Dabrowski nem que não estou levando o programa a sério. Por um instante, imagino o professor me dizendo que não mereço Odile, no fim das contas. Isso me causa arrepios, e não do tipo bom.

— Quando perdemos o trem no domingo — digo, baixando o tom de voz —, isso poderia ter me causado muitos problemas se eu não tivesse conseguido chegar a tempo. — Pela parede de vidro, vejo algumas alunas entrarem na sala ao lado, um sinal de que as aulas estão para começar. — E agora que ganhei o papel de Odile...

— Você precisa ensaiar horas por dia, eu entendo — diz Louis —, mas também precisa almoçar, né?

— Sim, claro.

— E se você vai comer, não importa o que aconteça, você acha que a localização geográfica do restaurante vai afetar suas habilidades de dança?

— Louis...

Como alguém consegue ser tão fofo o tempo todo?

— É uma pergunta válida.

— Eu só tenho uma hora de almoço...

Consigo sentir minha decisão enfraquecendo. Dizer não para Louis talvez seja uma das coisas mais difíceis que já tentei fazer, e isso inclui todos os *fouettés* que acabei de treinar.

Uma mulher entra na sala, provavelmente a professora de outro nível e me lança um olhar estranho. Preciso desligar.

— Eu entendo — continua Louis com um tom sério, de repente. — Isso não deve ser uma boa ideia mesmo. Eu não posso ficar entre você e sua paixão.

Isso causa um sobressalto.

— Ninguém nunca vai ficar entre mim e o balé.

Ouço o suspiro dele, mas ele não responde. Meu coração se parte. Nossa conversa na casa de tia Vivienne sobre os sentimentos e as paixões dele voltam à minha mente, e fico achando que eu disse alguma coisa errada.

— Eu tenho que desligar agora — digo, olhando a hora no relógio da parede.

—Tá. Então, tchau, Mia.

Respiro fundo e meu dedo já está sobre o botão para encerrar a ligação. Mas algo me impede.

— Louis?

— Oi? — pergunta ele bem rápido.

— Você pode me prometer uma coisa? — Sinto o sorriso se abrir no meu rosto. — Só um almoço. Amanhã, por uma hora apenas. E não importa o que aconteça, não vamos viajar para o interior da França.

Ele dá risada. E é o som mais lindo que já ouvi em toda Paris.

— Prometo, Mia. Mas só dessa vez.
Não consigo parar de sorrir.

Capítulo 12

É só no fim das minhas aulas matinais que a minha ficha cai: eu vou ter um encontro com Louis. Um encontro *de verdade*. É claro que já almoçamos juntos e exploramos Paris antes, mas agora parece mais real. Talvez porque, em geral, demore alguns encontros até alguém apresentar o namorado para a tia-bisavó.

Visto a roupa que planejei hoje cedo: uma saia branca, um top preto e uma pulseira dourada. Então, uso uma boa quantidade de xampu a seco no cabelo, aplico um pouco de corretivo nas olheiras e meu batom cor-de-rosa favorito. Sorrio ao ver meu reflexo no espelho. Quero estar bonita, mas sem parecer que me *esforcei* para isso.

Dou uma espiada no corredor do lado de fora do vestiário antes de sair, me sentindo idiota por isso. Em geral, almoço com Lucy, Anouk e outras garotas da turma delas. Audrey só conversa com as garotas do nível cinco, mas não sinto falta dela. Prefiro dar um tempo com pessoas com quem possa relaxar um pouco.

— Tenho que resolver umas coisas na hora do almoço — falei para Lucy no café da manhã. — Não precisa esperar por mim, vou comer um sanduíche no caminho.

Ela me lançou um olhar de dúvida.

— Que tipo de coisa?

— Só umas... coisas — respondi, desejando ter preparado uma história melhor.

Não costumo ter segredos. Na verdade, sempre fui um livro aberto: comecei a dançar aos dois anos de idade e decidi, naquele momento, que era o que eu queria fazer. Desde então, falo para quem quiser ouvir que vou me tornar bailarina profissional. Nunca menti para os meus pais sobre ir dormir na casa de uma amiga para, na verdade, ir a alguma festa. Nunca disse que eu tinha terminado o dever de casa, quando não tinha. Na verdade, eu fazia o dever correndo para poder passar os fins de tarde e os fins de semana dançando. Eu não inventava coisa; todos à minha volta sempre sabiam o que eu ia fazer.

— Coisas? — Lucy perguntou em um tom um pouco debochado. E, então, foi como se as peças se encaixassem na cabeça dela. — Você precisa de absorventes? — perguntou baixinho. — Porque eu tenho.

— Não... eu...

Quase contei tudo, mas achei melhor não. Não tinha como contar para Lucy que eu ia almoçar com um cara em pleno dia de semana porque eu não estava preparada nem para admitir para mim mesma.

Em vez disso, disse que eu precisava comprar um antialérgico, e, pela expressão no rosto dela, percebi que ela acreditou. *Ufa*.

Quando cheguei ao ponto de encontro, percebi que Louis não tinha me dado o endereço do café ou do restaurante. Na verdade, enquanto estou no meio de uma rua genérica, verifico no meu celular se estou no lugar certo. Vejo uns dois prédios comerciais envidraçados e altos atrás de mim e alguns carros estacionados. As pessoas entram e saem e começo a ter dúvidas sobre esse encontro. Mas quando vejo Louis caminhando na minha direção, abro um sorriso.

    Ele retribui, e qualquer preocupação sobre ter saído da escola desaparece. Presto atenção na roupa dele, a camisa de linho amarrotada de sempre, calça de algodão azul-clara e cabelo bagunçado. A essa altura, o look parece totalmente familiar, mas ainda meio... sexy. Ele está carregando um cesto de vime. Guardanapos de tecido branco e uma garrafa de água com gás aparecem pela abertura, mas é na baguete que meus olhos param e sinto a boca salivar. Quando eu voltar para casa, vou ter que dar um jeito de importá-las para Westchester. Agora que provei uma baguete quentinha recém-saída do forno, não consigo viver sem elas nem um dia sequer.

    Pela primeira vez, não me encolho quando Louis se inclina para me dar um beijo no rosto. Estou calma. Sou uma *parisienne* totalmente *blasé*, que está encontrando um garoto bonito para um almoço romântico como se não fosse nada de mais. E agora que já dominei isso de dar beijinhos no rosto, tento ir bem devagar para sentir o calor da pele de Louis contra a minha. Ele tem cheiro de quem está sempre ao ar livre. De sol e suor e algo amadeirado que não sei descrever.

    — Eu meio que estava esperando vê-la de collant cor-de-rosa e talvez um saiote de tule — diz ele com um olhar divertido.

    Fico vermelha.

    — Ah, é?

    O rubor do meu rosto o faz implicar ainda mais.

    — Com certeza. Aposto que você ficaria... — Ele faz uma pausa e olha nos meus olhos, enquanto desejo ardentemente que ele termine a frase. — ... igualzinha a uma bailarina. — Ele termina com um ar brincalhão.

Dou uma risada para esconder a minha ligeira decepção.

— Pois eu posso confirmar que fico igualzinha a uma bailarina quando estou de collant.

— Que bom — diz ele, ainda olhando para mim. — Acho que eu só vou ter que continuar imaginando.

O mundo a nossa volta parece parar. Tudo fica em silêncio. Às vezes acho que estou imaginando Louis. Porque eu não fazia ideia de que um cara pudesse me fazer sentir assim. Não quero que isso cabe nunca.

— *Mademoiselle* — diz Louis, oferecendo o braço.

Tudo bem, vou voltar para a Terra, eu acho, aceitando o braço dele.

Então, ele aponta para uma escada de metal verde atrás de mim.

— *Par ici* — diz ele, me levando até os degraus. *Por aqui.*

— O que é isso aqui? — pergunto quando chegamos lá em cima.

Estamos em um corredor estreito, cheio de plantas, árvores e bancos. Acima de nós, um arco coberto de folhagens faz com que eu sinta que estou em um oásis no meio da cidade.

— Isso — diz Louis, enquanto seguimos em frente — é o antepassado francês do...

— Highline de Nova York! — termino por ele, lembrando-me da passarela elevada para pedestres que atravessa o centro de Manhattan.

— Exatamente. Eu fui lá com minha mãe quando ela teve que ir a Nova York a trabalho e acho que atravessei o Highline umas três vezes. Os franceses gostam de coisas dos

Estados Unidos, mas acho que o sentimento é mútuo. Estamos sempre roubando as ideias uns dos outros.

Uma placa informa que a versão parisiense se chama *Promenade Plantée*, Passeio Arborizado, que parece bem mais poético. Louis me diz que se estende por várias milhas, ou melhor, quilômetros, mas não precisamos andar muito para encontrar um banco vazio perto de um gramado.

— Eu adoro um bom terraço — diz Louis, tirando a comida da cesta: queijos, frios, uma salada de cenoura e beterraba de um loja local e um vidro de tomates-cereja. — Mas como tinha que ser perto da escola e bem legal para te impressionar, achei que esse lugar seria perfeito.

— É perfeito — digo, pegando um pedaço da baguete. Gosto do som da casca dura quebrando para revelar o miolo macio.

É tão fácil conversar com Louis. Ele me diz que a mãe vai chegar de Londres na semana que vem. Pelo jeito que fala dela, desconfio que, mesmo que ela tenha se mudado pela carreira, ele é mais próximo dela do que do pai. É difícil de imaginar *monsieur* Dabrowski fazendo outra coisa além de gritar "Mais alto! Mais baixo! Mais rápido! Mais devagar!". Fico imaginando como deve ser o relacionamento deles e sinto uma pontada de desconforto na hora ao pensar no meu *maître de ballet*. O pai de Louis tem o poder de construir ou destruir a minha carreira, pois tenho certeza de que o diretor de formação de bailarinos do ABT valoriza a opinião dele mais do que de qualquer outra pessoa, e sair com Louis é, na melhor da hipóteses, um risco e, na pior, totalmente errado. Muito errado. Mas tão bom.

Depois que acabamos de comer a maior parte da comida, olho no relógio.

— Viu? — pergunta Louis enquanto nos levantamos para sair. — Um almocinho rápido, fácil e delicioso, como prometido.

— Obrigada. Foi maravilhoso.

Você *é maravilhoso*, quero dizer, enquanto guardamos os copos e utensílios. Nem acredito que aceitei esse encontro, mas também não acredito que quase disse não. Quando dou por mim, percebo que gostaria de passar a tarde inteira com Louis, passeando por Paris e descobrindo os seus lugares favoritos.

— Mia — diz Louis, aproximando-se tanto de mim que consigo sentir o cheiro adocicado dos tomates no hálito dele.

Ele olha para minha boca, os olhos brilhando e sinto um aperto no coração. Sei o que ele vai fazer e congelo, com medo de destruir o momento. Ele se aproxima mais e eu acho que isso é uma tortura, mas o melhor tipo de tortura, e eu gostaria de continuar sendo torturada assim, por favor e *merci*.

— Você... — diz ele com voz suave — está cheia de migalhas no rosto.

Acho que ele as limpa com o polegar, mas, para ser sincera, não sei ao certo o que acontece.

Quando me recupero, seguimos para a escada e caminhamos pela Rue de Lyon, voltando para a Praça da Bastilha. No entanto, quando chegamos à praça principal, paro bem na frente do moderno teatro. Fernando, meu colega de turma e futuro parceiro de dança, está parado ali, conversando com uma garota que reconheço como uma das monitoras: Sasha, uma ruiva elegante que sempre parece brava e séria demais para ter só dezoito anos. Se eu continuar andando, eles vão me ver. Junto com Louis.

Não tenho tempo para pensar: simplesmente entro atrás de um ponto de ônibus pelo qual acabamos de passar e me escondo atrás do cartaz de uma propaganda na partição de vidro, espiando para ver se Fernando e Sasha já tinham ido embora.

Este... não é o meu melhor momento. Ainda mais quando Louis corre para se esconder atrás do cartaz junto comigo, com uma expressão que é uma mistura de adrenalina e divertimento. Tenho quase certeza de que a minha diz algo do tipo "morta de vergonha". Dou um sorriso constrangido.

— Você está se escondendo daquele cara? — pergunta Louis, olhando pela lateral atrás de mim. — Porque ele já foi.

— Ah — digo, sentindo uma onda de alívio. — Eu não estava me escondendo *dele*... — digo, sentindo o rosto queimar. É melhor eu simplesmente parar de falar.

— Você só não queria que ele te visse. — Ele morde o lábio inferior em uma tentativa de não rir.

— Não. Quer dizer, sim. Quer dizer... é complicado.

— Ele também é aluno do programa de verão, não é?

— Não é o que você está pensando — respondo na hora.

Será que Louis está com ciúme? Tipo, Fernando é gato, mas não é Louis. Ninguém é como Louis.

— Eu acho que você não quer que o pessoal da escola veja você almoçando — diz ele. — Porque o que você faz fora do balé só diz respeito a você.

— Ah — digo, arregalando os olhos. — Bem, então é *exatamente* o que você está pensando.

Nós dois começamos a rir e logo me sinto melhor. Mas, então, penso em Odile. Como fiquei em êxtase quando *monsieur* Dabrowski disse meu nome. Ele me deu a melhor oportunidade da minha vida. Não posso me esquecer disso.

— Você tem direito a ter a sua própria vida. Ninguém precisa saber sobre nós.

Meu coração leva um segundo para se recuperar do "nós". Esperar para descobrir a distribuição dos papéis em *O lago dos cisnes* foi estressante, mas o significado desse "nós" provavelmente vai me deixar acordada a noite toda.

— Eu estou levando o programa muito a sério e...

— Você não precisa se explicar para mim — diz ele com seriedade. — E eu não vou contar para ninguém.

Solto um suspiro de alívio.

— Nem mesmo para o Max?

Louis nega com a cabeça como se aquela fosse uma pergunta idiota.

— Não mesmo. — Ele olha para o relógio e acrescenta: — Então, é melhor eu não levar você de volta para escola.

— Não, eu só vou...

Ficamos nos olhando pelo que parece ser um longo tempo carregado de tensão. Os olhos castanhos mergulham nos meus, como se ele estivesse tentando dizer alguma coisa importante, mas não conseguisse encontrar as palavras. Por fim, Louis suspira e pega a minha mão. O toque dele é quente e macio e minha mão se encaixa na dele. Parece que foram feitas uma para outra.

— Você tem que ir — diz ele com voz suave e rouca, mas em vez de soltar a minha mão, ele a aperta mais e me puxa para ele.

— Eu tenho que ir — concordo, seguindo o exemplo dele e diminuindo o espaço entre nós.

Estamos bem próximos e minhas pernas estão bambas.

— Então... tchau? — digo, mas parece mais uma pergunta.

Ele se inclina e, em vez de me dar um beijo no rosto, fica bem próximo, e prendo a respiração. Nervosa. Esperançosa. Animada e totalmente em pânico ao mesmo tempo. Parece que ficamos suspensos assim por tanto tempo que todo mundo parou para olhar.

Olho para o lado. Não tem ninguém prestando atenção na gente. Nem olhando. Afinal, essa é a cidade do amor. Já vi muitos casais, jovens e idosos, se beijando nas ruas, abraçando-se nas calçadas estreitas ou apenas se olhando nos olhos em uma esquina movimentada, bem no meio do tráfego de pedestres. Todos os dias parece que estamos passando por dezenas de histórias de amor, tendo vislumbres desses momentos íntimos. *L'amour est dans l'air*. É fácil se deixar levar.

De repente, eu me dou conta: se eu realmente quero alguma coisa, não posso só ficar esperando pelo príncipe encantado para as coisas acontecerem. Então, fico na ponta dos pés, olho para ele e inclino a cabeça. Louis faz o mesmo, então, os lábios dele, seja qual tenha sido a intenção deles, encostam bem no cantinho da minha boca.

Quase tocando, mas não totalmente.

E talvez eu ainda não conheça bem os costumes culturais da França, mas este com certeza não é um tipo comum de beijo. Não é um *bise* amigável. Não é um *beijo* de verdade. Só alguma coisa estranha no meio do caminho que não significa nada e significa tudo ao mesmo tempo.

Será que acabei de perder a chance do meu primeiro beijo de língua em outra língua? Gostaria de ser corajosa o suficiente para me aproximar mais e beijá-lo de verdade, mas a aula da tarde começa em alguns minutos e ainda preciso trocar de roupa. Vou ter que sair correndo, *de novo*. Não quero parar aqui, mas a verdade é que, se alguma coisa for acontecer entre mim e Louis, apesar de todos os motivos por que não deveriam acontecer, o que eu quero é um beijo *de verdade*. Não um beijinho rápido escondido atrás do ponto de ônibus, ao lado de uma idosa mascando ruidosamente um chiclete. Este não é um momento de Paris, não como o imaginei. E o meu período aqui está longe de terminar.

— Louis — digo.

— Mia — responde ele, com voz doce.

— Podemos nos ver este fim de semana?

Ele sorri.

— O fim de semana já está quase chegando, não é?

Com toda certeza do mundo *não tão rápido quanto eu gostaria*.

Capítulo 13

À medida que a segunda semana do programa chega ao fim, *monsieur* Dabrowski anuncia uma mudança no horário: para as próximas quatro semanas, as tardes serão totalmente dedicadas aos ensaios de *O lago dos cisnes*. Ele vai se encontrar primeiro com o corpo de baile e, depois, com os protagonistas: Odette, Odile (eu!!) e o príncipe Siegfried. Desde que Max nos ensinou a coreografia, tenho ensaiado em todos os momentos possíveis: antes e depois das aulas, mas também na hora do almoço, antes de dormir e até mesmo no banho. Para constar: não recomendo tentar fazer uma pirueta no chão molhado.

— Mia, Fernando, vamos ver a *entrée* e o *adage* do *pas de deux* do Terceiro Ato — diz *monsieur* Dabrowski quando estamos só os quatro na sala.

Um dos pianistas também está presente, mas eles são tão discretos que costumam desaparecer por trás da música.

Respiro fundo enquanto Fernando e eu vamos para nossas posições em lados opostos da sala. Até este momento, não tinha me ocorrido que deveríamos ensaiar juntos antes da nossa sessão com *monsieur* Dabrowski. Aposto que Audrey pensou nisso, e que, quando for a hora do dueto deles, eles vão dançar lindamente juntos. Olho para Fernando e sinto um nó no estômago. O rosto de Louis aparece na minha mente, e meneio a cabeça para fazê-lo ir embora. Agora, não, Mia. Se *monsieur* Dabrowski soubesse no que você está pensando... *Não me sinto preparada para o julgamento duro do nosso maître de ballet*, mas a verdade é que nunca vou estar. Ele faz um gesto com a cabeça para o pianista, e a música começa. Fernando e eu nos aproximamos, e minhas preocupações desaparecem a cada passo. Nós vamos conseguir. *Estamos* conseguindo.

— Você precisa de mais intenção aqui! — exclama o professor para Fernando quando meu par me levanta no ar. — Atenção à perna, Mia; um pouco mais rápido ali, Fernando.

Quando nossa sequência termina, ele nos manda fazer de novo e de novo.

— Quero um *port de bras* mais suave, *mademoiselle* Jenrow. Braços redondos!

Nenhum dos comentários dele me surpreende, principalmente o do *port de bras*. Estou tão chateada. Acertar nisso é particularmente importante em *O lago dos cisnes*, porque enquanto cisnes de verdade têm asas graciosas e fortes, nós somos meros humanos que tentamos imitar o movimento com nossos bracinhos finos. E embora não pareça difícil, as posições fazem nossos músculos queimarem tanto que é como se você nunca mais fosse conseguir erguer a mão de novo. Para simplificar, se você ainda consegue arrancar um pedaço de baguete, então seu ensaio de *port de bras* não foi nada bom. Acho que era por isso que Audrey estava fazendo careta e resmungando enquanto comia o *ratatouille* que serviram ontem à noite. Ela está me evitando desde o incidente do celular e, por mim, tudo bem: não tenho a capacidade mental para lidar com o mau humor de ninguém.

— Vamos parar aqui — diz *monsieur* Dabrowski depois da décima tentativa.

O suor escorre pelo meu peito. Tento recuperar a respiração em silêncio enquanto ele faz uma recapitulação da apresentação.

Ele se dirige a Fernando primeiro.

— Você precisa de mais controle ao levantá-la. Mia tem que ser capaz de confiar cem por cento em você para que também possa se concentrar nos próprios passos. Se ela sentir que seus braços são fracos, então você não está afetando apenas a sua própria dança, mas a dela também.

Fernando assente a cada palavra, absorvendo tudo. Já notei que ele parece ótimo em aceitar críticas. Ele não demonstra nenhum sinal de irritação nem de nervosismo, apenas ouve tudo com total atenção.

Então é a minha vez. Respiro fundo e repito para mim mesma que o que quer que venha, vai ficar tudo bem. Eu vou fazer tudo certo.

— Um pouco mais rápido, Mia. Você não manteve a sincronia com ele algumas vezes. Fernando nunca deveria ter de esperar por você.

— É claro — respondo em tom sério.

Mas, por dentro, estou dando pulinhos de alívio. Entre todos os desafios diante de mim enquanto aprendo a me tornar Odile, isso está totalmente no campo do realizável.

— E o seu *port de bras* — acrescenta ele, meneando a cabeça. — Não vou repetir, mas, da próxima vez, quero ver o movimento fluir. Nada de braços duros e esticados. Está claro?

— Sim, com certeza — respondo, preparando-me para o que vai vir em seguida.

Mas ele me surpreende.

—Audrey, vamos deixar esses dois descansarem e ver sua variação do Segundo Ato.

Espere um pouco. Foi só isso? Quase pergunto se ele não se esqueceu de alguma coisa. Eu estava preparada para um verdadeiro sermão sobre como não sou, nem de perto, o Cisne Negro ou, pelo menos, uma lista imensa de críticas ao meu *grand jeté* ou minhas piruetas. Mas nosso professor já mudou de foco. Toda sua atenção está concentrada em Audrey enquanto ela vai para o centro da sala. Fernando e eu nos sentamos no banco, os dois ofegantes enquanto observamos.

Ela é perfeita. Cada um dos passos é executado com tanto cuidado. E o *port de bras* dela com certeza está perfeito. O rosto relaxa assim que a música para. Ela não chega a sorrir, mas sei que ela está feliz com o resultado.

Monsieur Dabrowski começa a andar de um lado para outro por um minuto, como se estivesse pensando no que vai dizer. Por fim, ele para e contrai os lábios.

— Como você se sentiu enquanto dançava?

Audrey franze a testa.

— Hum, bem...

Ele assente.

— No que você estava pensando?

— Durante a coreografia? — Audrey retorce os dedos parecendo confusa. Eu estaria também. — Eu estava pensando nos passos... no que vinha a seguir. — Ela não parece tão certa.

Nosso *maître de ballet* assente novamente, o rosto impassível. Este homem é um quebra-cabeças difícil de montar.

— Você pode me contar a história do *O lago dos cisnes*? Qual é a história de Odette?

Audrey se empertiga um pouco. Todo mundo sabe a resposta.

— Ela é amaldiçoada. Um cisne de dia e uma moça à noite. Ela só será libertada se um homem prometer amá-la, apenas ela, para sempre.

— E como você acha que ela se sente em relação a isso?

O peito de Audrey sobe e desce devagar, no ritmo da respiração. Ela está recuperando o fôlego e rezando para que aquilo acabe logo.

— Ela está triste... e confusa. Zangada?

— Você não sabe — diz *monsieur* Dabrowski com voz firme. Não é uma pergunta. — Você decorou os passos; você os executou muitíssimo bem. Mas você não compreende como Odette se sente. Não consegue se colocar no lugar dela, no seu coração, na sua mente. Você não é a Cisne Branco. Você é apenas Audrey Chapman fingindo ser ela.

Audrey arregala os olhos enquanto ele fala. Eu também. Não acredito que ele falou isso. Ela é a melhor bailarina que eu conheço.

Ensaiamos por mais um tempo, mas percebo que a mente de Audrey está longe. No instante em que *monsieur* Dabrowski deixa a sala, ela corre para o banco, veste o cardigã, enxuga o suor da testa com as costas das mãos, assim como o canto dos olhos, que está cheio de lágrimas. Então, pega a bolsa e sai correndo. Eu a chamo, mas ela está determinada a sair dali o mais rápido possível.

* * *

No caminho de volta para o alojamento, quase cochilo no ombro de uma empresária sentada ao meu lado no metrô. No vagão, um jovem canta uma música em francês à capela para receber alguns trocados. A música começa a me ninar. Não estou apenas cansada. Estou esgotada, exausta, completamente acabada. Na verdade, acho que nunca compreendi o verdadeiro significado de exaustão até esta semana. É claro que tomei alguns banhos com sais de Epsom, usei bolsas de gelo em todas as partes do meu corpo e passei horas me alongando enquanto assistia a vídeos de grandes bailarinas dançando os clássicos. Mas nunca senti que o ombro de uma total estranha seria um lugar apropriado para descansar. Até agora.

Chego ao alojamento, tomo um longo banho quente, visto minha calça de moletom e uma camiseta e deito na cama. Tenho uma hora antes do jantar, e embora o travesseiro esteja cochichando meu nome, tem algo ainda mais urgente do que o meu sono agora.

É minha mãe que atende o telefone fixo lá de casa.

— Oi! — digo, tentando parecer animada, mas a voz sai um pouco rouca.

— Mia, finalmente!

— Oi, docinho — diz meu pai, entrando na ligação. — Não se preocupe com a gente. Se eu fosse passar o verão em Paris, acho que não teria ligado para os meus pais nem uma vez.

— Bem, estamos felizes por você ter ligado e adoramos sempre que liga, Mia — acrescenta minha mãe.

Eu praticamente a vejo meneando a cabeça para ele. Trocamos algumas mensagens durante essas duas semanas, mas é a segunda vez que conseguimos falar ao telefone. Entre a escola, a agenda deles de trabalho e a diferença de fuso horário, conversar é mais difícil do que parece.

— Hoje foi o primeiro ensaio oficial e foi tudo bem — conto.

— Só bem? — pergunta meu pai.

Eu me viro um pouco, ajustando o travesseiro nas costas.

— Bem é bom, pai. Bem é excelente, na verdade. Eu recebi algumas críticas, mas poderia ter sido bem pior.

Eu poderia ter saído correndo e chorando como Audrey, eu acho. Olho para a cama dela. A bolsa de dança está ali, mas não a vi desde que voltamos.

— Você parece cansada — diz minha mãe.

Nem uma palavra sobre o ensaio, nem uma pergunta sobre como está tudo. Quero resmungar, mas não quero que ela ouça.

— É porque estou mesmo.

— Você está dormindo bem aí? — pergunta meu pai.

— Estou, é só que...

— É só que ela está se esforçando demais — conclui minha mãe por mim, sem nem tentar esconder a irritação na voz.

— Estou me esforçando o necessário.

Não quero dizer que também estou com saudade de casa. Estar em Paris é muito empolgante, mas também é muito diferente. Sinto saudade das panquecas do meu pai, de acordar na minha cama, enrolada nos lençóis macios que não foram usados por centenas de alunos antes de mim; e de não ouvir nada além de silêncio no meu quarto, em vez do barulho contínuo de buzinas de carro e sirenes de ambulância. A melodia das sirenes daqui, se é que pode se chamar assim, é completamente diferente da de lá, com dois tons se alternando. As primeiras vezes, acordei em pânico, me perguntando o que poderia estar acontecendo.

— Tenho certeza de que ela está se cuidando — diz meu pai, mas o tom também parece de dúvida.

Fecho os olhos. Eles estão pesados e inchados.

— Eu tento. Estou tão feliz por poder dançar como Odile, sabe?

Mas assim que faço a pergunta, percebo que eles não *têm como* saber. Não têm como compreender que essa intensidade é necessária.

Conversamos um pouco mais. Minha mãe pergunta sobre os lugares que já visitei em Paris, se estou tomando café da manhã e quais são meus planos para o fim de semana. Respondo a tudo, tentando não demonstrar irritação. Porque sei o que ela está perguntando, na verdade: você fez alguma outra coisa que não tenha a ver com balé?

Menciono que fiz boas amigas aqui, Lucy e Anouk, e que às vezes passeamos pelo bairro depois do jantar. Noite passada, paramos em uma *fromagerie*, compramos o queijo mais fedido que tinham e desafiamos umas às outras para ver quem comia mais rápido. Não foi tão nojento quanto achei, mas acordei com mau hálito hoje cedo, mesmo depois de escovar os dentes duas vezes. Tudo no que pensei foi: não coma queijo antes de se encontrar com Louis.

— Estou com inveja — diz meu pai, com uma risada. — Parece divertido.

Mas, então, bocejo alto, e minha mãe suspira.

— Mia.

— Oi?

— Só...

— O que, mãe?

— Você não precisa ultrapassar os seus limites. Lembre-se que sentimos muito orgulho de você. Não importa o que aconteça.

Sinto a garganta fechar. Quero desligar e apagar as palavras dela da minha mente. Porque talvez ela ainda vá me amar e me respeitar se eu fracassar, mas eu, com certeza, não vou.

Capítulo 14

O fim de semana chega e estou fora de mim de alegria por poder dormir mais. Aproveito um café da manhã mais tarde no alojamento com as minhas amigas antes de me encontrar com Louis para... bem, eu não sei. Ele me mandou uma mensagem dizendo que teve uma ótima ideia para a nossa tarde juntos, mas, quando fiz algumas perguntas, ele só disse que seria uma surpresa.

Na mesa do café da manhã, todo mundo compartilha os planos para o dia. Piqueniques. Passeios turísticos. Compras. Só concordo com a cabeça e sorrio, mas me concentro nos meus *tartines* em silêncio.

— Você vem com a gente? — pergunta Lucy com uma risada depois que Anouk menciona Paris-Plages, a "praia" da cidade nas margens do Sena no verão.

— Não posso — respondo, desviando o olhar. — Minhas tias estão na cidade.

Lucy franze a testa e vejo uma expressão de dúvida no rosto de Audrey. Eu minto *tão* mal.

— Mas o que vocês vão fazer? — pergunta Anouk, se debruçando para pegar um iogurte.

— É... surpresa. — Acho que estou vermelha, mas essa parte pelo menos é verdade.

— Tá — diz Lucy, hesitante. — Mas você não vai se livrar da gente amanhã.

Amanhã é o dia da Bastilha, o feriado nacional da França. Falamos a semana toda sobre o que vamos fazer e onde vamos assistir ao show de fogos de artifício. Lucy até criou um grupo de mensagens com todo mundo do alojamento para compartilharmos ideias. No momento, o Champ de Mars, perto da Tour Eiffel, é a opção que está ganhando, mas vamos ter que chegar bem cedo se quisermos conseguir um bom lugar.

Tento parecer ofendida.

— Claro que não.

Não tem a menor chance de eu sair com Louis amanhã. Ele me disse que passa o *le quatorze juillet*, como os franceses se referem ao feriado, com o pai e alguns familiares.

— Que horas você vai encontrar suas tias? — pergunta Lucy. Ela enfia um morango bem vermelho na boca, mas não afasta os olhos de mim. — E onde?

Fico olhando para ela por um momento, perguntando-me se ela só está sendo curiosa ou... Espere um pouco. Estamos falando de Lucy. A curiosidade é o nome do meio dela.

Olho para o relógio.

— Já está quase na hora.

Na verdade, só vou me encontrar com Louis à tarde, mas não vou conseguir continuar mentindo por muito tempo. Sinto o rosto ficar quente e me dou conta de que é melhor sair daqui antes de confessar tudo e revelar o nome de Louis.

— Vamos nos encontrar perto da *Opéra Garnier*.

Lucy, Anouk e Audrey ficam olhando para mim e acho que estou prestes a ser pega. Negue tudo, Mia. Para o seu próprio bem.

— Bem, divirta-se. — Anouk cutuca Lucy com o cotovelo.

Audrey só dá de ombros e... é isso. Eu me livrei. Ainda assim, não vou testar a sorte. Eu me levanto, pego a minha louça e me despeço com um tchau rápido e subo correndo para o meu quarto para terminar de me arrumar.

Quando estou na rua, apesar das bolhas dos meus pés reclamarem, decido que a melhor forma de matar tempo é passear pelas ruas de Paris em direção à *Opéra Garnier*. Alguns minutos depois, cruzo a ponte em frente à Catedral de Notre-Dame, finalmente tendo tempo para apreciá-la. Ela foi atingida por um incêndio terrível alguns anos atrás, e partes dela ainda estão cobertas de andaimes, mas não consigo imaginar que tenha sido mais majestosa do que isto. Respiro fundo, sentindo-me tonta pela sorte que tenho de poder conhecer uma cidade que tantas pessoas desejam visitar. Um dia, quando eu for bailarina profissional, espero viajar o mundo todo para dançar, mas não sei se a sensação vai ser mais especial do que o que estou sentindo agora.

Quando estou do outro lado do Sena, verifico o mapa no meu celular e percebo que meu caminho vai fazer com o que eu passe bem na frente do Louvre. No caminho, tento ouvir as conversas em francês à minha volta e entendo algumas palavras.

Por um tempo, sigo um grupo de garotas mais ou menos da minha idade, que estão dando risadas e brincando entre si, enquanto falam *ce mec*.

Intrigada, eu me aproximo delas enquanto procuro a palavra no meu app. É uma gíria para *aquele cara*. Estão falando sobre problemas com algum garoto. Sinto uma pontada de culpa quando me lembro do café da manhã. Não contei a ninguém sobre Louis, nem para as minhas amigas em casa. Sei que estou parecendo meio paranoica, mas tenho medo de que se eu escrever uma mensagem, uma das meninas do alojamento vai descobrir, e vai ser o fim de tudo: do programa, de me apresentar como Odile e de todas as minha chances de entrar para o ABT.

A multidão em volta da Pirâmide do Louvre é ainda maior do que a que vi em frente à Notre-Dame. O contraste entre a impressionante estrutura de vidro triangular e a construção tradicional é fascinante, e passo um tempo fazendo o que todo mundo parece estar fazendo: tirando selfies. Gostaria de ter alguém com quem compartilhar este momento, porque é tão mais lindo pessoalmente do que na tela do celular.

Fico perambulando pela Rue Saint-Honoré, um rua cheia de butiques maravilhosas.

Olhando em volta, parece que todas as garotas na calçada acabaram de sair de uma revista de moda. Vestidos de seda, sandálias elaboradas de tiras e bolsas de marca parecem ser a regra por aqui. Fico cada vez mais constrangida.

Tudo bem para Louis ser todo misterioso, e eu não tenho nada contra surpresas, mas elas apresentam um grande problema: o que usar quando não se sabe o que vai fazer? No fim das contas, preferi não me arriscar e escolhi um macacão preto sem mangas, sandália de salto anabela marrom e um rabo de cavalo.

Quando estou chegando à *Opéra Garnier*, já cheguei à conclusão de que minha escolha foi totalmente errada. Saí do alojamento acreditando que eu poderia quase me passar por uma *parisienne*, mas está bem claro que não me qualifico nem como uma reles imitação.

Antes de ter um ataque de pânico, digo para mim mesma duas coisas: estou uma hora adiantada para o encontro, e, por acaso, estou na esquina de algumas das melhores lojas de departamento do mundo. Vovó Joan me deu um "dinheiro especial para Paris" antes da viagem e me fez prometer que eu ia comprar alguma coisa para mim. Acho que esse é o momento certo para isso.

A *Galeries Lafayette* está lotada de gente e sinto a cabeça girar. Tem tantas marcas variadas, sendo que nunca ouvi falar da maioria delas, e fico sem saber por onde começar. Depois de ver as placas, decido subir a escada rolante, passando direto pelos andares de joias de luxo e de outros estilistas famosos. Por fim, encontro uma seção que parece ter mais a ver comigo e cabe no meu orçamento. Não costumo comprar muita coisa, a não ser que levemos em conta a minha grande coleção de collants que não são brancos, e eu logo me dou conta de que não faço a mínima ideia do que estou fazendo.

Já estou dando uma olhada em tudo há uns dez minutos sem saber o que fazer, quando uma vendedora de uns vinte e poucos anos, cabelo descolorido, anéis em todos os dedos e um crachá mostrando o nome de *Kim* se aproxima de mim.

— *Je peux vous aider?* — pergunta ela com um sorriso gentil. *Posso ajudar?*

— *Non* — respondo bem rápido. Não sei mais o que dizer. Mas ela aumenta o sorriso.

— *Vous cherchez quelque chose de particulier?* — *Está procurando algo em particular?*

— Bem... hum — começo.

Olho para minha roupa e imagino Louis. Como digo *Quero que ele fique de queixo caído,* em francês?

— *J'ai un 'date'.*

Ela ri e começa a falar em inglês.

— Você tem um encontro romântico com um cara? — Ela sorri, como se estivesse animada com o desafio.

Concordo com a cabeça.

— *Oui,* e eu... meio que quero impressioná-lo. — Mesmo que ela seja uma estranha, é bom finalmente contar para alguém sobre Louis.

— Vem comigo — diz ela, levando-me por entre alguns expositores. — Tenho algumas ideias.

Fico observando maravilhada enquanto ela pega algumas peças com movimentos rápidos e precisos. O jeito como as mão passam pelos cabides e os penduram nos braços e como gira em um espaço que ela claramente conhece muito bem. É quase como uma dança.

Momentos depois, a vendedora me leva até o provador com todas as roupas.

— Já volto para ver você — diz.

Respiro fundo e começo a olhar as peças que ela escolheu. Tem um vestido preto com bolinhas brancas, uma camisa branca de manga curta, calça cor-de-rosa justa, uma blusa de seda florida que parece tão leve quanto o ar, entre outras coisas. É tudo muito bonito, mas não sei bem se fazem o meu estilo. Talvez essa seja a intenção?

— Como está tudo aí? — pergunta Kim de repente de trás da cortina.

Enfio a cabeça pela lateral da cortina e ela nota que ainda estou usando meu macacão preto e chato.

— Nem sei por onde começar — digo com uma risada.

Ela sorri e entra no provador comigo. Estuda cada peça com cuidado e faz um bico.

— A questão aqui é como você quer que ele a veja. Este vestido é romântico e charmoso, mas esta camisa ficaria ótima com metade dos botões desabotoados de um jeito sexy.

Ela faz uma pausa, esperando pela minha resposta.

— Sexy é legal, mas não sexy *demais*, sabe?

Ela parece quase ofendida.

— Claro que não! Sexy do jeito francês. Sugestivo, sensual, mas nunca exagerado.

Dou uma risada.

— É exatamente o que quero.

— Já sei! — diz ela, de repente.

Ela sai apressada e volta um instante depois trazendo um vestido azul-marinho simples e elegante, sem detalhes extravagantes, com decote em V e alças finas. Quase parece uma lingerie, mas o tecido é tão luxuoso que não consigo evitar passar a mão na hora. É incrivelmente macio, como manteiga, e não quero tirar as mãos dele.

— Pode confiar — diz a vendedora com firmeza.

E eu confio e mesmo antes de sair do provador, sinto que não há tecido suficiente cobrindo meu corpo. Eu saio com a sensação de que devo usar meu braço para cobrir o resto da minha pele nua.

— Eu me sinto nua — digo, olhando para mim mesma no espelho.

Kim não diz nada, só me olha dos pés à cabeça. Eu me viro, pensando que é claro que não posso sair com essa roupa, mas também que a roupa é bonita e *eu* me sinto bem com ela.

— Posso ser sincera com você? — pergunta.

Concordo com a cabeça sem afastar os olhos do meu próprio reflexo no espelho.

— As suas pernas são lindas e você com certeza deve mostrá-las. E olha como o vestido fica ótimo no bumbum.

É verdade, o tecido macio flui perfeitamente pelas minhas curvas.

— Mas...

Ela levanta o indicador, pedindo para eu esperar um minuto. Ela volta para o provador e pega a camisa branca e me ajuda a vesti-la. Ela abotoa dois botões, amarra as laterais na cintura e puxa um pouco o vestido para ajustar a roupa.

— Prontinho — diz ela, dando um passo para trás para admirar o trabalho. — Como está se sentindo?

Eu me olho no espelho.

— É errado se eu disser que eu estou me achando gostosa?

Ela dá uma risada e pega uma caixa de sapatos que acabei de notar.

— E agora a minha parte favorita: roupa sexy, sapatos casuais. É melhor parecer que você não se esforçou tanto para se vestir, mesmo que esteja usando um vestido de baile.

Ela abre a caixa e me mostra um par de alpargatas azul-marinho. Vi várias garotas usando esse tipo de sapato por toda a cidade, combinando tanto com vestido quanto com calça.

Calço o sapato (ela acertou o número) e me sinto totalmente confortável, como se eu estivesse pisando na areia.

— Uma última coisa — diz ela, estendendo a mão atrás de mim. Ela solta o meu cabelo, que cai em ondas em volta dos meus ombros.

Enquanto olho para o meu reflexo, sinto um frio na barriga. Sei que devo me vestir para mim mesma. Isso tem a ver comigo, não com o que um cara possa pensar. Mas Louis sempre parece tão confiante que às vezes me pergunto por que ele está saindo comigo. Hoje quero me sentir como ele se parece: elegante, irresistível e como se tudo fosse possível para mim em Paris. Mal posso esperar para que ele me veja assim.

Capítulo 15

— **Uau** — **diz Louis** quando chego ao nosso encontro na esquina do Boulevard Haussmann e a Rua Drouot, a alguns minutos da *Opéra Garnier*. Os olhos dele brilham enquanto ele me encara. — Você fez alguma coisa com o seu cabelo?
— Na verdade, não — respondo, me parabenizando mentalmente.
—Ah. Você está linda — diz Louis. — Linda *mesmo*.
Ele continua me olhando por um tempo, contraindo os lábios. A expressão dele já valeu ter acabado com as minhas economias.
— Obrigada — digo, dando de ombros de forma casual.
A roupa que eu estava usando antes está guardada na minha bolsa no ombro, mas nunca vou admitir a crise que acabei de ter em relação à minha aparência.
— Então, o que vamos fazer hoje?
Não que eu queira parar de ouvir que estou linda, mas *estou* curiosa. Fiz algumas pesquisas no Google quando Louis definiu nosso ponto de encontro, mas não encontrei muita coisa.
Louis começa a caminhar em direção a uma rua menor, e eu sigo.

— Andei pensando muito sobre a sua lenda familiar — diz ele.

— Sério? — pergunto, intrigada.

Paramos diante de um prédio moderno de vidro coberto com bandeiras vermelhas indicando Casa de Leilões Drouot. Algumas pessoas mais velhas que nós, segurando catálogos da mesma cor e nome, passam por nós e entram.

— Venha — diz Louis, seguindo-os.

— Você vai me dizer por que estamos aqui? — pergunto.

Ele pega minha mão e vai me guiando por um corredor, que está cheio de ricaços grisalhos.

— Nós estamos na casa de leilões mais famosa de Paris, na verdade.

— Isso eu percebi — digo com uma risada. — Mas por quê? Acho que somos uns trinta anos mais novos do que qualquer um aqui.

Louis para no meio da multidão e o rosto dele se ilumina ao dizer:

— O leilão de hoje é de quadros impressionistas que não são vistos há décadas ou até mais. Peritos em arte nem sabiam da existência de algumas dessas obras.

Meu coração dispara.

— Você está me dizendo que tem um Degas perdido aqui?

— *Oui* — confirma Louis, claramente gostando da expressão no meu rosto. — Quer ver?

Fico radiante. Não tive muito tempo para pensar no desenho que vimos na sala de jantar de Vivienne, na minha antepassada, nem na lenda de Degas. Mas Louis se lembrou e até fez uma pesquisa. Se ele está tentando me impressionar, está dando certo.

Chegamos à frente da sala de exibição, e através da porta aberta, vejo paredes vermelhas cobertas do chão ao teto com pinturas, grandes e pequenas, emolduradas ou não. Várias pessoas caminham pelo salão, apontando e conversando com expressão séria. O segurança inspeciona a minha bolsa, resmunga algumas regras sobre não tocar em nada e, em seguida, pede nossos convites.

Louis franze a testa.

— *On n'a pas d'invitation* — diz ele. *Não temos convite.*

O segurança meneia a cabeça.

— *Je suis désolé.* — Ele continua falando, e a expressão de Louis fica cada vez mais preocupada.

— *Non, non* — diz Louis, agitado. — *On en a pour deux minutes.* — *Só precisamos de dois minutinhos.*

O homem meneia a cabeça de novo.

— Ele não vai nos deixar entrar? — pergunto para Louis assim que eles param de falar. Ele se vira para mim com expressão decepcionada.

— Sinto muito, Mia. Eu não fazia ideia de que alguns leilões só aceitam convidados.

Sinto meu corpo todo desanimar, e não apenas porque Louis parece tão decepcionado. Passei os últimos minutos relembrando as histórias da vovó Joan, enquanto meu coração se animava com a ideia de que eu estava prestes a descobrir o grande mistério da família. Estou começando a aceitar que isso não vai acontecer quando o segurança dá uma olhada para trás. Então, olha de Louis para mim e suspira.

— *Trente secondes* — sussurra ele. *Trinta segundos.* — *C'est tout.* — *E só.*

Louis arregala os olhos, chocado, enquanto o homem *dá um passo para o lado, ignorando nós dois.*

Pego a mão de Louis e entramos rapidinho, meu coração acelerado pela emoção de tudo aquilo. Cores pastel, pinceladas criativas e linhas suaves presas à parede diante de nós. Muitos parecem bem familiares, mas só tem um artista que reconheço com certeza: uma pintura pequena de uma bailarina vestida com um figurino azul vibrante, sentada em um banco e inclinada para amarrar as sapatilhas. A pintura é tão precisa que sinto vontade de passar a ponta dos dedos na fita de seda.

Infelizmente, não dá para ver o rosto dela, apenas o coque castanho escuro no alto da cabeça. Leio uma plaquinha ao lado:

Edgar Degas
Environ 1879
Origine inconnue
Titre inconnu
Lieu inconnu

Por volta de 1879. Origem, título e local desconhecidos.

Solto um suspiro. Parece que sempre que me permito ter esperança de que a lenda é verdadeira, alguma coisa aparece para me lembrar que sonhos são apenas isto: uma coisa legal para se pensar no meio da enormidade da vida real. Fico observando o quadro, procurando a resposta dentro de mim. O que estou sentindo? É este? Mas antes de eu poder formar qualquer resposta na minha cabeça, o segurança pigarreia alto e olha para nós. Louis e eu trocamos um olhar nervoso. O homem parece assustador o suficiente que nós nem tentamos discutir. Dou uma última olhada no quadro antes de Louis me puxar para fora.

Saindo na rua, ficamos na calçada olhando um para o outro em silêncio, e ele é o primeiro a quebrá-lo.

— Eu tinha esperanças de que fosse... alguma coisa.

— Foi um tiro no escuro.

Ajo como se não fosse nada de mais, mas sei que estou mentindo para ele e para mim. Louis parece muito decepcionado, então por que não consigo admitir isso também?

— Sinto muito, Mia. Eu não deveria ter te dado mais esperanças. Eu só achei que... talvez o quadro da sua tataravó estivesse esquecido em um sótão e é por isso que sua família ainda está procurando por ele. Eu fui ingênuo.

— Acho que nós dois fomos — digo com uma risada, mas ele encolhe os ombros e olha para os pés. — Mas não vamos deixar isso estragar a nossa tarde.

— Não... É só... — diz Louis, mas ele para de falar.

— Ei, eu tenho uma ideia! — Sinto uma necessidade de nos animar. — Talvez a gente não tenha encontrado o quadro, mas podemos revivê-lo pelo menos.

— Ah — diz ele, olhando para mim. Louis pega minha mão e começamos a andar, e amo o fato de que nós dois sabemos exatamente para onde estamos indo, sem precisarmos dizer nada.

Meia hora depois, somos os primeiros da fila da bilheteria da *Opéra Garnier*. Eu me esforço para pedir em francês:

— *Deux tickets, s'il vous plaît.* — Duas entradas, por favor.

Mas quando pego minha carteira, Louis segura o meu braço.

— É por minha conta — diz. — Para compensar a missão fracassada no Drouot.

Nego com a cabeça.

— Não foi culpa sua.

Ele encolhe os ombros, claramente se sentindo culpado, e paga antes que eu tenha a chance.

Assim que começamos a explorar a construção, minha mente é tomada por pensamentos sobre a minha tataravó, que *talvez* tenha dançado aqui. Da grande escadaria dupla com estátuas de bronze, passando pelo teto colorido do palco principal até o enorme salão de baile com diversos detalhes em ouro, tudo neste espaço magnífico faz com que eu deseje ainda mais me tornar uma bailarina, para um dia poder me apresentar aqui.

— Significou muito para mim você ter me levado para ver o quadro — digo quando chegamos ao fim do principal salão de baile.

Esta parte do prédio é mais tranquila. Os grupos de turistas que vimos na escadaria estão explorando em um ritmo mais lento.

— Você realmente... me entende — digo. — E isso não é uma coisa que eu possa dizer sobre muita gente. — Afasto o olhar quando termino de falar, quase arrependida da revelação.

Louis se aproxima mais.

— Por quê? Aposto que você tem muitos amigos nos Estados Unidos.

Suspiro. Aqui está a verdade feia de se ter um "sonho impossível", como diz minha mãe: é muito comum que você esteja sozinha nele. A sua paixão preenche todos os espaços dentro de você e ao seu redor, dificultando que qualquer pessoa se aproxime.

— Tenho colegas do balé, com certeza, mas, de resto... As pessoas não entendem — explico. — Como a minha mãe.

— Ela não gosta de balé?

Paro para pensar por um instante.

— Acho que gosta. Pelo menos gostava antes. Ela foi bailarina, mas parou de dançar. Não sei bem o motivo. Mas ela age como se eu devesse fazer o mesmo: me divertir com isso por um tempo e, depois, viver a vida de verdade.

— E isso é a pior coisa que pode acontecer? — pergunta ele com seriedade.

— Hum... é! — Fico olhando para ele, imaginando se está implicando comigo.

— Desculpe, Mia — diz Louis, levantando as mãos em um movimento de defesa. — Eu não queria... Só acho que você pode amar uma coisa sem que sua vida se resuma a isso.

— Mas se resume para mim — digo, sem conseguir esconder o tom de tristeza na minha voz. — Eu *quero* que minha vida se resuma ao balé.

Ele parece magoado por um momento, mas se recupera antes de voltar a falar:

— Então qual é o problema? Você quer que sua mãe compartilhe o seu sonho?

Dou de ombros.

— Eu tenho me esforçado muito por muito tempo, e ela age como se eu não estivesse fazendo as escolhas certas ou algo assim. Um pouco de apoio seria bom.

— Entendo isso. Meus pais são o oposto dos seus. Eles querem que eu tenha uma paixão, como eles, quando tinham a minha idade. Sempre me pressionando para me dedicar e ter mais foco. Mas, sinceramente, eu não sei se quero ser como eles.

— É claro que você tem que trilhar o próprio caminho, mas eles amam o que fazem e querem que você se sinta da mesma forma...

— Talvez, mas, enquanto eu estava crescendo, eu às vezes sentia como se não tivesse lugar o suficiente para mim. Minha mãe costumava chamar o balé de "a esposa de verdade" do meu pai. Meu pai estava sempre dançando, minha mãe passava semanas em sets de filmagem e eu... bem... — Ele olha para baixo e para de falar.

— Sinto muito — digo, acariciando a mão dele. — Não deve ter sido nada legal.

— Sinto muito pela sua mãe também. A gente só está sendo fiel a quem a gente é, mas eles não parecem enxergar dessa forma.

— Não — digo, meneando a cabeça e pensando nas muitas conversas que já tive com a minha mãe. — Eu já disse isso para ela tantas e tantas vezes. É isso que eu quero.

— Então, ela não deveria tentar fazer com que mude de ideia — diz Louis com expressão compassiva. — Além disso, você parece se divertir muito.

Ele sorri para mim, e mordo o lábio inferior, sentindo-me ao mesmo tempo fascinada e compreendida.

— E os seus pais deveriam entender que um dia você vai descobrir a sua verdadeira paixão.

— Talvez — diz Louis, com um tom triste. — Talvez um dia eu encontre algo que me faça saltar da cama com animação, como você.

Dou uma risada.

— No momento, estou mais para me arrastar para fora da cama, porque estou toda dolorida, mas sim. Eu sinto que, se minha mãe estivesse aqui, se ela pudesse me ver dançar, ela finalmente entenderia.

— Hum — diz Louis, com um brilho nos olhos. — Acho que preciso ver com os meus próprios olhos.

— O quê?
— Você. Dançando.
— Claro que não! — começo.

Estou prestes a começar a explicar como ninguém na escola pode saber que estamos saindo juntos, que isso causaria muitos problemas, quando a expressão divertida no rosto dele me faz parar.

— Eu estou falando daqui — diz ele.

Franzo as sobrancelhas.

— Agora?
— Por que não?

Nós dois olhamos em volta. Tem algumas pessoas do outro lado do salão, mas uma pequena plateia não me assusta.

— Mas não tem música — digo.

— Aposto que você sabe a música de O *lago dos cisnes* de cor. E a de todos os outros clássicos também — retruca ele, com todo seu charme. Tipo, *ainda* mais charme que o normal.

Não tenho mais argumentos, então, apoio minha bolsa na parede, dou alguns passos e me viro para Louis, que olha para mim com uma expressão alegre enquanto assumo a posição. Meu vestido novo sobe um pouco enquanto ajeito meus pés, e eu o vejo olhando para as minhas pernas. Sorrio por dentro. Essa roupa pode não ser tão confortável quanto um collant, mas é perfeita para todo o resto.

Faço uma pequena sequência que venho ensaiando nos últimos dias para a nossa apresentação, sem tirar os olhos do rosto de Louis, que se ilumina a cada passo. Faço um giro *piqué* e depois outro e, quando não há mais espaço entre nós, eu o abraço pelo pescoço e ele envolve minha cintura e me puxa. Ficamos tão perto que consigo sentir o meu coração batendo de encontro ao dele.

— Você é linda — sussurra Louis no meu ouvido.

Respiro fundo, com medo de dizer ou fazer alguma coisa que possa estragar o momento.

Os lábios dele encontram o meu pescoço e deslizam devagar pela minha pele. Estremeço e sinto como se eu estivesse observando tudo de cima. Realmente estou nos braços de um francês lindo em um salão de centenas de anos, ornado com detalhes de ouro? Como foi que isso aconteceu?

Quando os lábios dele chegam à minha orelha, Louis se afasta um pouco e me olha nos olhos.

— Louis... — começo.

— Mia...

Louis solta um suspiro profundo, o que me mostra que talvez eu não seja a única que se sente nervosa. Sinto que minhas pernas estão bambas. Ainda bem que ele está me segurando.

Alguém pigarreia perto de nós.

No início, ficamos no mesmo lugar — eu com certeza não quero me mover —, mas um pigarrear mais alto nos mostra que não temos escolha.

Por fim, nos afastamos um pouco e olhamos para o lado. Um grupo de uns trinta turistas chineses mais velhos estão olhando para nós com um misto de irritação e diversão. Uma mulher baixinha com cabelo pintado de vermelho meneia a cabeça, enquanto seu companheiro parece irritado. Olho em volta e percebo o problema. Estamos bloqueando a passagem para o próximo aposento, Louis e eu nos olhamos e damos uma risada, sentindo o rosto queimar. Damos um passo para o lado, ainda abraçados, porque não queremos deixar o momento passar.

Capítulo 16

— **Meu pai às vezes tem** algumas reuniões aqui, sabia? — diz Louis enquanto outro grupo de turistas nos interrompe de vez.

Meu coração quase para e começo a olhar em volta procurando a cabeleira branca de *monsieur* Dabrowski.

— Tá tudo bem — acrescenta Louis, mas agora ele está um pouco em pânico e começa a olhar em volta também, e começo a me sentir cada vez mais desconfortável.

— Vamos dar o fora daqui — digo, sentindo todo o clima de romance se esvair.

Saímos da *Opéra Garnier* e caminhamos até onde Louis estacionou a Vespa.

— Talvez esse lance do Degas tenha dado errado — diz Louis no caminho —, mas tem uma coisa que nunca dá errado em um dia quente de verão.

— E o que é? — pergunto, com um sorriso charmoso.

— Sorvete.

— Ah! — exclamo, animada. Ainda não estou com fome por causa do café da manhã, mas sempre tem espaço para sorvete. — Tem algum lugar para comprar por aqui?

Louis faz uma careta fingindo estar ofendido.

— Não podemos tomar sorvete em um lugar qualquer. Só tem um lugar em Paris para se tomar sorvete. Pode confiar quando digo que até o de baunilha é maravilhoso.

— Confio em você — digo com uma risada.

Então, seguimos de Vespa. Enquanto atravessamos quase metade da cidade ao longo do Sena, eu me lembro de uma conversa que tivemos no alojamento sobre os melhores lugares para se comer em Paris. O melhor crepe, as melhores sobremesas, o melhor café, o melhor bistrô tradicional... Temos um grupo de WhatsApp no qual trocamos endereços, e tenho certeza de que alguém mencionou uma sorveteria.

O nome me vem à cabeça assim que paramos perto de duas lojas com fachada de madeira, uma em frente a outra em uma rua estreita com a palavra "Berthillon" escrita com letras góticas no alto. Havia umas dez pessoas esperando na fila do lado de fora, e muitas mais na esquina. É isso. Lucy, Anouk e eu tentamos vir aqui um dia à noite, é uma caminhada rápida do alojamento, mas estávamos cansadas demais para esperar.

Hoje a fila anda bem rápido. Quando chega a nossa vez, tenho dificuldades para escolher entre os diversos sabores disponíveis. Louis escolhe o sorvete de framboesa e pêssego, e eu escolho baunilha e caramelo salgado.

Depois, seguimos caminhando pela *Île Saint-Louis*, nos apressando para tomar o sorvete que já está derretendo na casquinha. Paramos na lateral da *Pont de la Tournelle* para apreciar a vista.

Aponto para a casquinha.

— Você estava certo. Este é o sorvete de baunilha menos "baunilha" que já provei.

Louis franze a testa.

— Sabe como é? Não é nem um pouco baunilha. Tem um sabor intenso e distinto.

Ele franze mais a testa.

— Não entendo — diz Louis, olhando de mim para o sorvete. — É baunilha. Deveria ter *gosto* de baunilha, *não*?

Ficamos olhando um para um outro por um tempo até eu entender.

— Em inglês, nós falamos que algo é "baunilha" quando é sem graça. Chato. Básico.

Louis concorda com a cabeça.

—Ah! Então você é, tipo, o oposto de baunilha.

— Engraçadinho — digo, dando um tapinha no braço dele.

— Estou falando sério — retruca Louis, segurando a mão que acabou de tocar nele. Ele acaricia a palma e estremeço.

Então, se aproxima bem na hora que o celular dele emite uma notificação.

Suspiro. Ele mencionou que ia se encontrar com Max depois, mas não quero que vá ainda.

Louis morde o lábio inferior.

— É o Max — diz, olhando para o celular. — Hum, talvez eu possa me encontrar com ele mais tarde à noite. Vou ligar para ele.

Ele se afasta um pouco e começa a falar. Decido dar uma olhada no meu telefone. O nosso grupo explodiu com dezenas de novas mensagens desde hoje cedo. Rolo a conversa até o final, e a última mensagem me faz sentir um aperto no coração.

Tem alguém aqui no alojamento?, perguntou Lucy há quinze minutos. *Vamos até o Berthillon agora, se alguém quiser vir.*

Olho em volta, dando um giro para ter uma visão melhor das pessoas. Louis desapareceu no meio da multidão. Dou alguns passos para a direita e para a esquerda, assegurando-me de que está tudo bem. *Île Saint-Louis* é uma ilha bem pequena, mas quais são as chances de as minhas amigas terem me visto com Louis?

Acho que estou prestes a descobrir, porque elas estão aqui: Lucy, Anouk, Audrey e algumas outras meninas do alojamento, cada uma com uma casquinha de sorvete, bem do outro lado da rua. Considero me esconder atrás de um grupo, mas é tarde demais. Os olhos de Lucy me encontram. Ela acena, hesitante primeiro, e, depois que tem certeza de que sou eu, seu rosto se ilumina.

Vou correndo até o grupo, afastando-me de Louis, que, da última vez que vi, ainda estava no celular.

— Que roupa linda — diz Lucy, olhando-me dos pés à cabeça. Então, ela vê o guardanapo da sorveteria "Berthillon" na minha mão.

— São deliciosos, né? Tomei de baunilha com caramelo salgado. Incrível! Eu poderia até tomar outro — digo rápido, sem nem parar para respirar.

— Onde estão suas tias? — pergunta Anouk, olhando em volta. Sigo o olhar dela, mas não vejo Louis em lugar nenhum.

— Acabei de... me despedir. Tomamos sorvete e elas...

— Desapareceram — disse Anouk com tom de deboche.

— Eu estava voltando para o alojamento — digo.

Todas começamos a andar naquela direção e me obrigo a não olhar para trás. Não sei o que Louis viu, mas posso explicar tudo para ele depois.

— Então, você vai nos contar aonde você foi hoje? — pergunta Audrey.

Fecho a cara, tentando imaginar o que deu nela. Essa talvez seja a pergunta mais pessoal que ela já me fez. Em geral, com ela, é balé ou alguma alfinetada, até onde sei.

Mas agora, ela, Lucy e Anouk estão olhando para mim, esperando pela minha resposta.

— Nós fomos a uma casa de leilões famosa para ver um quadro de Degas.

Audrey estreita os olhos, mas sustento o olhar. Estou dizendo a verdade. *Omitindo alguns detalhes.*

Anouk faz uma expressão engraçada.

— Então você passa a semana inteira dançando e, no fim de semana, você vai ver quadros de outras garotas dançando?

— Foi ideia da minha tia — digo. — Ela achou que eu gostaria. Além disso, Audrey estava assistindo a vídeos de balé no café da manhã, e ninguém *estranhou*.

Faço uma cara de brincadeira, mas acho que talvez eu devesse abandonar o balé e fazer umas aulas de atuação. Estou ficando boa nisso.

Audrey dá de ombros. Anouk e Lucy concordam com a cabeça. Xeque-mate.

Lucy termina o sorvete e se vira para mim, com um sorriso animado no rosto.

— Você leu todas as mensagens de hoje?

— Hum... ainda não — digo, puxando meu celular. Eu estava meio ocupada esperando Louis me beijar, mas é claro que não posso falar isso.

Lucy dá uns pulinhos.

— Tivemos uma ótima ideia para amanhã.

Anouk ri.

— Mais dança!

— Mas do tipo divertido, sem pressão — acrescenta Lucy.

Elas se alternam para me fazer um resumo das mensagens. Alunas do outro alojamento ficaram sabendo de uma boate em um barco que navega pelo Sena. O lugar perfeito para assistirmos à queima de fogos.

— Vai ter um DJ famoso tocando — conta Anouk.

— E nós vamos passar por todos os pontos turísticos mais mágicos de Paris e viver o melhor momento das nossas vidas! — acrescenta Lucy.

E odeio fazer isso, de verdade, mas tenho que mandar a real.

— Nós nunca vamos conseguir entrar em uma boate.

— Claro que vamos — diz Anouk. — Meus amigos fazem isso o tempo todo.

— Eles têm identidade falsa? — pergunto, tentando não usar um tom de julgamento.

Não tenho nada contra as pessoas que burlam as regras para fazerem o que querem, mas eu provavelmente morreria de vergonha se fosse pega, então nunca nem tentei fazer... nada.

Lucy intervém:

— Não precisamos de identidade falsa.

Anouk assente.

— É só entrar com confiança, sorrir para o segurança como se já o conhecesse há anos, e você entra.

Tento esconder a minha surpresa e me viro para Audrey, acreditando que ela vai tentar convencê-las a não seguir com este plano.

— Eu sei — diz ela. — A idade mínima é dezoito anos, mas parece que isso não é um problema muito grande aqui.

Arregalo os olhos, mas elas apenas dão de ombros. Lucy fica balançando a cabeça, entusiasmada, esperando que eu aceite. Eu sou tão certinha assim? Meu Deus! Sou mais certinha do que Audrey Chapman? Isso tem que mudar agora.

Capítulo 17

Ainda mais chocante: a Audrey decide se juntar a nós na festa no barco. Claro, só depois que Lucy apresentou diversos argumentos: seria um crime contra Paris passar o Dia da Bastilha dentro de casa; somos todas responsáveis o suficiente para dormir cedo antes da aula de amanhã para estarmos descansadas e prontas; muitas colegas de turma também vão... chega quase a ser uma saída oficial. Audrey fez bico e deu de ombros enquanto ouvia tudo, mas, no fundo, acho que ela realmente queria vir. Afinal, não existem tantos vídeos de balé no YouTube. E eu sei bem do que estou falando.

Passamos a tarde nos arrumando. Houve muitas discussões sobre que roupa usar. Pretinho básico e sóbrio ou estilo colorido e divertido? Fizemos uma troca de itens de maquiagem. Amo batom vermelho e tenho muitas opções para oferecer. E, claro, sapatos.

Aqui está uma coisa que ninguém conta quando decidimos fazer balé: depois de alguns anos, seus pés vão ficar... horríveis. Destruídos, cheios de bolhas e calos e ásperos. Para escolher modelos de sapato de verão, você vai direto nos que têm mais cara de esconder a maior parte dos danos, e é por isso que nenhuma de nós tem sandálias de tirinha minimalistas. Somos obrigadas a ocultar essa parte não tão bonita do balé para perpetuar o sonho de todas as outras. Minha alpargata nova é perfeita para hoje à noite.

Quando estamos prontas, nós quatro descemos e vamos para uma creperia famosa que fica perto do alojamento. Vamos encontrar o resto do pessoal no barco. Esta região é a favorita dos universitários e turistas de todos os tipos, então, tem muita opção de restaurantes baratos de todas as partes do mundo. Hoje escolhemos um restaurante francês clássico. Conseguimos uma mesa e damos uma olhada em volta para ver o que os outros clientes estão comendo antes de escolher um *complète* (presunto, ovo frito e queijo Gruyère). Enquanto esperamos, Lucy e Anouk nos contam as fofocas do nível quatro: quem é ótima, quem é dramática e quem gosta de quem.

— Vocês têm tempo para esse tipo de coisa? — pergunta Audrey, meneando a cabeça para demonstrar sua desaprovação.

Anouk debocha:

— Para notar os caras gatos? Hum... tenho...

Audrey suspira como se não conseguisse acreditar.

— Não me diga que você nunca olhou para o Fernando — diz Lucy para Audrey.

— Claro que já olhei para ele. Ele é meu par.

O tom de Audrey é condescendente, mas é preciso muito mais que isso para irritar Lucy. Ela só revira os olhos, e ela e Anouk começam a rir.

— Vamos lá, Mia — diz Lucy. — Conte todas as fofocas do nível cinco.

Dou de ombros.

— Não tem muita coisa para contar. A gente só tem que ralar muito.

Audrey solta um suspiro audível.

— Exatamente. A gente dá o melhor da gente e, então, não importa o quanto tenhamos sido perfeitos, *monsieur* Dabrowski reclama que a expressão no nosso rosto não é a correta.

— Ninguém é perfeito — diz Anouk.

— Só a Audrey — digo como uma piada, mas é meio que verdade.

Olho para ela para ver sua reação, e ela responde com um sorrisinho:

— Mesmo assim não é o suficiente — responde ela com tristeza.

Ficamos em silêncio. Eu jamais trocaria de lugar em um milhão de anos, mas, sim, estar no nível cinco é difícil demais em alguns momentos. Olho para os ombros encolhidos de Audrey enquanto ela esfrega as mãos distraidamente no guardanapo. Ela pode parecer durona e fria. Acho que era isso que *monsieur* Dabrowski quis dizer sobre o solo de Odette. É estranho ver a expressão tão vulnerável no rosto dela agora.

Terminamos de comer e começamos a falar sobre os crepes que acabamos de comer. O meu estava perfeito, mas Lucy está encantada com o dela, com *crème fraîche* e cogumelos.

Depois, seguimos direto para o barco. Uma boate sobre as águas. Anouk estava certa. Ninguém pediu nossa identidade, nem fez perguntas, éramos apenas quatro bailarinas pegando bebidas e seguindo para a pista de dança. Tem um monte de jovens com roupas na moda: garotas de vestidos e salto alto, garotos com camisas brancas bem passadas e tênis no estilo hipster. Reconheço alguns da escola: Fernando está aqui com outras pessoas do nível cinco, e Lucy e Anouk vão direto até as colegas de turma. O DJ toca todos os hits mais recentes, e a luz negra ilumina a pista fazendo com que todos pareçam estar flutuando. A música pulsa pelo meu corpo.

É tão alta que não consigo nem ouvir meus próprios pensamentos. É um conjunto de música, suor, corpos e drinques pingando dos copos. É tão extraordinariamente o oposto de tudo do balé, que sinto meu corpo inteiro relaxar. Amo isso.

O barco zarpa e a cidade passa por nós. Lucy pega minha mão, animada.

— Vamos lá fora — diz ela.

Faço um gesto para Anouk e Audrey e elas nos seguem até a popa do barco. Quando chegamos, temos a visão mais épica de Notre-Dame iluminada contra o céu noturno em toda sua glória. Preciso me beliscar. Sério mesmo.

— Amo isso tudo! — grita Lucy para o vento. — Vamos abandonar as aulas e fazer isso todos os dias.

Anouk ri, mas sinto Audrey se contrair ao meu lado.

— O único problema — diz Anouk — é que vamos ensaiar *O lago dos cisnes* amanhã o dia todo. *Madame* Millet vai passar coreografia e não podemos faltar.

Lanço um olhar de esguelha para Audrey. *Madame* Millet é a *maître de ballet* do nível quatro, mas ficamos igualmente confusas com todo o resto.

— Vocês ainda estão aprendendo a coreografia? — pergunto, um pouco surpresa. — Nós já deveríamos ter tudo decorado a essa altura.

— Decorado? Que loucura! — diz Lucy.

Anouk faz um giro em meia-ponta e dá uma risada.

— Mas isso significa que você pode ensaiar sozinha com Fernando.

Eu me debruço na amurada e respiro o ar puro da noite de verão.

— Não é bem assim. — Nosso barco passa sob *Pont-Royal*, afastando-se de Notre-Dame.

— Mia, se liga — diz Lucy me dando uma cotovelada de leve. — Anouk está tentando saber se tem alguém da sua turma a fim de Fernando. Ou, o mais importante, se ele está a fim de alguém.

Anouk fica vermelha, mas se mantém atenta na minha resposta.

Fico chateada de decepcioná-la.

— Para ser bem sincera, não faço ideia. Eu não presto atenção nos garotos da turma.

Audrey me olha de esguelha.

— É verdade. A atenção de Mia está *fora* da aula.

Lucy e Anouk se animam, sedentas por uma fofoca.

— Aaaaah, Mia — cantarola Anouk.

— Ela vive trocando mensagens com alguém — acrescenta Audrey.

— É só... — começo.

Mas Audrey age como se não tivesse me ouvido.

— Você fica trocando mensagens com sua tia de noventa anos de idade tarde da noite.

— Pode contar tudo — diz Lucy, abraçando-me pelo ombro.

— Acho que Fernando não gosta de garotas — cochicho para mudar de assunto.

Lucy não cai na minha estratégia.

— Pode contar tudo, Mia! Você conheceu algum francês lindo de morrer?

— Ah! — exclama Anouk como se tivesse acabado de descobrir algo importante. — Foi por isso que você estava tão chique ontem à tarde?

— E o motivo de você não ter voltado para casa no domingo passado? — pergunta Audrey.

As garotas me cercaram. Não há como fugir.

— Eu *realmente* fui visitar minha tia-bisavó e dormi lá...
— Mas você não levou bagagem — diz Lucy.
— Eu perdi o último trem. Já contei para vocês.
— E ninguém acreditou — retruca Audrey.

As outras duas dão risada, confirmando. Estou começando a me perguntar se elas sequer acreditaram na minha desculpa de ontem ou se desconfiaram da história o tempo todo.

— Fala logo, Mia, qual é o nome dele? — pergunta Lucy.

É uma competição injusta. Três contra uma.

— Paul — diz Audrey, contraindo os lábios e fazendo um sotaque perfeito.

— Martin — sugere Anouk.

Lucy faz bico, como se estivesse pensando muito na questão.

— Deve ser um nome francês bem clássico. Mia não veio para Paris para se apaixonar por um estadunidense. Pierre?

Nego com a cabeça.

— Vocês estão completamente enganadas.

— Pierrrrrrre — diz Anouk com sotaque exagerado.

— *Paul, je t'aime* — acrescenta Lucy com voz rouca.

Audrey se vira para mim, mais séria do que as outras duas.

— Cara, não é legal ficar de segredinho.

O barco passa pelo *Musée d'Orsay*, mas sou a única a olhar para os relógios gigantescos e janelas arredondadas. Ninguém vai se importar com a vista até eu confessar.

— Eu... eu — começo, mas não consigo dizer nada.

No instante em que eu mentir sobre Louis, vou sentir o rosto queimar e enrubescer. Mas se eu admitir que existe, de fato, um francês *muito* gato, Audrey vai me encher o saco por pensar em qualquer outra coisa que não seja Odile. E se descobrirem quem ele é... eu amo a Lucy, mas acho que ela não é capaz de guardar nenhum segredo. Na hora do almoço amanhã todo mundo na escola vai achar que eu consegui um papel importante por causa do Louis. Não posso permitir que isso aconteça.

— Você está com aquele brilho — diz Lucy, apontando para o meu rosto.

— O brilho do amor — anuncia Anouk.

Bem na hora que estou procurando loucamente no meu cérebro alguma coisa para mudar de assunto, Audrey levanta uma das sobrancelhas e olha atrás de mim.

— Merda — diz ela. — Vocês sabiam que eles iam estar aqui? — pergunta para Lucy e Anouk.

Eu me viro para ver de quem ela está falando e fico boquiaberta. Max, Émilie e Sasha, nossos monitores na escola, estão do outro lado do barco.

Louis está com eles.

— E se *monsieur* Dabrowski descobrir sobre isso? — pergunta Audrey com a voz trêmula.

Dessa vez, eu concordo com ela.

Lucy dá de ombros.

— Metade dos alunos está aqui.

Antes de conseguirmos discutir mais, a Tour Eiffel aparece diante de nós. Uma igreja próxima soa dez badaladas altas. A grande estrutura metálica se ilumina de cima a baixo e brilha na noite. É a primeira vez que fico na rua até esse horário para ver.

Dou uma olhada para Louis e não consigo segurar o sorriso quando percebo que ele também está olhando para mim. Um monte de gente se espreme entre nós, todos tentando ter uma visão melhor, mas, por um instante, só há duas pessoas no barco. Ontem, assim que cheguei ao alojamento, mandei uma mensagem para ele explicando por que desapareci depois do sorvete. No fim, ele me viu conversando com as meninas e juntou as peças.

De repente, fogos de artifício iluminam o céu. Eu e as meninas damos os braços e prendemos a respiração enquanto eles brilham e explodem. Eu me viro para a margem e vejo que jovens e velhos se uniram, segurando garrafas de vinho e com cobertores abertos ao longo do Sena para assistir ao show espetacular. O vento sopra afastando o cabelo do meu rosto, e meu coração está repleto de amor. Por esta cidade. Pela dança. Por tudo isso. Este momento é quase perfeito.

E, então, sinto um toque leve nas minhas costas. É quase imperceptível, mas tenho certeza de que Louis está bem atrás de mim. Tem gente o suficiente à nossa volta, e espero que ninguém note. Todas as células do meu corpo parecem vivas, e tudo no que consigo pensar é na mão dele nas minhas costas e no espaço entre nós. Sinto um arrepio maravilhoso. Os fogos continuam explodindo, mas mal noto. Este momento dura para sempre, mas, ao mesmo tempo, não o suficiente.

Quando a última centelha se apaga, deixando apenas uma leve neblina de fumaça no céu, a mão dele desaparece. Eu solto o braço do das outras meninas e me viro. Não vejo mais Louis.

— Vamos dançar! — grito para ser ouvida por sobre a música.

Juro que a música ficou ainda mais alta depois dos fogos. Lucy solta um "uhu" e todas me seguem para a pista.

Não demora muito e Anouk desaparece com alguns amigos que também vieram esta noite; Lucy encontra Charles, o seu crush, e eles começam a dançar juntos. Tenho certeza de que Audrey está emburrada em algum canto, arrependendo-se da decisão de ter vindo. Quanto a mim, pulo e giro e me deixo levar pela música, meu coração disparado e a respiração ofegante. Mas não consigo parar de procurar Louis. Finalmente o vejo em um canto do bar. Resolvo arriscar e vou até lá. Tem um corredor escuro atrás dele, um esconderijo bem decente, se quiserem saber minha opinião.

— O que está fazendo aqui? — pergunto, resistindo ao impulso de abraçá-lo.

— Eu estava voltando para casa do evento da família, e Max me mandou uma mensagem falando dessa festa... — Ele toma um gole de cerveja enquanto a outra mão procura a minha.

Ele consegue fazer isso sem se aproximar. Estremeço diante do gesto proibido.

— Você sabia que eu estaria aqui?

Dou uma olhada pelo salão para me certificar que ninguém está olhando, mas tem muita gente e esse pedaço é bem escuro. Acho que estamos seguros.

— Eu tinha esperanças — responde Louis. — Meio que achei que a gente talvez conseguisse ficar a sós por alguns minutos.

Ao nosso lado, um casal está se pegando na beirada da pista, totalmente parados no meio de todos os corpos em movimento, como se o resto do mundo não importasse. Morro de inveja.

— Talvez — começo...

Mas há dezenas de colegas da escola aqui nesta festa, isso sem mencionar os monitores. Ainda assim, dou uma olhada para ver se localizo um cantinho mais discreto... mesmo que só por um minutinho, só para um beijo... quando vejo Audrey abrindo caminho e vindo na minha direção.

Solto a mão dele e me afasto na hora. Mesmo antes de ela parar na minha frente, consigo ver a expressão assustada no rosto dela.

— Temos que ir — grita ela por sobre a música. — Agora.

Não discuto. Alguma coisa no comportamento dela me diz para não fazer isso.

O barco já parou no ancoradouro, mas a festa está longe de acabar. Não dizemos nada até estarmos em terra firme. Lucy e Anouk pareciam estar se divertindo muito, então as deixamos lá. Até mesmo a essa hora, as ruas ainda estão cheias de gente. É uma noite tão linda; acho que estamos todos um pouco eufóricos pelo calor do verão e a comemoração. A não ser Audrey, que parece tomada por um sentimento completamente diferente.

— E se os monitores contarem para *monsieur* Dabrowski que estávamos na rua até tão tarde? — pergunta.

— Tenho certeza de que ficaria tudo bem — respondo, mesmo não tendo *tanta* certeza assim.

Não consigo imaginar *monsieur* Dabrowski achando bom que a gente saia à noite na véspera de uma aula, mas não fizemos nada de errado.

— Nós somos as protagonistas — diz Audrey, alterada. — As regras para nós são outras. Eu nem deveria ter vindo.

— Fernando também está aqui — digo, tentando manter a calma.

Audrey nega com a cabeça.

— Os garotos são tratados de forma diferente.

Ela está certa. São tão poucos garotos no mundo do balé que é bem mais fácil para eles se sentirem especiais e para o talento deles se destacar. Existem menos papéis masculinos, mas bem menos concorrência também. Ou talvez os garotos simplesmente consigam se safar com mais coisas em geral.

Chegamos ao alojamento, e procuro a chave na bolsa. Audrey ainda está nervosa ao meu lado.

— Por que você é assim? — pergunta ela.

Por um momento, fico imaginando se ela consegue ver no meu rosto o que eu estava fazendo antes de ela vir me chamar, mas acho que não é o que ela está dizendo.

— Assim como? — pergunto, franzindo a testa.

Para ser bem sincera, não estou com raiva por ter voltado para casa mais cedo. Este fim de semana foi exaustivo de muitas formas. Por mais que eu quisesse ficar e dar uma escapadinha com Louis, o certo é conseguir dormir o máximo possível antes de mais uma semana cansativa de aulas e ensaios.

— Diga que você está colocando o programa e a nossa apresentação em primeiro lugar. — Ela ignora a minha pergunta.

Suspiro enquanto destranco a porta.

— Isso é importante demais, para nós duas — insiste ela.

— Juro — digo baixinho. O vestíbulo está silencioso. — Eu quero que tudo saia perfeito tanto quanto você.

— Ninguém quer isso mais do que eu.

Ela sobe a escada de dois em dois e desaparece. Eu subo mais devagar e fico me perguntando se ela está certa. Sempre quis ser bailarina mais do que tudo, mas alguma coisa está diferente agora.

Sou eu? É o Louis, com os olhos lindos e sorriso charmoso que me distraem? Ou será que estou completamente encantada por Paris? Fecho os olhos com força, tentando espantar o sono. Seja lá o que for, só existe uma forma deste verão acabar para mim: conquistando o pessoal do ABT e voltando, triunfante, para casa.

Capítulo 18

Estou me preocupando tanto com tantas coisas que quase me esqueci de que hoje não temos aula normal. Em vez disso, para marcar que alcançamos a metade do programa, vamos apresentar algumas das coreografias que ensaiamos nas últimas duas semanas. Eu já me apresento para plateias há tantos anos que isso é quase natural para mim: brigar por um espelho nos bastidores para me pentear e aplicar a maquiagem forte, vestir o figurino e encontrar um espacinho para conseguir amarrar minha sapatilha de ponta.

— Meninas em *Paquita!* — exclama *monsieur* Dabrowski. — Começamos em dois minutos!

Audrey verifica seu reflexo no espelho e se levanta para se juntar às outras garotas com quem vai dançar. Hoje serão apenas coreografias em grupo: nenhum solo, não está valendo nada, só uma apresentação para que nossos *maîtres de ballet* observem nosso progresso em um ambiente mais formal. Cada um dos alunos tem duas apresentações, e nosso figurino reflete a simplicidade do dia: branco para o nível cinco e preto para todos os outros.

O relógio indica que está quase na hora e respiro fundo, sentindo um frio na barriga. Eu estava esperando por isso. Na verdade, fico feliz de senti-lo. Nenhuma bailarina sonha em dançar na frente de um espelho na barra. Nós só aguentamos os meses de exercícios e ensaios para termos a chance de dançar no palco por alguns minutos. Então quero esse nervosismo e uma performance todos os dias. Quero um teatro escuro cheio de estranhos e vou dançar diante deles com determinação e concentração por fora, e cheia de orgulho e alegria por dentro.

Mas antes de ir para as coxias, destravo o aparelho pela milionésima vez e olho para a mensagem que Louis me mandou hoje cedo.

> Boa sorte na apresentação! 🦆

A gente não se viu mais desde domingo, dois dias atrás. Cogitei perguntar se ele estaria aqui, e foi quando dei por mim e voltei à realidade. Por mais que eu queira estar com Louis, Odile e meus sonhos para o ABT vêm em primeiro lugar. Mesmo assim, sinto saudade. Trocamos algumas mensagens, mas ele ainda não sugeriu outro encontro. E eu provavelmente não deveria tomar a iniciativa, por todos os motivos e sinais de alerta na minha mente. Tiro Louis da cabeça enquanto o grupo de Audrey entra no palco.

Algumas alunas estão espremidas nas coxias para assistir, e me junto a elas. As meninas estão dançando uma coreografia de *Giselle*. Quando consigo um cantinho, dou uma olhada na plateia. Os *maîtres de ballet* e funcionários ocupam duas fileiras, enquanto o resto da audiência está cheio de rostos desconhecidos: familiares e amigos dos alunos locais que puderam aparecer em uma terça-feira à tarde. Estou prestes a voltar a atenção para o palco quando as vejo.

Aperto os olhos, tentando me certificar de que realmente estou vendo tia Vivienne e Madeleine na terceira fileira. Vivienne está usando um vestido florido e bem colorido, e sua bolsa está no colo. Madeleine por sua vez está elegante toda de azul-marinho e um colar com um grande pingente de ouro. Não acredito que estão aqui! Não contei nada sobre esta apresentação; na verdade, eu nem sabia quando seria na última vez que as vi.

Busco nas minhas lembranças, tentando descobrir. Contei para minha mãe que minha apresentação seria hoje, mas ela não pareceu muito interessada nos detalhes. Pensando bem, vovó Joan estava lá em casa quando liguei. Acho que não mencionei o horário, nem nada, mas talvez ela tenha descoberto e pedido para elas virem?

Quando é a minha vez, vou para o centro do palco para assumir minha posição junto com várias outras garotas do nível cinco. Arrisco um olhar para Madeleine e Vivienne. Madeleine percebe e joga um tchauzinho. Ela cochicha para a mãe, e Vivienne logo está acenando também, com tanto entusiasmo que algumas pessoas começam a notar. É o tipo de coisa que me deixaria louca da vida nos Estados Unidos — por mais esnobe que pareça, todo mundo deveria saber que não se distrai uma bailarina quando ela está prestes a entrar no palco —, mas, vindo da minha tia idosa, isso me faz sorrir. Ela mal me conhece, e, mesmo assim, parece tão animada por estar aqui. O frio na barriga aumenta. Quero que, quando eu chegar ao fim da minha apresentação, minha tia-bisavó saiba que o meu destino é me tornar uma bailarina profissional.

Eu talvez não saiba muita coisa sobre ela, mas minha tataravó, a famosa *danseuse étoile*, está presente em cada um dos meus passos. O destino dela é o meu também e me acompanha pelo palco. *Bourrée, pas de valse, piqué, arabesque...* e lá vamos nós, atravessando e dando a volta no palco, no ritmo de "A valsa dos flocos de neve", do *Quebra-nozes*.

Meus pés parecem flutuar no chão com grande energia e meus movimentos parecem não exigir praticamente nenhum esforço. Mesmo assim, eu adoraria que Louis estivesse aqui. É difícil admitir, mas talvez devesse tê-lo convidado. É só quando terminamos que percebo que parei um pouco à frente das outras garotas. Deveríamos estar em uma fila reta, mas estou uns quinze centímetros adiantada. Vou voltando para trás, de forma lenta e discreta, enquanto recebemos uma salva de palmas. Olhando para a expressão de alegria no rosto das pessoas na plateia, eu me esqueço de tudo. Agradecemos com uma reverência elegante e, quando nos levantamos, vemos que a plateia está em pé. Dou um sorriso radiante enquanto tento recuperar o fôlego. Nada é mais recompensador do que encantar a plateia a ponto de ser ovacionada de pé. Vou buscar esse sentimento em todas as minhas apresentações pelo resto da minha vida.

Vivienne e Madeleine estão esperando por mim no salão principal da escola.

— *Ma Mia!* — diz Vivienne, segurando meu rosto com as duas mãos. Ela deposita um beijo molhado nas minhas bochechas.

— *Merci!* — digo. Então, paro para pensar um pouco e tento falar meu parco francês para expressar como fiquei emocionada com a presença delas. — *Merci beaucoup d'être là! C'est tellement gentil d'être venues.*

Vivienne fica radiante, claramente impressionada com o meu progresso. Eu me viro para Madeleine.

— Como vocês sabiam? — pergunto em francês, ainda eufórica com a apresentação.

— Louis ligou — diz Madeleine devagar.

O rosto de Vivienne se ilumina ao ouvir o nome dele, e tenho certeza de que o meu também.

— Louis? — pergunto um pouco mais alto do que eu pretendia.

O salão está cheio de alunos, instrutores e toda a plateia. Todo mundo está conversando animadamente. Só Audrey está sozinha em um canto. Dou um sorriso para ela e faço um gesto com a cabeça que espero que ela entenda como *Você estava ótima*. Ela faz uma cara estranha. Eu me pergunto se é porque Vivienne e Madeleine estão aqui... uma prova de que passo tempo com a minha família. Não tenho mais tempo de pensar sobre isso porque vejo Louis atrás dela, conversando com Max, Émilie e Sasha. Ele sente o meu olhar e levanta a cabeça por um instante. "Obrigada", agradeço só com os lábios. Ele dá um sorriso discreto e volta a atenção para os amigos. Meu coração quase para. Eu adoraria perguntar o que ele achou da apresentação agora, mas esses encontros secretos têm um toque romântico e emocionante.

Entre o inglês básico de Madeleine e meu francês rudimentar, consigo entender o resto da história. Alguns dias atrás, Louis ligou para Vivienne para agradecer novamente pelo jantar. Ela disse que esperava que eu fizesse mais uma visita, mas Louis lembrou que eu talvez não tivesse tempo. Ele mencionou a apresentação, e que eu ficaria muito feliz se elas pudessem me ver dançando. Louis foi buscar minhas duas parentes na Gare de Lyon.

— Minha mãe gosta muito do Louis — diz Madeleine com um sorriso encorajador.

Eu também, acho. Mas não preciso dizer isso em voz alta. Tenho quase certeza de que elas conseguem perceber pela minha expressão. Eu me viro para ver se ele ainda está aqui, mas o salão esvaziou e só há mais alguns alunos espalhados.

— Nós temos que ir daqui a pouco — explica Madeleine.
— Minha mãe está preocupada de perder o trem de volta — acrescenta com uma risada.

Demoro um segundo para entender a piada. Parece que já passou uma vida desde que eu saí do carro dela e me deparei com a estação de trem trancada.

— Ah! — diz Vivienne, colocando a mão no meu braço e apertando.

Percebo que ela tem algo importante a dizer. Uma vez mais, eu amaldiçoo meu francês horrível. Em vez de falar, ela enfia a mão na bolsa e tira um envelope e me entrega. Os olhos brilham de animação enquanto o abro e encontro duas fotografias antigas e granuladas em tom de sépia e pontas amassadas. Ambas mostram a mesma jovem de cabelo escuro. Em uma, ela está em uma rua de paralelepípedo, posando com duas outras garotas em frente a um prédio. Na outra, vejo um retrato dela na primeira posição e usando uma roupa de balé: sapatilhas de ponta, um cardigã curto e uma saia longa e dura de tule.

Vivienne começa a falar rapidamente com grandes gestos, mas ela percebe que não entendo muita coisa. Preciso de Louis. Isso é tão menos divertido sem ele. Desistindo, Vivienne se vira para a filha e diz:

— *Dis à Mia.* — *Conte para Mia.*

E é o que Madeleine faz.

—Achamos que esta... garota... hum... você sabe, a nossa antepassada. — Ela não parece tão animada quanto a mãe.

Vivienne aponta para o verso da segunda fotografia e eu a viro. Vejo uma anotação com uma letra cursiva bonita.

Élise Mercier,
Opéra de Paris, 2 fevrier 1880

Eu arfo.

— *C'est vraiment elle?* — pergunto para Vivienne. *É ela mesmo?*

Ela assente com um sorriso no rosto.

— Élise Mercier, *ton arrière-arrière-arrière grand-mère.*

Ela aperta a minha mão para se certificar de que entendi. E entendi. Esta é a minha tataravó: uma bailarina diante da *Opéra de Paris*. Neste momento, não importa se ela realmente foi pintada por Degas. Esta fotografia por si só já é um tesouro.

— Minha mãe encontrou no sótão depois da sua visita — explica Madeleine em francês, enquanto Vivienne observa a minha reação. — Ela acha que talvez ajude a encontrar a pintura de Degas. — Ela olha para a mãe e acrescenta baixinho: — Se é que ela existe.

Sinto um quentinho no coração ao pensar nisso. Quero ligar para minha mãe e exclamar *Eu disse!* Quero também dizer para vovó Joan que ela estava certa. Mas, acima de tudo, quero sair dali e me jogar nos braços de Louis e dizer para ele colocar o capacete. Porque seja lá quais aventuras começamos naquele dia em que nos conhecemos na escada da escola, foi só o início.

Capítulo 19

No dia seguinte, a apresentação parece uma lembrança distante. A partir de agora, é uma linha reta até a apresentação final, e tudo está se tornando real demais. Estou mais tensa na aula, e está bem claro que meus colegas também estão. Há menos conversas antes do professor chegar, olheiras mais acentuadas e menos sorrisos. E não é só porque o espetáculo vai acontecer em duas semanas: nossa primeira prova de figurino feito pela equipe do *Institut de L'Opéra de Paris* é hoje.

Depois da aula, vou até o subsolo da escola, abaixo da recepção, onde está o departamento de figurinos. No caminho, faço mais ou menos o de sempre quando estou nessa parte do prédio. Paro diante do quadro de informações e olho para a folha de chamada para o ensaio do dia seguinte. Passo o dedo no papel, com o coração disparado, embora eu saiba exatamente o que vou encontrar: Mia Jenrow! Sou eu, sou eu! Bem ao lado do nome Odile. Não me canso disso. Olho para a folha de chamada por um momento e sinto um impulso na minha autoconfiança para mais um dia.

Alguns minutos depois, sinto um formigamento de animação nas mãos quando uma figurinista chamada Valérie me entrega um collant preto todo bordado com a saia de tule presa à cintura. Penso na hora na roupa como *meu* figurino, mas estou errada. De uma maneira boa.

— Myriam Ayed usou esta roupa na última produção de *O lago dos cisnes* — revela Valérie com os olhos brilhando.

Fico boquiaberta.

— Myriam Ayed usou essa roupa?

— Não se preocupe. A roupa foi higienizada — diz Valérie com uma risada.

Dou um gritinho.

— Eu vou usar o figurino de Cisne Negro da Myriam Ayed!

Ao meu lado, Audrey está recebendo a mesma atenção cuidadosa de um dos colegas de Valérie. Ela revira os olhos para mim. Entendo que o figurino de Cisne Branco também foi usado por Myriam Ayed, mas Audrey é descolada demais para ficar empolgada com isso.

Volto a atenção para a minha roupa de tule preto. Ela é firme e, ao mesmo tempo, macia sob meu toque e embora precise de alguns consertos — algumas contas estão soltas e tem um pequeno rasgo no peito —, parece mágico segurá-la. Eu a visto por cima do meu collant e tiro as alças dele para ter uma sensação melhor do decote em coração. É uma experiência totalmente surreal.

— Vamos ver — diz Valérie assim que estou vestida.

Ela me analisa atentamente e pega o kit de costura.

— Ixi — diz ela, espetando de leve o alto da minha coxa com uma agulha. — Esse tule é tão grosso!

É estranho se eu disser a ela que ela pode me furar à vontade? Bailarinas estão acostumadas a sentir dor. Convivemos com ela todos os dias, da ponta dos pés até os músculos exauridos. Não é possível se tornar uma bailarina se não sabe lidar com a dor.

Audrey se vira para atender ao pedido da costureira dela que começa a alfinetar a parte de trás. Ela está de frente para mim agora e me olha de cima abaixo, com expressão impassível.

— Você se saiu muito bem hoje mais cedo — diz ela de forma direta. — Os *fouettés* estão evoluindo.

Mais cedo, tivemos outro ensaio com *monsieur* Dabrowski, e ele foi mais duro do que nunca com cada um de nós. "Olhem esses passos pesados! Vocês são cisnes, não cavalos!"

— Ah! — exclamo, surpresa. Um elogio não solicitado vindo do nada de Audrey Chapman. Paris, a cidade dos milagres.

— Estou impressionada — diz ela, dando de ombros, como se conseguisse ler meus pensamentos.

— Obrigada — agradeço. — E você estava ótima de verdade. Como sempre.

Audrey dá de ombros de novo, mas até esse movimento parece cansado. A postura dela se curva e ela afasta o olhar.

A verdade é que *monsieur* Dabrowski foi especialmente duro com os protagonistas.

— Onde estão seus sentimentos, Audrey? Você é uma jovem apaixonada por um príncipe que pode livrá-la de uma maldição. Isso não significa nada para você? — Ele não esquece disso. — Você precisa de mais força nessa perna, Mia. Precisa levá-la até o final! O que você vai fazer na hora da apresentação? Dar pulinhos como um coelho?

Ele até chamou Fernando de Oompa Loompa. O que foi bem engraçado, considerando a altura dele.

— Como você se sente? — pergunta Valérie enquanto me leva até o espelho de corpo todo.

Ela fica atrás de mim e sorri para o meu reflexo, orgulhosa do próprio trabalho.

— Está perfeito — respondo. — *Merci*.

Ela belisca um pedaço de tecido solto na cintura.

— Só preciso dar um pontinho aqui.

Um pouco depois, Audrey e eu tiramos o figurino com cuidado com todos os alfinetes presos ali. Valérie diz para voltarmos na semana que vem para outra prova enquanto penduram as saias.

— Não emagreçam até lá — acrescenta ela. — Sabemos como vocês ficam estressadas.

— Nosso croissant diário não vai deixar isso acontecer — digo com um sorriso.

Audrey dá uma risadinha. Atravessamos a escola agora deserta. Faço uma pausa quando chegamos à porta da frente.

— Eu tenho um compromisso, na verdade... Vejo você mais tarde — digo, nervosa.

— Ah — diz Audrey, parecendo surpresa. — Você vai...

— Sair? — Minha voz parece mais aguda do que eu gostaria. Mas o que mais posso dizer?

— Hum... — responde ela, arqueando uma das sobrancelhas.

— Minha tia me convidou para jantar — acrescento, tentando passar seriedade, mas sinto o rosto queimar.

Audrey olha para mim.

— Até parece. — O tom dela é um pouco sarcástico.

Observação para mim mesma: nunca subestime Audrey. Não é fácil enganá-la.

— Ela... — Respiro fundo, pronta para me enterrar ainda mais na mentira, mas algo nos olhos do Audrey me faz parar. — Não vou voltar tarde — continuo. — E eu vou estar pronta para o ensaio de amanhã.

Audrey assente.

— Divirta-se.

Aquelas talvez sejam as palavras mais estranhas que Audrey já me disse.

— Sério? — pergunto.

— Sério — responde ela.

E talvez pela primeira vez trocamos um sorriso.

Não houve surpresa dessa vez, nem dele nem minha. Não fiquei nervosa e me recusei a ficar pensando demais nisso. Só finalmente encontrei a coragem para admitir para mim mesma o que eu queria fazer e mandei uma mensagem para Louis convidando-o para um encontro no restaurante favorito dele. E é por isso que estou parada em uma rua movimentada do nono distrito, sob uma placa de néon na qual se lê *Hôtel Amour*. Sim, é isso mesmo, Louis escolheu um lugar chamado "Hotel Amor". Não dá para inventar uma coisa dessas. Uma das coisas que aprendi sobre os franceses é que eles não têm medo de ser românticos. Quando os estadunidenses fazem isso, parece algo exagerado, mas Paris está lotada de Cinderelas tão modernas usando tops listrados, batom vermelho e cabelo queimado de sol balançando no ritmo do caminhar casual pelas ruas em direção aos seus cavaleiros de armadura brilhante. Ou uma Vespa brilhante, no meu caso.

— Mia! — diz Louis assim que tira o capacete.

Não sei se ele vai me dar um beijo no rosto ou se já passamos dessa fase, então, decido dar um abraço no estilo estadunidense.

— Tenho certeza de que ninguém disse isso ainda — diz ele, enquanto seguimos para a mesa que reservei no jardim verdejante nos fundos, com paredes cobertas de heras. —

Mas você dançou maravilhosamente ontem. Vamos comemorar o seu sucesso!

Dou uma risada, mas ele parece determinado enquanto a garçonete se aproxima.

— *Deux coupes de champagne* — pede ele. — Por minha conta — diz para mim.

Arregalo os olhos.

— Você acabou de pedir champanhe?

Louis dá de ombros.

— Você tomou vinho na casa da sua tia.

Embora ele esteja certo, isso parece um pouco diferente. Uma coisa é tomar alguns golinhos de bebida em um jantar de família. Outra, bem diferente, é estar em um terraço de um restaurante maravilhoso em uma noite quente de verão, cercada de parisienses e tomando um champanhe caro. Parece um pouco adulto demais para mim, como se eu estivesse representando o papel de uma Mia Jenrow mais velha.

Na verdade, porém, sinto como se eu tivesse envelhecido cinco anos desde que cheguei. Até agora eu não fazia ideia de como seria natural me virar sozinha em uma cidade estrangeira, mas estou me saindo bem por enquanto. Melhor que bem, até.

A garçonete volta com duas taças que ela enche com grande cerimônia depois de colocá-las diante de cada de nós.

— *À toi!* — diz Louis, erguendo a dele.

Toco com a minha na dele.

— E a você — respondo.

— Tudo bem. A nós — acrescenta, enfatizando o "nós" e me olhando direto nos olhos.

Sustento o olhar e ele dá uma piscadinha. Eu me congratulo mentalmente por não ter ficado vermelha. *Eu acho.* Depois de um golinho que faz cócegas na minha língua, pego as fotografias na minha bolsa, coloco na mesa e as empurro para ele.

— Tenho uma coisa para te contar — começo em tom eufórico.

— Deixe-me adivinhar. Vivienne encontrou fotos da sua antepassada do sótão e entregou para você na apresentação para que você pudesse encontrar o quadro de Degas.

A euforia se foi.

— *Désolé* — diz ele, rindo. — Não consegui evitar.

É quando junto as peças.

— Você teve alguma coisa a ver com isso, não é?

Ele dá de ombros com ar inocente.

— O que posso dizer? As vovós me amam.

Não só vovós, eu acho. E *agora* estou totalmente vermelha.

A garçonete volta para anotar nosso pedido, mas ainda não estou pronta para escolher, então ela se afasta.

Respiro fundo.

— Tenho uma coisa para perguntar para você. Eu não tenho muito tempo livre até a minha partida, mas estou preparada para sair por Paris e procurar por todos os museus e interrogar todos os colecionadores de arte e talvez até invadir alguns sótãos, se eu tiver que fazer isso. Eu quero encontrar uma prova de que Degas pintou minha antepassada. Eu ficaria muito feliz se conseguisse fazer isso antes de voltar para casa. Você quer fazer isso comigo?

Louis sorri.

— Sim, Mia. Eu adoraria fazer você feliz.

Isso é um sinal de alerta na escala de enrubescimento, mas não me importo.

— Eu contei para minha mãe sobre você — diz ele, antes de tomar um gole de champanhe.

Arregalo os olhos.

— Sério?

Ele concorda com a cabeça.

— Eu contei para ela sobre uma linda e talentosa bailarina com uma lenda na família. — Ele faz uma pausa. — E mencionei você também.

O tom dele é tão sério que demoro um segundo para entender. E reviro os olhos.

— E o que sua mãe disse sobre essa linda e talentosa bailarina?

— Ela adorou a história. E ela conhece um monte de gente no meio artístico de Paris. Ela trabalhou com algumas pessoas, isso sem falar nos amigos dos amigos... Ela me deu o contato de uma curadora do *Musée d'Orsay*.

Prendo a respiração, animada pelo que está por vir.

— E?

— Ela é doutora em Arte Impressionista ou algo assim. O nome dela é Charlotte Ravier, mas eu a chamo mentalmente de *mademoiselle* Pastel.

Dou uma risadinha e pego meu celular para gravar o contato, mas Louis pega um caderno e um lápis na mochila. Abre em uma folha em branco e escreve o nome, o número do telefone e o endereço de e-mail. Em seguida, com alguns traços rápidos, ele fez uma bailarina girando com os braços para cima. Dou um sorriso, impressionada, enquanto ele arranca a página e me entrega, mas ele só encolhe os ombros como resposta. Planejamos ligar para *mademoiselle* Pastel no dia seguinte e, depois, não tiramos os olhos um do outro durante todo o jantar. Pedimos nossos pratos, mas nem me lembro disso. Talvez tenha sido massa. Ou peixe. Poderia até ser um cacto por toda a atenção que prestei. Nada disso é mais importante do que o jeito que Louis olha para mim. Demos risadas, comemos, compartilhamos histórias e tomamos nosso champanhe.

Louis protesta com veemência quando digo que vou pagar a conta, mas não cedo. *Fui eu* que o convidei, e não importa o quanto ele resmungue, conto meus euros e os coloco na mesa e digo que ele pode me compensar me ajudando a encontrar o quadro.

A mão dele encontra a minha no instante em que saímos do restaurante. Sentir o toque dele provoca um formigamento na minha pele. Algumas garotas passam por nós quando estão entrando e olham para Louis. *Sim, eu sei*, quero dizer. *Também não acredito*. Porque eis a questão: não consigo acreditar mesmo. Desde que cheguei a Paris, nada aconteceu do jeito que eu achei que aconteceria. Passei meses sonhando com este verão, mas jamais conseguiria imaginar uma coisa dessas. E me recuso a pensar no fato de que logo vou ter que deixar tudo isso para trás.

— Eu até me ofereceria para deixá-la em casa — diz Louis enquanto estamos diante da Vespa ele. — Mas acho que a noite ainda não terminou.

Meneio a cabeça. Minha boca está seca demais para dizer qualquer coisa.

— Seria cafona se eu levasse você ao bairro mais turístico de Paris? — pergunta Louis com um sorriso radiante. — É pertinho daqui.

Não importa o quanto eu fique nervosa perto dele, ele sempre me faz relaxar.

— Nada é cafona em Paris.

Muitos degraus depois, nos vemos diante da Basílica de Sacré-Coeur, no centro de Montmartre. Ainda estamos ofegantes da subida, mas a vista da cidade é impressionante. O sol está se pondo sobre todos os telhados. Olho para o horizonte sem fim e Louis deve ter adivinhado o que eu estava procurando, porque ele puxa minha mão e, sem dizer nada, aponta para a direita na direção da Torre Eiffel, bem ao longe.

— Isso é de verdade? — pergunto.

Louis fica atrás de mim e me abraça pela cintura enquanto continuamos admirando a vista.

— Espero que sim — sussurra ele no meu ouvido.

Sinto o coração dele batendo, e respiro fundo quando se aproxima mais. Ele apoia a cabeça no meu ombro e eu poderia ficar assim a noite toda. Na verdade, isso não é verdade. Eu quero me virar e beijá-lo, mas tem muita gente aqui e mal conseguimos um lugarzinho.

— Vem — diz ele, quebrando o encanto do momento.

Ele me leva pelas ruas sinuosas de Montmartre, com restaurantes, galerias de artes e lojas para turistas alinhadas pelas calçadas. Vejo creperias em quase todas as esquinas. Mas a principal atração é uma praça de paralelepípedos chamada *Place du Tertre*, onde muitos artistas exibem suas obras. Está lotada de gente, então precisamos passar bem devagar e admirar as peças, algumas modernas e abstratas, outras representações clássicas das redondezas. Mas uma outra coisa chama minha atenção.

— O que é aquilo? — pergunto apontando para um artista fazendo a caricatura da menina sentada diante dele. Os pais ficam assistindo, cheios de orgulho, enquanto ele desenha orelhas gigantescas e dentes imensos. Passamos por várias pessoas posando para desenhos de estilos diferentes, mas as caricaturas parecem ser a escolha mais popular.

Louis dá de ombros.

— É só um lance que se faz por aqui.

— Vamos fazer um! — digo, cheia de animação.

Fico procurando por um artista perfeito e vejo uma mulher que está terminando um quadro.

— O quê? Não — diz Louis, corando um pouco. — Isso é para turistas.

Mas, quando puxo a mão dele, ele não resiste.

— *Eu* sou turista — digo, apontando para o banco vazio diante da artista e perguntando se ela pode nos desenhar. — E eu digo que sou a favor do *cafona*.

Louis dá uma risada e revira os olhos ao mesmo tempo.

— *Comme ça* — diz a artista enquanto nos posiciona. Ela me senta em uma postura meio de lado e coloca Louis ajoelhado atrás de mim.

A mulher franze a testa enquanto olha para o bloco diante dela, o carvão preto fazendo sons ásperos enquanto corre pelo papel, e eu preciso me controlar para não olhar para Louis.

— *Et voilà* — diz ela um pouco depois, enquanto dá os retoques finais.

Ela olha para mim e sorri quanto eu praticamente pulo do banquinho para ver o resultado. Ela desenhou um coque tão grande em mim que quase parece que tenho uma auréola em volta da cabeça, e lábios grossos e bem escuros para imitar o batom vermelho. Louis ganhou sobrancelhas bem grossas que praticamente cobriram os olhos dele, e um maxilar bem-desenhado.

— Você está linda — diz ele, olhando por cima do meu ombro.

— E você até que não saiu mal — respondo.

Louis paga pelo desenho antes de eu ter tempo de pegar minha carteira.

— Um presente para você — diz ele, entregando-me o desenho embrulhado. — Uma lembrança do tempo que passamos juntos em Paris.

— *Merci* — digo, tanto para ele quanto para a artista, enquanto o coloco na bolsa.

Nós nos afastamos, e Louis solta um suspiro profundo enquanto entramos em uma rua bem mais tranquila.

— Espero que você se lembre de mim.

— Claro! — digo. — Acho que eu jamais conseguiria esquecer... este verão. — Eu queria dizer *você*, mas meu coração tem vontade própria.

— Eu não sei o que fazer... — diz Louis, olhando para o chão.

— Em relação ao quê? — pergunto.

Ele contrai os lábios.

— Você. Eu. A sua volta para casa, me deixando aqui.

Concordo devagar com a cabeça e sinto os olhos cheios d'água. Será que eles estava pensando aquilo o tempo todo? Não faz sentido nem começar nada. Tem tantos motivos para não fazermos isso. Para mim, porém, a ideia de não estarmos juntos pelo tempo que ainda nos resta é... ridícula. Inaceitável. Algo de que eu me arrependeria para sempre.

— Eu gostaria de poder ficar — digo depois de ficarmos nos olhando por um tempo.

— Você não está falando sério — diz Louis com tristeza. — ABT é o seu sonho. O balé sempre vem em primeiro lugar. Você mesma disse isso.

— Sim, mas... — começo, mas ele está certo. E também errado.

Se este verão me ensinou alguma coisa até agora, não teve a ver com o balé. Sim, aprendi que tenho muito potencial e uma chance de verdade no ABT. *Monsieur* Dabrowski acreditou em mim o suficiente para me dar Odile, e sinto bem menos medo de fracassar do que eu sentia logo que cheguei. Ser bailarina significa tudo para mim, mas a vida é maior que isso. Tem espaço no meu coração para muito mais e, com certeza, para Louis.

— O balé não vem em primeiro lugar agora — digo, aproximando-me dele. — Este momento é nosso.

Louis abre um pouco mais os olhos e me puxa para si. Dessa vez parece diferente. Carregado de emoção. De esperança. Abraço-o pelo pescoço. Ele se aproxima e apoia a testa na minha.

Roço meu nariz no dele e sinto seu cheiro, raios de sol e cedro. Respiro fundo, tentando guardar os detalhes na memória. Tudo neste momento parece certo: os sons da rua à nossa volta, o ar quente, o gosto doce no hálito dele. Meu coração não aguenta mais esperar: entreabro os lábios e acabo com o espaço entre nós até encontrar os dele.

Tenho certeza de que você já comeu croissants antes. É fácil de encontrar hoje em dia. Em geral, o gosto é bom. Talvez um pouco sem graça. Mas, quando você vem para Paris, os croissants são diferentes de qualquer coisa que você já provou na vida. São quentinhos e macios, dourados e amanteigados. Como nuvens assadas e deliciosamente indulgentes. Podem até *parecer* outros croissants, mas são superiores em todos os jeitos concebíveis. E por que estou pensando nisso agora? Porque croissants são como beijos. Você não os compreende completamente até vir para Paris. E sei de uma coisa: os beijos têm um sabor muito melhor na França.

Capítulo 20

Como bailarina, sou bem qualificada para entender como o corpo funciona. Se eu fizer cem *relevés*, minhas panturrilhas vão queimar na manhã seguinte. É uma coisa completamente normal, um sinal de que os fiz corretamente. Então, é claro que, na manhã seguinte da minha lição de beijos de língua com Louis (as de número 1, 2, 3 e 4, vamos dizer que foi um curso acelerado), meus lábios parecem inchados. Passo os dedos por eles algumas vezes e me olho no espelho do vestiário, enquanto me arrumo para a aula. Não consigo *ver* nada, mas não preciso de um lembrete visual para recordar o que aconteceu ontem. Louis mal nos dava tempo de respirar, e adorei, porque respirar me pareceu algo totalmente opcional. Eu diria que estou andando em raios de sol, mas é melhor que isso: estou fazendo piruetas em um arco-íris de felicidade.

O arco-íris desaparece mais ou menos às 8h50 da manhã, assim que saio do vestiário.

Monsieur Dabrowski está parado bem diante de mim.

— *Mademoiselle* Jenrow, por favor, preciso falar com você.

Ele aponta a sala mais distante do corredor, a qual está vazia. Quando entro, começo a me perguntar se vou sair viva de lá.

— Sente-se — diz *monsieur* Dabrowski.

Eu me lembro do dia que ele me disse que eu passaria para o nível cinco. Mesmo lugar, mesmas pessoas, embora, dessa vez, eu não tenha a menor dúvida: ele não está aqui para dar boas notícias.

Eu me sento no banco, e ele pega uma cadeira para si.

— Quero falar com você sobre a apresentação.

Sinto um aperto no coração. Tentei tirar aquilo da cabeça, mas é claro que ele notou. Por que achei que eu poderia me safar sem ninguém ver?

— O que foi que aconteceu na apresentação, *mademoiselle* Jenrow? — Quando não respondo, ele insiste: — Você não sabe?

Respiro fundo.

— Sei. — Melhor confessar e acabar logo com aquilo. — Eu errei o último passo.

Ele assente devagar.

— E?

— Foi uma diferença bem pequena, eu acho, mas que me fez ficar desalinhada com as outras meninas.

Tudo bem, Mia. Foi uma coisa que aconteceu, e não há nada que você possa fazer sobre isso agora. Fico repetindo isso para mim mesma.

— Você acha que alguém na plateia notou?

Baixo o olhar, enquanto as emoções parecem subir pela minha garganta. Ele não vai deixar isso passar. Fico em silêncio.

— Todos aplaudiram, todos apreciaram sua linda apresentação, mas ela foi tão boa quanto poderia ter sido? — O tom de *monsieur* Dabrowski fica mais duro, desdenhoso até.

Nego com a cabeça.

Ele suspira em voz alta e levanto a cabeça para encontrar o olhar frio como pedra.

— Não foi. Você pode achar que os meus padrões são altos demais, *mademoiselle* Jenrow. Você pode dizer para você mesma que quase ninguém atinge o nível de perfeição que eu espero dos meus alunos. E, de certa forma, isso é verdade.

Ele faz uma pausa, mas acho que não está esperando que eu diga nada. Errei um passo. No fundo, eu sabia que isso ia acontecer mesmo antes de acontecer.

— Sinto muito — digo, tentando quebrar o silêncio.

— Não estou aqui para ouvir desculpas. Quero me certificar de que entende exatamente o que está acontecendo aqui.

— Não vai acontecer de novo — digo. — Juro.

É uma coisa boba para se prometer. Ninguém tem como garantir que nunca vai perder o controle. Nem mesmo uma bailarina. Treinamos com afinco e ensaiamos os passos mais de cem vezes, mas não temos como saber com certeza o que vai acontecer quando os holofotes se acenderem e entrarmos no palco.

Monsieur Dabrowski faz uma careta. Olho para o relógio na sala. Nossa aula está para começar no fim do corredor, mas ele não parece estar com pressa para irmos para lá.

— Veja bem, no momento que você errou um passo, eu soube que eu tinha um problema, o que significa que você também tem um problema. Você é uma das minhas protagonistas. Minha Cisne Negro. Eu lhe dei a oportunidade de abrir suas asas na frente dos diretores dos programas de formação de bailarinos das melhores companhias do mundo.

Arfo quando compreendo o que ele realmente está tentando me dizer.

— Por favor, *monsieur* Dabrowski, não tire o meu papel.

— O papel não é "seu", *mademoiselle* Jenrow. Centenas de bailarinas já o apresentaram antes, e centenas vão se apresentar depois. Ninguém deve nada a você.

Ele está certo, é claro, e quero me socar por ter dito aquilo. Não sei bem o que posso fazer para compensar, mas tenho que tentar.

— Diga-me o que preciso fazer e vou fazer.

Ele faz uma pausa me avaliando.

— Preciso que você se concentre. Não se deixe distrair.

Levo os dedos aos lábios. Ainda consigo sentir o beijo de Louis. É tarde demais para isso: já me distraí.

Concordo com a cabeça.

— Eu não vou decepcioná-lo.

Monsieur Dabrowski estala a língua e se levanta. Por um momento, acho que simplesmente vai sair, mas ele começa a andar de um lado para o outro, de forma lenta e graciosa com o sapato de couro que usa todos os dias.

— Você já me decepcionou. Vi um grande potencial em você e estou muito decepcionado de ver que eu estava errado.

Sinto um aperto de medo na barriga.

— Foi só um passo. O senhor nunca errou nenhum?

Ele suspira.

— Já. Mais de uma vez. Uma vez, eu estava apresentando *A bela adormecida* em Moscou e quase derrubei minha parceira no meio do nosso *pas de deux*.

Ele caminha lentamente em direção à janela antes de falar de novo.

— Mas essa conversa não é apenas sobre este erro específico. É sobre jogar seu futuro pela janela por causa de um casinho de verão. E isso é responsabilidade sua, *mademoiselle* Jenrow.

Congelo. Minha mente fica em branco enquanto tento processar o que ele acabou de dizer.

— A sua vida fora desses corredores não é da minha conta. Mas se você é a minha Cisne Negro, e descubro que você está gastando sua energia todas as noites, paquerando pela cidade quando você só tem mais algumas semanas para aprender um dos papéis mais difíceis do balé, bem... *isso* é problema meu.

Engulo em seco, sem conseguir falar. Não tem como Louis ter contado ao pai sobre nós. Por que ele faria isso? Ele sabe o quanto impressionar o pai dele é importante para mim, não apenas para o meu sucesso aqui, mas para o meu futuro como bailarina. Se *monsieur* Dabrowski não acreditar que estou totalmente dedicada ao balé, então ele não vai me recomendar para os diretores dos outros programas de ensino. Ou pior: ele vai dizer para ficarem bem longe de mim, e minha carreira vai acabar antes mesmo de começar.

— Não é o que você está pensando — digo. — O que está acontecendo entre mim e Louis...

— Já aconteceu com outras garotas antes — intervém o *maître de ballet* com dureza.

— Oi? — Minha voz soa tão fraca que é quase um sussurro.

As lágrimas que eu estava segurando escorrem pelo meu rosto, mas nem me preocupo em enxugá-las. Isso não está acontecendo.

Ele solta um suspiro profundo e irritado.

— Eu já disse para Louis parar de ficar rondando a escola. Ele só... Bem, ele não tem os próprios sonhos para seguir. Ele não entende. Mas essas garotas, elas têm um objetivo, um futuro. E, então, elas estragam tudo por causa de um pouco de diversão.

— Que garotas? — quero saber, percebendo tarde demais que ultrapassei os limites.

Realmente estou discutindo minha vida amorosa com o diretor artístico do Instituto da Ópera de Paris? Devo ter enlouquecido de vez e, considerando a expressão amarga no rosto de *monsieur* Dabrowski, é tarde demais para retirar o que eu disse.

Mais lágrimas escorrem pelo meu rosto, e sou obrigada a enxugá-las porque não estava mais enxergando nada.

Ele faz outra careta e afasta o olhar, dando-me um pouquinho de privacidade.

— Eu não queria fazê-la chorar... mas, *mademoiselle* Je... Mia — continua ele com voz mais suave. — Você precisa decidir o que é mais importante para você. E precisa fazer isso agora. Não vou tirar o seu papel por aquele erro, mas não vou repetir novamente: você tem uma oportunidade de criar a sua carreira como bailarina. E vai desperdiçá-la? — Eu não me mexo enquanto ele caminha até a porta. — Pode esperar um tempo para se recompor — diz ele. — Nós nos vemos daqui a pouco na aula.

E, então, estou sozinha. Escorrego para o chão, e deixo os soluços altos e sofridos escaparem pela garganta, sem me preocupar com quem pode ouvir. Louis foi tão compreensivo quando disse que não queria que ninguém na escola soubesse de nós. Fiquei encantada pelo jeito gentil e respeitoso dele. Mas talvez ele quisesse nos manter em segredo também.

Com quantas outras garotas ele já tinha feito isso? E é quando percebo.

Talvez ele esteja se encontrando com outras bailarinas agora. Como posso ter sido tão idiota?

Olho em volta da sala vazia, para o piano preto polido e a luz que entra pelas janelas. Ouço o som de carros buzinando. Lá fora, é só mais um dia. Minhas sapatilhas de ponta bem desgastadas aparecem na minha bolsa junto com o collant branco reserva, meu distintivo de honra. Mas não o mereço. Sonhei com um papel importante como Odile desde que me entendo por gente. Jurei para mim mesma que nunca deixaria nada atrapalhar meu sonho. Mas foi exatamente o que fiz.

Capítulo 21

Bastante tempo passa antes que eu consiga me mexer. Meus músculos doem quando me levanto do chão, meus joelhos estalam quando estico as pernas. Paro no banheiro e jogo água fria no rosto e aliso o cabelo. Não sei como vou encontrar forças para ir para a sala, mas, quando entro no estúdio depois do começo da aula, *monsieur* Dabrowski assente de forma sutil, autorizando-me a assumir meu lugar na barra. Essa foi a única vez que ele permitiu que uma aluna entrasse atrasada, e muitos colegas lançam olhares confusos para mim.

Já dancei gripada. Já dancei com pernas doloridas e pés inchados. Mas nunca dancei com o coração partido. Gostaria de poder voltar correndo para o alojamento e me jogar na cama e ficar encolhidinha ali o dia todo. Mas aquilo significaria perder um tempo valioso de ensaio e decepcionar Odile. Estou com muita raiva de Louis por me fazer acreditar que eu era especial, mas a maior parte da minha raiva é comigo mesma: por deixar um garoto me distrair do meu maior sonho.

Há anos que falo com meus pais que eu faria qualquer coisa para me tornar bailarina profissional. Sempre peço coisas de balé de aniversário desde que me entendo por gente. Abri mão de todos os meus fins de semana. Fui disciplinada, motivada, concentrada. Li a biografia das bailarinas mais famosas do mundo, e todas elas escreveram a mesma coisa: a única forma de entrar neste mundo é querer isso mais do que qualquer outra pessoa.

Não é só o talento ou o tempo que se passa ensaiando. É o desejo, a ambição sem limites que tira todo o resto do caminho. É exatamente o que achei que estava fazendo, até o instante em que pisei em Paris. E quando meu sonho mais precisava de atenção, eu simplesmente o deixei se espatifar no chão e se quebrar em mil pedaços.

Isso acaba agora. Pelo resto do dia, meus passos ficam mais atentos, minhas pernas se movem com mais precisão, e meu olhar não se desvia nem por um segundo. E não sou a única que nota.

— Uau, Mia — diz Fernando para mim depois do ensaio do nosso *pas de deux*. — Você mandou muito bem. Seja lá o que aconteceu com você... continue assim.

Concordo com a cabeça.

— É exatamente o que pretendo fazer — digo. — Vou deixar Odile orgulhosa.

— Eu acredito nisso — diz ele enquanto se senta no chão e abre as pernas para alongar a parte interna das coxas e girar os tornozelos.

Então, ele se levanta, coloca meias de tricô grossas, fecha a bolsa e se afasta. Fico sozinha com Audrey na sala. Estou massageando os pés enquanto ela tira os grampos do coque apertado. Ela fica me olhando por muito tempo.

— Que foi? — pergunto, levantando-me e voltando para o meio da sala.

Nosso ensaio terminou por hoje, mas eu ainda não terminei.

— Nada — responde ela depois de um momento.

Fico por muito mais tempo depois que ela vai embora. Eu me olho no espelho, erguendo o queixo com o indicador e o dedo do meio, verificando meu *port de tête*. Levanto uma perna na barra e dobro o corpo sobre ela para alongar os tendões e a lombar, repito o movimento com a outra perna. E, então, volto a dançar. Em algum momento o zelador da escola entra para aspirar a sala e imploro que ele me dê um pouco mais de tempo. Coloco a música do meu solo no celular e, sem ninguém para me observar, sinto-me livre para fracassar, para xingar, e deixo as lágrimas escorrerem pelo meu rosto no meio da sequência. Ensaio meus *fouettés* até quase desmaiar.

Noite passada, eu estava passeando pela noite de verão de Paris com um brilho apaixonado no olhar. Achei que minha vida estava entrando nos eixos, mas era exatamente o contrário. Eu sabia que tinha errado aquele passo e tentei fingir que não tinha acontecido. Essa é a pior parte de tudo. Eu achei mesmo que *monsieur* Dabrowski não notaria? Eu acreditei honestamente que não importava? Se foi isso, então, fiz papel de palhaça. Eu me desafio a ensaiar mais dez vezes o meu solo, prometendo a mim mesma que se eu conseguir dançar duas vezes sem cometer nenhum erro, desde o primeiro *arabesque* e *tendu derrière* até o último, eu poderia voltar para casa. Mas não danço sem errar duas vezes. Na verdade, consigo cinco vezes seguidas.

Quando estou saindo da escola, quase acredito que estou bem. Quase consigo me enganar e acreditar que já esqueci Louis. A não ser quando o encontro esperando por mim na escadaria do lado de fora, no mesmo lugar que nos encontramos pela primeira vez, e percebo como sou burra.

Meu coração dispara. Quero ignorá-lo, fingir que não o vi. Eu poderia ir embora e nunca mais falar com ele. Mas então eu jamais poderia expressar o quanto ele me magoou. E agora, tudo que quero é fazê-lo sofrer também.

— Sei que eu não deveria estar aqui... — diz ele. — Mas você não respondeu a nenhuma das minhas mensagens, e comecei a me preocupar.

Ele se levanta, limpa as mãos na calça e se inclina para me dar um beijo, mas eu me afasto.

— Tá tudo bem?

Respiro fundo, abrindo as narinas e tudo.

— Não, não está *nada* bem, na verdade.

Ele tenta me abraçar pela cintura.

— Não — digo. — Está tudo acabado.

E mesmo que eu esteja sendo sincera, as palavras abrem mais um buraco no meu peito.

— O que houve? Achei que ontem tivesse sido maravilhoso.

— Deixa eu perguntar uma coisa, Louis. Quantas noites maravilhosas você teve com outras alunas? Quantas vezes você se sentou nessa escadaria para conhecer bailarinas e escolher a que você mais gostava?

— Do que você está falando? — Louis tenta pegar a minha mão mais uma vez, mas eu cruzo os braços. — Vamos comer alguma coisa e a gente conversa, tudo bem?

— Você queria manter segredo porque você tem outra namorada aqui?

— Oi? Não, isso é ridículo.

Balanço a cabeça, cheia de raiva.

— Então você nunca saiu com nenhuma outra garota desta escola?

Uma pequena parte de mim ainda tem esperança de que tudo não tenha passado de um mal-entendido e que *monsieur* Dabrowski só estivesse irritado com a minha apresentação.

Ele poderia ter inventado aquela história para me fazer voltar à razão.

Mas Louis não nega, só suspira.

— Quem te disse isso?

Quero me encolher no chão e gritar. Será que alguém pode me acordar desse pesadelo?

— É com isso que você realmente se importa?

— Eu me importo com *você*, Mia. Você sabe disso. É diferente com as outras...

Outras. Plural.

— Eu nunca mais quero ver você — grito tão alto que um casal que estava passando se vira para olhar.

Duas outras alunas, provavelmente do programa anual, saem pela porta e vejo Louis olhar para a lourinha.

— Essa? — pergunto alto demais.

— Pare com isso — pede Louis sem levantar a voz.

Mas estou tremendo de nojo. Dou alguns passos em direção às meninas que estão descendo a escada.

— Com licença — digo. — Vocês conhecem esse cara?

As duas parecem um pouco assustadas quando olham para Louis.

— Hum — diz a loura com a sobrancelha levantada.

Louis se aproxima e se coloca entre mim e as meninas.

— Louis Dabrowski? Parece que ele sai com todas as garotas da escola.

— Mia! — exclama Louis. — Meu pai vai me matar.

Então, ele se vira para as garotas.

— *Désolé* — murmura, ofegante.

— Não tanto quanto ele me destruiu! — digo.

As duas garotas arregalam os olhos e congelam.

Louis diz mais alguma coisa para elas em francês, mas estou chateada demais para sequer tentar entender. Antes de virarem a esquina elas olham para mim e começam a rir.

Eu me viro para Louis.

— Você não sabe o que é ter um sonho. Algo que nos faz dedicar nossa vida inteira. Você acha engraçado distrair garotas? Entrar no caminho delas?

Louis fica boquiaberto.

— Nunca a impedi de fazer nada que quisesses.

— Mas você mentiu para mim.

Ele meneia a cabeça.

— Talvez eu não tenha te contado tudo sobre o meu passado, mas...

— Pare!

— Não! Não vou parar. Eu quero que dê tudo certo para você, Mia. Quero que você seja escolhida pelo diretor do ABT, mesmo que isso signifique que nunca mais vamos nos ver.

Ele parece estar sensível também, vulnerável até, mas não acredito em mais nada do que diz. As palavras simplesmente passam por mim, minha raiva esvaziando todo o significado delas.

— Você estava certo em relação a uma coisa, Louis. Você não entende o quanto me esforcei só para estar aqui, porque você não está nem aí para nada. Eu não vou mais arriscar meu futuro por alguém que acha que tudo isso é um jogo.

Louis engole em seco. Por um instante, acho que está prestes a gritar comigo exatamente como fiz. Em vez disso, a expressão dele é amarga, ele meneia a cabeça e me dá as costas. Logo depois, monta na Vespa, veste o capacete e vai embora sem olhar para trás.

Naquela noite, tento ocupar meus pensamentos e decido quebrar um novo par de sapatilhas de ponta. A sensação de curvar e moldar a sola de forma incessante é boa. Bato com a ponteira no chão repetidas vezes e com mais força do que necessário. Depois de queimar as extremidades da fita e costurar o elástico do jeito que gosto, eu as guardo na minha bolsa de dança, sentindo-me satisfeita. Agora estou pronta para os próximos ensaios.

Lá, no fundo da bolsa, vejo as fotos de Élise Mercier, minha antepassada. Sento-me na cama e fico olhando para elas e, enquanto faço isso, percebo que Louis não foi o único erro que cometi desde que cheguei a Paris. Uma outra coisa me tirou do caminho: permiti que essa lenda familiar me afetasse. De alguma forma, acreditei que o meu futuro não estava nas minhas mãos, que tinha sido decidido séculos atrás.

Mas minha mãe estava certa: não importa se é verdade ou não. Se Élise Mercier foi pintada por Degas ou se ela sequer foi uma dançarina importante na sua época, meu passado não me define. Sou a única responsável por quem vou me tornar, fazendo exatamente o que eu estava fazendo até agora: dedicando-me ao máximo, mantendo todo meu foco no que realmente quero e dedicando-me mais. Coloco as fotos no fundo da gaveta da mesinha de cabeceira. De agora em diante, até o momento que eu estiver no avião de volta para casa, não vou pensar em mais nada além do balé.

Capítulo 22

É claro que não é fácil assim. Acordo várias vezes à noite durante o fim de semana, perguntando-me onde estou. Quando estou deitada lá, fico repassando toda a conversa na minha mente. Na segunda-feira, já estou acordada quando o despertador toca, exausta, mas agitada. Eu o desligo e me levanto da cama. Não vejo a hora desse dia acabar.

Na hora do café da manhã, Audrey está ainda mais quieta do que o normal. Na verdade, mal me dirigiu a palavra desde o meu encontro com Louis. Não é como se costumássemos ficar acordadas e conversando, mas às vezes falávamos sobre que parte da coreografia estávamos ensaiando e que sequências eram as mais difíceis. Ela está me evitando e eu quero saber o motivo.

— Quer ensaiar comigo hoje? — pergunto, surpreendendo a mim mesma.

— Eu vou sair agora — diz ela, olhando para o café da manhã que ainda não terminei de comer.

O recado é claro: é agora ou nunca. Engulo o resto do iogurte com calda de framboesa, limpo o prato e corro atrás dela, meio que surpresa por ela ter tolerado os poucos segundos que levei para fazer isso.

Quando chegamos à sala, ela fica assistindo distraidamente enquanto apresento meu solo. Quando faço um *relevé* descuidado, ela não comenta. No meio da coreografia, sinto uma câimbra na panturrilha e faço uma careta, mas ela não diz nada por eu ter perdido a compostura. A Audrey que conheço estalaria a língua ou menearia a cabeça para demonstrar sua desaprovação. Mas aquela Audrey não veio hoje.

Depois que termino, é a vez dela de assumir seu lugar no meio da sala. Ela faz um sinal com a cabeça e pressiono o "Play" no meu celular. A música sai pelos alto-falantes, mas pauso antes de ela dar o primeiro passo. Preciso pôr para fora.

— Você quer me falar alguma coisa? — Para minha surpresa, ela não reclama da interrupção, mas também não responde. — Porque vou descobrir em algum momento e prefiro ouvir da sua boca.

É uma coisa que está me incomodando desde a minha conversa com *monsieur* Dabrowski. Como ele descobriu?

— Você me dedurou para *monsieur* Dabrowski — digo, sentindo o rosto queimar.

Audrey revira os olhos.

— Coloca logo a música, Mia.

Mas não me mexo e ela se aproxima de mim. Tenta pegar meu celular, mas o afasto dela.

— Você contou para ele!

— Não sei do que você está falando — rebate ela. — Vamos ensaiar ou não?

— Não vamos — digo, tomando a decisão enquanto as palavras ainda saem da minha boca.

Pensei no assunto várias e várias vezes, e a única pessoa que poderia ter contado para o nosso professor sobre mim e Louis está bem diante de mim. Não sei como ela descobriu. Talvez no barco, talvez tenha me ouvido falar sobre ele com Vivienne e Madeleine. Mas uma coisa é certa: ela nunca acreditou na minha história de passar tanto tempo com as minhas tias. Na noite da festa, achei que as garotas só estavam brincando comigo sobre o garoto francês charmoso e misterioso. Mas e se elas soubessem o tempo todo? De qualquer modo, é óbvio o motivo de Audrey ter me dedurado: ela queria os dois papéis: Cisne Branco *e* Cisne Negro. Ela deve ter ficado chateada quando tirei Odile dela.

— Você me traiu — continuo com voz trêmula. — E eu não sou como você. Não consigo fingir que está tudo bem.

Audrey suspira de novo. Ela vai até o banco e se senta. Meneia a cabeça algumas vezes e olha para mim.

— Eu sei que não consegue fingir. Você é péssima nisso.

Eu resmungo:

— Desculpe por ter sentimentos.

— Você tem sentimentos demais — diz Audrey, revirando os olhos. — Não tem nem espaço para mim quando estou no mesmo aposento que você. Você é toda *sentimentos, sentimentos, sentimentos*! Olha só, já disse antes: estou aqui para dançar, não para fofocar nem para passear pela cidade. Não quero saber o que aconteceu com o seu namorado ou sei lá o quê. Não estou aqui para lidar com os seus problemas.

— Não acredito que você contou para o pai dele, Audrey. Isso é um golpe baixo até mesmo para você.

Audrey solta uma risada aguda.

— E como eu poderia conhecer o pai dele? — É quando ela se dá conta. — Espere um pouco. Você está saindo com o filho do *monsieur* Dabrowski? — A descrença no olhar dela é óbvia até mesmo do outro lado da sala.

— Não mais.

— Você só pode estar brincando. Entre todos os caras de Paris, você decidiu sair com o filho do professor e, quando tudo dá errado, você coloca a culpa em mim? Você realmente acha que eu teria procurado o *monsieur* Dabrowski? Eu tenho medo até de falar com ele.

— E quem mais poderia ter feito isso? — pergunto.

Para alguém que tem dificuldades de demonstrar os sentimentos, ela parece genuinamente chocada.

— Isso não é problema meu — diz Audrey em alto e bom som. — Mas eu nunca sabotaria uma rival. Principalmente uma à altura.

Busco alguma resposta malcriada, mas paro. Ela meio que disse... uma coisa boa a meu respeito?

Audrey tira a sapatilha de ponta e começa a alongar um pé, depois o outro.

— Acho que não vamos mais ensaiar antes da aula — resmunga ela.

Olho para o meu celular, ainda pausado na música do solo dela. Eu o coloco no chão, vou até o banco e me sento ao lado dela.

— Você me acha à altura?

— Acho — responde ela de forma direta e sem olhar para mim.

Fico esperando por um *mas*. Não há nenhum.

Em vez disso, ela acrescenta:

— Às vezes eu me preocupo que você vai chamar a atenção do diretor do ABT e não eu.

— Mas nós duas podemos chamar a atenção — digo, sem muita convicção.

Porque vamos ser honestas: as chances de que eles gostem de uma de nós para oferecer uma vaga já são pequenas o suficiente. Mas duas? Isso não vai acontecer.

— Eu não falei para ninguém sobre essa sua história. Eu nem sei de nada.

— Tá bom — digo. Acredito nela.

— Mas sabe o que mais me irrita? — pergunta ela, se virando para mim. — Você se diverte! — Ela diz isso como se fosse a pior coisa do mundo. — Você sai todas as noites com seu carinha misterioso, volta com o rosto rosado e feliz e fico achando que você não vai conseguir acordar para a aula no dia seguinte. Que vai estar muito cansada, muito apaixonada, muito sei lá o quê. Mas você acorda. Todos os dias. Eu *odeio* isso.

Essa é a primeira vez que ouço o que Audrey realmente acha de mim.

— Você odeia que eu me divirto? Bem, eu odeio que você *não* se diverte. — Ela parece tão surpresa quanto eu com o que acabei de dizer. Não faz muito sentido quando falo dessa forma, mas é verdade. — Audrey, a robô, é assim que penso em você. Parece que tudo que você precisa é apertar um botão e pronto: postura perfeita, técnica excelente, nunca um passo em falso. Você nem pisca enquanto dança.

— Não posso me dar ao luxo de piscar — diz Audrey. — Tem muita coisa em jogo.

Solto uma risada amarga.

— Somos humanas, Audrey! Piscar não é opcional.

Audrey suspira.

— Você não conhece a minha mãe.

— Tenho certeza de que ela sente muito orgulho de você — digo, mas percebo, pela expressão de Audrey, que as coisas não são tão simples.

— Não sei. Eu estou fazendo tudo que ela espera de mim, mas nunca é o suficiente.

— Você é a melhor bailarina que eu conheço — digo, sem acreditar que alguém poderia achar que Audrey Chapman não está fazendo o suficiente.

Os lábios dela estremecem por um momento, mas ela recobra a compostura antes de falar de novo:

— Ela tem esse plano desde que me levou para a primeira aula de balé. Tenho que fazer tudo exatamente como ela fez. Eu queria ir para o programa do ABT no verão, mas não, *tinha* que ser Paris, porque foi assim que o Bolshoi a descobriu. Ela acha que eu deveria me mudar para Moscou, como ela fez com a minha idade, e ter a mesma carreira incrível que ela teve. Ela acha que o ABT não é bom o suficiente.

Arregalo os olhos.

— Mas todas as bailarinas dos Estados Unidos sonham com o ABT.

Ela apenas assente, triste, e olha para o chão. Ficamos assim por alguns minutos. Então, percebo o que fiz. Trouxe minha vida particular para a escola. Peguei a única pessoa que sempre deixou bem claro que nunca quis uma amizade e a obriguei a isso. Sou tomada por uma onda repentina de culpa. Eu realmente perdi a cabeça nessas últimas semanas. E não sei como me recuperar. Mas posso pelo menos tentar.

— Sinto muito se a chamei de robô — digo, depois de um tempo.

Audrey dá de ombros.

— E sinto muito se sinto inveja de você.

— Você não sente inveja de mim — digo, afastando o pensamento.

— Não me faça repetir.

Ficamos sentadas por um longo tempo.

— Você estava mesmo saindo com o filho do *monsieur* Dabrowski? — pergunta ela, incrédula.

Concordo com a cabeça devagar. As lágrimas que queriam rolar pelo meu rosto desde o início da conversa começam finalmente a escorrer.

— E eu fiz uma baita confusão.

Audrey suspira.

— E você acha que dá para consertar?

Dou uma risada e choro mais um pouco. Eu não fiz uma confusão com tudo. Eu *sou* confusa.

— Sei lá.

— Tive uma ideia — diz Audrey, levantando-se.

Olho para o relógio em cima da porta. Está quase na hora da aula.

— A gente pode se ajudar — continua ela, parecendo um pouco insegura. — Você me ajuda a aprender a me divertir ou *sentir* as coisas... — Ela diz essa última parte encolhendo os ombros com nojo.

Não consigo disfarçar um sorriso.

— É um bom começo.

— Tá legal, deixe-me esclarecer: você me ensina a ser mais como você. A parte boa da bailarina que você é, não a parte confusa — acrescenta ela. — E eu te ajudo a ser mais como eu.

Faço uma careta. Será que entendi direito o que Audrey está sugerindo?

— Tipo uma equipe? — pergunto.

Ela parece pensar por um tempo.

— Tipo uma equipe. — E é claro que ela precisa acrescentar de forma direta: — Não significa que a gente precisa gostar uma da outra.

Dou uma risada, mas ela está certa.

— Não. Só temos que manter o respeito.

— Exatamente — diz ela, estendendo a mão.

Hesito em aceitar, não só porque a minha ainda está molhada de lágrimas e manchada de rímel. Mas Audrey continua com a mão estendida e não tenho escolha a não ser apertá-la. Temos um trato.

— Mas quer saber de uma coisa, Audrey? — Olho nos olhos dela. — Acho que eu gosto, sim, de você.

Capítulo 23

— **Você conhece a regra** — diz Audrey quando começamos o que parece ser o nosso centésimo ensaio juntas.

Estamos fazendo isso antes das aulas e depois das aulas. Em geral, só nós duas, mas, às vezes, Fernando também se junta a nós para ensaiarmos os duetos. Audrey olha para o celular na minha mão, o qual estou segurando com força.

— Estou desligando! — digo, mostrando a tela escura.

Por dias, meu coração quase saía pela boca sempre que eu recebia uma notificação, mas nunca era algo de Louis. Nenhuma mensagem, nenhum sinal de vida. É como se o tempo que passamos juntos tivesse sido fruto da minha imaginação.

Audrey assente.

— Que bom. Então, vamos começar.

Uma imagem aparece na minha mente: Audrey Chapman, daqui a vinte anos, toda de preto, nesta mesma sala, infernizando as alunas que não conseguiram ainda o movimento rápido do pé ou a curvatura precisa do braço. Elas morreriam de medo dela, e Audrey adoraria cada minuto disso.

Fazemos o aquecimento por alguns minutos, do pescoço até os dedos dos pés, e terminamos com um sequência de *pliés*. Vou tirando as camadas de agasalho, o cardigã quentinho, as polainas, minhas pantufas, até estar apenas de collant branco, saia e meia-calça.

— Vamos começar com os *fouettés* — digo, enquanto calço a sapatilha de ponta.

A expressão de Audrey se ilumina. Mesmo que a gente nunca tenha invertido os papéis, aposto que ela adoraria o desafio da Cisne Negro, com aqueles 32 *fouettés*. Mas esse desafio é só meu.

Assumo a posição e, sem música nem delongas, começo a girar e girar e girar.

— Essa perna! — Audrey se irrita, elevando um pouco mais a voz. — Ela deve se movimentar como um batedor misturando manteiga e não concreto!

— E eu estou fazendo isso! — Ofego. — Batendo, batendo, batendo! — repito a cada giro.

Paro e tento rir enquanto recupero o fôlego. Isso também é um desafio e tanto.

Audrey revira os olhos.

— Anda, Mia, você precisa se concentrar!

— Estou aqui para as coisas ficarem mais divertidas, lembra?

Audrey finge que não ouviu.

— E o que eu disse para você? — pergunta ela com seriedade.

Suspiro.

— Que não posso pensar, nem por um segundo, que eu talvez não seja capaz de fazer os *fouettés*.

— Exatamente. No instante em que você duvidar de si mesma, você perdeu a batalha. Seu corpo sabe quando sua mente te deixa na mão. É quando ele desiste também.

Concordo com um aceno sério. No início desta semana, meus *fouettés* ainda eram um trabalho em andamento. Estavam chegando lá, mas devagar. E agora, graças à escola de pensamento de Audrey Chapman, eles *quase* chegaram. Consegui um controle muito maior na minha perna de apoio. Consigo manter o quadril e a perna mais nivelados durante os giros. Eu consigo e vou fazer.

A cada dia que passa, minha técnica melhora, e meu tempo em Paris se aproxima do fim. Mas não vou ficar triste. Estou fazendo exatamente o que vim fazer: refinar minhas habilidades, aprender a ser uma bailarina melhor e ter uma chance para impressionar algum diretor de programa de formação de bailarinos. Mesmo que eu me sobressalte um pouco a cada notificação do celular, o saldo é positivo.

— Você melhorou muito — diz Audrey enquanto nos enxugamos depois do banho.

Alguns dias atrás, eu teria ficado boquiaberta com o elogio. Mas algo mudou entre mim e Audrey. A barreira que nos separava não existe mais.

O que significa que posso ser tão sincera com ela quanto ela tem sido comigo.

— E você não melhorou nem um pouco. — Ela me lança um olhar estranho, mas acho que sabe aonde quero chegar com isso. — Nós nos concentramos a semana toda na minha técnica — acrescento.

— E funcionou! — diz ela com um sorriso sincero.

— Mas essa é só uma parte do nosso acordo: você me ajudar a ser mais como você, e eu ajudar você a ser mais como eu. Toda vez que tentei fazer você se soltar um pouco, você me mandou fazer mais uma rodada de *fouettés*.

— *Fouettés* nunca são demais.

— A questão não é essa — digo, colocando a minha saia.
Audrey coloca o cinto na calça jeans.
— Tá. — Ela está segurando a camiseta. — Podemos ficar, se você quiser.
— Ah, não — digo, penteando meu cabelo molhado. — O que tenho em mente não pode acontecer entre essas paredes.

Como a boa aluna de sempre, Audrey concorda e me segue. Assim que saímos, a brisa de fim de tarde já está soprando pelas ruas. Choveu bastante nos últimos dias, pelo menos foi o que vi pelas janelas da sala de aula, mas, hoje à noite, o céu está claro e todo mundo está passando. Atravessamos Marais, dando uma olhada nas lindas vitrines e viramos na Rue de Rivoli, a rua principal do lado direito de Paris que segue até muito depois do Louvre. Mas paramos muito antes de chegar lá, na praça principal, em frente ao *Hôtel de Ville*, a prefeitura.

— Um show? É isso que você está pensando? — pergunta Audrey, apontando para o palco.

Ainda não começou, mas tem centenas de pessoas ali.

— Não exatamente.

Verifiquei a programação mais cedo. A noite de hoje é destinada ao reggae, com bandas cover de Bob Marley e outros artistas. Embora a maior parte da multidão esteja reunida na frente do palco, tem um grupo menor um pouco na lateral, com visão clara de Notre-Dame.

A banda sobe no palco, a música começa, e a multidão aplaude.

— Eu quero que você se junte a eles — digo, apontando para o grupinho.

Eu os notei da última vez que passei por aqui com Louis: acontecem shows ao ar livre aqui durante todo o verão, e as pessoas dançam animadamente no meio da praça. É exatamente o oposto do que *nós* fazemos: esse pessoal só move o corpo do jeito que sentem vontade, seguindo o ritmo da música e fazendo caras engraçadas. Eles não se importam em como os outros os veem nem quem está vendo. É perfeito.

— Nem pensar — diz Audrey, dando um passo para trás, como se corresse o risco de pegar a doença deles.

Eu uso o meu tom mais autoritário e digo:

— Você vai dançar bem aqui e agora, na frente de toda essa gente, e você não tem permissão nem para pensar no que vai fazer.

Ela arregala ainda mais os olhos e faz que não com a cabeça.

— De jeito nenhum.

O chão vibra com o grave dos alto-falantes, e a expressão de Audrey fica cada vez mais preocupada enquanto olha em volta.

— Reggae não é muito o meu tipo de música — diz ela.

Que novidade.

— Você precisa sair da sua zona de conforto.

Mas ela simplesmente cruza os braços.

— É melhor escolher outra coisa.

— Beleza — digo, encolhendo os ombros. — Tem outras bandas tocando hoje à noite. Se você não quer dançar aqui, então, pode dançar na próxima.

Audrey dá mais uma olhada na multidão à nossa volta e suspira.

— Tá legal.

— Na próxima — digo. — Não importa o tipo de música.

— Eu já disse que tá legal!

Continuamos andando pelas margens do Sena por alguns minutos até encontrar outro grupo. Assim que ouvimos os primeiros acordes vindos de uma área pequena perto da água,

Audrey geme. Tento não sorrir enquanto nos aproximamos. O público aqui é bem menor, mas estão todos de pé em volta de um único músico cantando em um microfone. Uma mulher com um vestido vermelho esvoaçante dança em volta dele, enquanto alguns casais também arriscam alguns passos.

— Então, é salsa — digo, quase sem conseguir controlar o riso.

Audrey ofega.

— É uma dança de casais. Eu não sou um casal.

Dou de ombros.

— Você deveria ter pensado nisso antes.

Dou um empurrãozinho nela, que resiste. Bem à nossa frente, um homem e uma mulher da idade dos nossos pais dançam juntinhos, enquanto se olham com desejo. É meio constrangedor, mas até que eles são bons. Quando a música para, ele inclina a parceira de dança para trás e dá um beijão nos lábios dela.

A expressão no rosto de Audrey já vale estarmos ali. Dou mais um empurrãozinho e, de má vontade, ela dá dois passos para a frente. Ela me lança mais um olhar de súplica, mas não demonstro a menor piedade. Na verdade, mal posso esperar para ver o show.

É assim que uma adolescente estadunidense alta e graciosa e um pouco tímida começa a remexer o quadril, quase sem conseguir se mexer no espacinho que encontrou para si no meio de casais de meia-idade. Não estou dizendo que é engraçado, mas várias pessoas à minha volta tentam segurar o riso e não conseguem, enquanto começam a cochichar entre si. Este não é um público escondido na escuridão sob o palco; nós estamos bem no meio deles. Mas Audrey é forte e começa a se concentrar nos pés dos dançarinos enquanto vai ficando cada vez mais vermelha. E, por mais que ela tente balançar a bunda, acho que é justo dizer que ela não leva jeito para salsa.

Começo a me perguntar se eu deveria resgatá-la, mas alguém é mais rápido que eu. A mulher do casal que observamos antes aponta para Audrey e cochicha algo no ouvido do parceiro. Assentindo, ele se afasta e a mulher vai até Audrey e pega a mão dela.

Regarde-moi, diz ela só com os lábios para minha amiga, e aponta para os pés. *Observe*.

Audrey obedece e juntas praticam alguns passos para trás e para a frente. Então, a mulher aponta para o quadril, movendo da esquerda para direita, mostrando como é feito. O francês de Audrey também precisa melhorar, mas ela entende a língua da dança.

E aprende. A mulher assente de forma encorajadora, colocando a mão no quadril de Audrey para guiá-la. Os olhos ainda estão tensos enquanto ela se concentra, mas os ombros relaxam e ela não está mais contraindo o maxilar. As pessoas em volta, que estavam assistindo à aula com atenção, começam a bater palmas no ritmo da música. E as palmas ficam mais altas quando a mulher levanta o braço de Audrey para um giro. Depois de mais uma volta, Audrey abre um sorrisão e se vira para mim.

— Estou me divertindo — grita ela para que eu possa ouvir por cima da música.

Dou uma risada, assim como outras pessoas em volta. Olho para a multidão que está crescendo. Todo mundo se junta na calçada estreita. Jovens e idosos, casais e grupos de amigos. É quando eu o vejo, do outro lado do pequeno círculo. Cabelo preto, camisa larga, segurando a mão de outra garota. Não consigo respirar. Eu disse que nunca mais queria vê-lo, mas agora sinto um aperto no coração enquanto torço para ele se virar e me ver. É assim desde que nos conhecemos: tudo que sinto em relação a Louis é completamente contraditório. Simples e complicado. Impossível, mas natural. Outra música chega ao fim e as pessoas começam a se misturar, incluindo Louis. Cerro os punhos, tentando decidir o que fazer.

Ele se vira para mim.

Mas não é Louis. É só um cara parecido com ele. Fico chocada ao perceber e solto o ar com força.

Audrey vem até mim, arrancando-me dos meus pensamentos. A parceira dela voltou para o homem para dançar uma nova música, então, ela está sozinha de novo.

— Não se preocupe, não vou sair da pista de dança — diz ela, antes de eu ter tempo de reclamar. — Mas agora você vem comigo.

Ela agarra minha mão e me faz começar a dançar.

— Quero voltar para casa — digo com os olhos marejados, enquanto olho de novo para o cara parecido com Louis.

— Nem pensar. — Audrey dá uma risada.

Tento sorrir, mas acho que o resultado foi uma careta.

— Anda, Mia — diz ela, dançando em volta de mim. — Mostre para mim como se faz.

Aprecio o resultado do meu trabalho: Audrey Chapman festejando na rua para toda Paris ver.

— Obrigada, Mia — agradece Audrey enquanto gira no mesmo lugar. Ela esbarra no casal ao lado dela, mas não parece se importar. — Isso é muito divertido. A gente tem que fazer isso de novo.

Abro um sorriso, genuíno dessa vez. Eu não encontrei o amor com um garoto francês perfeito, mas parece que ganhei uma amiga improvável no processo.

Capítulo 24

Depois da nossa sessão de dança de rua na noite de sexta-feira, concordamos em um descanso dos ensaios por todo o fim de semana. O mais estranho foi que essa foi uma sugestão da própria Audrey.

— Às vezes, preciso dar um tempo para o meu corpo se recuperar — informa ela para o nosso grupo no café da manhã.

Vejo alguns olhos se revirando e ouvimos os planos para o dia. As meninas decidiram visitar o *Jardin du Luxembourg*, um parque com um grande lago que não fica muito longe. Nós já fomos antes, e não acreditei no que meus olhos viam pela primeira vez. Cadeiras de metal verde circundam o local, tornando-o um lugar perfeito para pegar um sol ou fazer um piquenique. Também é um lugar bem popular para crianças brincarem com barcos em miniatura, com velas em tons de azul, vermelho, verde ou amarelo, que eles empurram pela água com varas de madeira. Embora o tempo esteja perfeito para isso, não sinto a menor vontade de ir. Na verdade, estou sem vontade de fazer nada. Decido que preciso ficar sozinha.

Começo lavando as roupas da semana e, depois, verifico o estado das sapatilhas de ponta. Parecem bem gastas, mas com meio vidro de cola e alguns remendos, estão prontas para segunda-feira e nossa última semana do programa. Depois, pinto as unhas, ligo para os meus pais e respondo a mensagens dos meus amigos nos Estados Unidos. Todos acham que estou vivendo a melhor experiência da minha vida em Paris, então nem menciono que estou passando um lindo dia de verão com roupa de ficar em casa. Nosso alojamento oferece sanduíches e salada nos fins de semana, os quais são deixados na geladeira para nos servirmos de acordo com a nossa vontade. Não tem mais ninguém comigo, então como o sanduíche em pé na cozinha, no mais completo silêncio.

Mais diversão espera por mim durante a tarde: depois de um bom cochilo, dobro as roupas que estão espalhadas por todos os lados. Quando abro a gaveta da mesinha de cabeceira para guardar meus acessórios, encontro o envelopinho lá dentro. Primeiro fico imaginando o que pode ser, mas depois me lembro.

Parece que já se passaram meses desde que Vivienne me entregou aquelas fotos. Eu me lembro da expressão no rosto dela naquele dia, cheia de esperança de que eu conseguisse resolver o mistério sobre o qual já pensa há décadas. Suspiro e me sento na cama, olhando para as fotos. Travo uma batalha interna rápida. Tenho pouco tempo em Paris, mas não posso me distrair. Ainda tenho o contato da curadora do *Musée d'Orsay* que Louis passou pra mim, mas não tenho mais um Louis para ir comigo. Sinto o coração pesado enquanto penso na nossa aventura cancelada. Mas esta é a lenda da minha família, é a minha história. Não preciso de um carinha para me ajudar a descobrir de onde vim.

* * *

Uma ligação e uma viagem de metrô para o outro lado de Paris depois, estou sentada à bancada de uma cozinha colorida em frente a Charlotte Ravier, também conhecida como *mademoiselle* Pastel, uma mulher jovial com leves cachos ruivos.

— Existe um registro de uma Élise Mercier como bailarina do *Opéra Garnier* desde a inauguração, em 1875, até 1886 — diz ela.

Não expliquei muita coisa por telefone. Assim que mencionei o nome da mãe do Louis e Degas, ela me convidou para ir à casa dela, dizendo que seria mais fácil se conversássemos pessoalmente. Ela é serena e fala um inglês baixo e perfeito, como se aquele fosse um evento bem comum. Mesmo assim, estou impressionada de que tenha conseguido encontrar essa informação desde a minha ligação. Acho que é por isso que ela é a curadora de um dos museus mais famosos do mundo.

— Degas não pintava muito por lá, sabia? — acrescenta ela, empurrando um prato de biscoitos na minha direção.

Faço uma careta e pego um.

— Houve uma outra construção antes, a *Opéra Le Peletier* — explica ela com um sorriso. — Era lá que ele passava todo o tempo, pintando cenas de balé. Degas não gostava tanto da *Opéra Garnier*. Era grandiosa e reluzente demais para o gosto dele.

— Ah — digo, sentindo um desânimo. — E o que aconteceu com a *Opéra Le Pel...* — Eu me esforço para pronunciar o nome, e *mademoiselle* Pastel me ajuda.

— Pe-le-ti-er — pronuncia ela, devagar. — Pegou fogo.

— Que horror.

Estremeço ao pensar em Paris tomada por chamas.

— Isso significa que todos os registros desapareceram. E é por isso que existem tantas lacunas de informação.

Ela parece mais chateada com isso do que com a parte do incêndio.

— Mas tenho uma coisa que talvez ajude — digo, abrindo a bolsa. *Mademoiselle* Pastel se empertiga enquanto eu pego o envelope.

— São as fotografias? — pergunta ela, um pouco impaciente enquanto me espera entregá-las.

Faço uma expressão confusa. Não cheguei a mencionar fotos no telefone.

— Louis me contou, mas depois me disse que não conseguiria trazê-las para mim — explica ela, abrindo o envelope com cuidado e tirando as fotos com a pontinha dos dedos.

— Louis veio vê-la? — pergunto, levantando as sobrancelhas, surpresa.

Ela concorda com a cabeça.

— Veio ontem, e expliquei que não poderia ajudar muito se não visse as fotos, e aqui está você. *Parfait!*

— Ontem? — Isso não faz o menor sentido.

Mademoiselle Pastel dá um sorriso sem afastar os olhos da fotografia.

— Bem, primeiro ele veio na semana passada e me fez algumas perguntas. Disse que traria a amiga e as fotografias da próxima vez. Mas chegou sozinho ontem. Parecia bem triste. Achei que talvez as tivesse perdido.

Louis esteve aqui. Veio para se encontrar com esta mulher para investigar o *meu* mistério, a lenda da *minha* família, mesmo depois de termos terminado tudo. Depois que eu disse todas aquelas coisas horríveis para ele.

— Espere um pouco — pede ela, saindo da cozinha. E volta um minuto depois com um laptop. — Depois que Louis explicou a história, fiz uma lista de todos os quadros em que sua antepassada pode estar.

— Sério? — pergunto, arregalando os olhos.

— Na verdade, tirei todos os quadros nos quais ela com certeza não aparece com base no período e no que já sabemos sobre as modelos de Degas. Ele mesmo tinha alguns registros, mas estão bem longe de serem completos. Às vezes ele escrevia o nome da bailarina, mas, em outras, escrevia apenas um código que só ele conseguia entender. Artistas não são as pessoas mais organizadas.

Concordo com a cabeça.

— Mas, com essas fotos... — começo.

— Eu talvez consiga fazer uma seleção mais precisa — continua ela, virando o laptop para mim.

Na tela, vejo uma planilha detalhada com títulos dos quadros, localização, datas e nomes das modelos. Essa última coluna está cheia de pontos de interrogação.

— Essas fotos são perfeitas — acrescenta ela, virando a tela para si. — Elas são datadas e há vários elementos de identificação. Esse candelabro se parece demais com os da *Opéra Le Peletier*, por exemplo. E tenho certeza de que reconheço pelo menos uma das garotas.

Eu me viro para olhar para a tela.

— Que incrível — digo enquanto o programa dela continua filtrando os resultados.

— Isso é arte — responde ela com um sorrisinho. — E, por sorte sua, meus únicos planos para a noite envolviam uma taça de vinho e um filme do Alfred Hitchcock, já que meu marido está viajando. Mas isso é muito mais interessante.

— Você quer que eu volte outro dia? — pergunto, mas ela já voltou a atenção para as fotos de novo, olhando para elas na tela do computador.

— Se você quiser — diz ela. — Mas, se tiver tempo, posso fazer isso agora. Sei como essas fotos são importantes e não quero pedir que as deixe comigo.

É assim que me vejo passando as páginas de um monte de revista de moda na sala minimalista e branca de uma estranha. *Mademoiselle* Pastel foi para o escritório dela, mas não antes de me servir mais um copo de chá gelado e dizer para eu ficar à vontade.

Pego meu celular e passo pelos contatos recentes até encontrar o nome de Louis. Meu indicador paira ali enquanto tento lidar com os meus sentimentos. Não posso conversar com ele. Não importa como *monsieur* Dabrowski descobriu, ele estava certo. Não vou arriscar as minha chances em troca de um pouco de diversão. Não existe nada mais importante do que me dedicar totalmente a Odile. E mesmo que eu não tivesse conseguido o papel, esta história jamais teria um final feliz. Vou embora de Paris em duas semanas. Ainda assim, tudo dentro de mim diz que devo pressionar o botão e lidar com as consequências depois. A única coisa que me impede é a lembrança da expressão de nojo de Louis antes de me deixar sozinha e montar na Vespa dele. O olhar dele vai me assombrar pelo resto da vida.

Saio dos contatos e abro o aplicativo do YouTube. Antes de vir para cá, meus planos para a tarde incluíam assistir novamente os clipes das melhores apresentações de *O lago dos cisnes*, de Londres a Singapura, do Rio de Janeiro a Nova

York. Por cerca de uma hora mais ou menos, viajo pelo mundo através de Odile.

Quando *mademoiselle* Pastel volta para a sala, está segurando uma página impressa. Ela se senta ao meu lado no sofá.

— Agora é o momento de dizer que a minha pesquisa não é uma ciência exata. A única forma de ter certeza absoluta se Degas pintou sua antepassada seria perguntar a ele ou a ela.

— E isso é um pouco difícil — respondo em tom de brincadeira com um pouco de nervosismo.

— *En effet*. Louis me disse que isso é muito importante para você, então, não quero que crie muitas expectativas.

— Eu entendo — digo, tentando ver a impressão. Meu coração está acelerado quando ela a vira para mim.

— É isso? — pergunto, olhando para três linhas na página.

Ela concorda com a cabeça.

— Com base em todas as informações que você me deu e nas fotos, posso dizer que, se Edgar Degas pintou Élise Mercier, é quase certo que seria em um desses três quadros.

— Obrigada — digo, enquanto ela me entrega a lista.

— O prazer é todo meu. Não é sempre que ajudo a resolver um mistério de família. Ah, e você está com sorte...

Ela faz uma pausa e eu prendo a respiração. Será que ela vai falar de Louis?

Mademoiselle Pastel sorri.

— Todos os três quadros da lista estão em Paris.

Fico boquiaberta.

— Quer dizer que eu poderia vê-los? Tipo, logo? — Passo os olhos pela coluna que indica o local de cada pintura.

— Ah, não é tão simples. Acho que um deles não está em exibição. Preciso verificar. Outro faz parte de uma coleção particular. Vou ter que mexer uns pauzinhos, então isso pode levar alguns dias, mas acho que sim, posso conseguir isso.

Agradeço efusivamente e me levanto para ir embora.

Ela me acompanha até a porta e é lá que ela faz mais uma pergunta:

— Você quer contar as minhas novas descobertas para Louis ou quer que eu conte?

Meu coração para. Ela não tem como saber o turbilhão de emoções dentro de mim. E se eu falar com Louis apenas sobre isso? Será que eu conseguiria? Todas as vezes que eu o vejo, minhas boas intenções voam pelos ares diante de um mero sorriso dele. *Monsieur* Dabrowski foi muito claro comigo. Não posso decepcioná-lo de novo. E não vou. Dediquei horas, dias até, nos ensaios para O *lago dos cisnes*. Não vou errar um passo de novo. Então, não importa se eu usar um pouquinho do meu tempo livre para encontrar um quadro que é tão importante para as mulheres da minha família, não é?

— Mia? — pergunta *mademoiselle* Pastel diante do meu silêncio.

Respiro fundo. Preciso responder, mas no fundo já sei qual quero que seja a resposta. O fato é que esse mistério do Degas é uma aventura do Louis também. Eu nunca teria chegado tão perto da verdade se não fosse por ele.

Respiro fundo. Pare de pensar demais, Mia.

— Pode deixar que eu conto.

Pressiono o botão de chamar enquanto ainda estou descendo a escada, mas ainda está chamando quando saio do prédio. Por que ele não atende? Deve me odiar. Mas, quando estou prestes a encerrar a chamada, ouço um suspiro do outro lado.

— Oi — diz ele baixinho.

— Oi — respondo, levando a mão ao meu coração acelerado. — Tenho uma coisa importante para contar.

Silêncio do outro lado, mas isso não vai me impedir de falar.

— Sinto muito por tudo que disse para você. Eu não acredito que você não tenha nenhuma paixão na vida. Na verdade, você talvez seja a pessoa mais passional que eu conheço. Eu estava muito magoada quando descontei tudo em você. Não é da minha conta com quem você namora ou já namorou.

— Mia, eu tentei contar para você...

— Não importa — digo. — Não importa mais. Eu não quero deixar Paris sentindo que fiz um inimigo.

— Não fez.

— Tem certeza? Porque tem uma coisa que quero pedir para você. E eu vou entender completamente se não quiser ter nada a ver comigo.

— Estou ouvindo — diz ele. O tom não é o mais caloroso e charmoso de sempre, mas tudo bem.

— Primeiro, eu preciso contar o que aconteceu hoje à tarde.

Explico tudo para ele, desde a ligação para *mademoiselle* Pastel até a lista dos três quadros.

— Ah — diz Louis. — Se eu fosse você, já estaria correndo por Paris.

— Não quero fazer isso sem você.

Outro silêncio. Eu só preciso manter a coragem.

— Você acreditou nesse mistério tanto quanto eu, mesmo quando nem me conhecia direito.

— É fácil para mim. Não tenho outra paixão. — A voz dele soa amarga.

É uma alfinetada, mas eu mereço.

— Descobri o meu próprio sonho quando eu ainda era pequena. É difícil para mim me lembrar de que nem todo mundo tem o próprio futuro planejado. Você vai encontrar o seu. Sei disso.

— Hum. Talvez — diz Louis.

— Mas, antes de encontrar, preciso pedir uma coisa. Só tenho mais dois fins de semana em Paris, e sei como quero passá-los. Você gostaria de encontrar este quadro comigo?

Capítulo 25

Nós nos encontramos uma hora depois em frente ao *Musée de l'Orangerie*. Quando Louis para a Vespa, meu coração dispara e ouço o sangue rugindo nos ouvidos. Ele me dá dois beijinhos no rosto sem hesitar. A lembrança dos nossos beijos na boca surge na minha mente assim que sinto o cheiro dele. Faz apenas uma semana, mas tudo mudou desde então. Sei que é errado. Não tem como dar certo. Não vai acontecer de novo. Embora eu não tenha certeza se vou conseguir lidar com essa distância entre nós, não vou mentir para mim mesma: é melhor do que simplesmente não o ver.

Nós nos encontramos na fila do lado de fora do museu que serpenteia por várias ruas.

— Por que tem um ponto de interrogação na frente do nome do museu? — pergunta Louis quando mostro a lista para ele.

— *Mademoiselle* Pastel disse que o quadro pertence a este museu, mas ele talvez não esteja em exibição. Decidi que vale a pena dar uma olhada mesmo assim.

Ele abre um sorriso.

— *Mademoiselle* Pastel — diz. Uma lembrança de uma época mais feliz.

— É um ótimo apelido.

Afasto o olhar sentindo o rosto queimar. Uma hora atrás eu poderia ter jurado que me encontrar com Louis de novo era a pior ideia possível. E agora... agora preciso me concentrar no motivo de estarmos aqui.

A fila vai andando bem devagar, levando-me para mais perto de ver a minha tataravó. *Talvez*. Ela pode muito bem estar aqui, dentro dessas paredes históricas, imortalizada. E talvez, um dia, eu possa contar para a minha filha a história de como procurei este quadro por toda Paris para que *ela* nunca tivesse que se perguntar de onde ela veio.

Louis olha no relógio quando um funcionário do museu caminha pela lateral da fila, anunciando para todos:

— *Le musée va fermer bientôt. Nous sommes complets pour aujourd'hui.*

— Está na hora de fechar e eles não vão mais deixar ninguém entrar? — pergunto para Louis para ter certeza.

Ele responde com um sorriso triste.

— Exatamente. Mas olhe pelo lado positivo: seu francês está melhorando.

Dou uma risada, apesar da decepção.

— Será que a gente não pode explicar que se trata de uma emergência de arte?

Louis levanta uma das sobrancelhas.

— E passar na frente de todo mundo? Você realmente *está* virando uma francesa.

As pessoas começam a ir embora e o segurança fecha a porta da frente. Não vamos conseguir entrar hoje.

— Desculpe ter feito você vir aqui à toa.

Louis dá de ombros.

— Você pode me pagar uma bebida para compensar.

Abro a boca para responder, mas não consigo. Não posso sair para beber com ele, mas não consigo dizer isso na cara dele. Mas... ele tentou resolver o mistério da minha família, mesmo depois de tudo que aconteceu. É o mínimo que posso fazer.

— Tá — digo.

Cruzamos a *Place de la Concorde* com seu obelisco egípcio de centenas de anos e adjacente ao *Jardin des Tuileries*. Paro para tirar fotos no caminho, tentando capturar tudo. Não sugiro selfies, já que as coisas estão obviamente tensas entre nós, mas pelo menos sou grata por, mais uma vez, descobrir os muitos tesouros da cidade com a ajuda de Louis.

Caminhamos pela *Place Vendôme*, onde também encontramos uma coluna imponente, dessa vez verde, bem no meio da praça cercada por algumas das joalherias e hotéis mais caros da cidade, incluindo o famoso Ritz. Ainda assim, não tem nada de berrante ali: os prédios cor de creme são um pouco mais claros aqui e vemos seguranças usando luvas brancas e uniformes de três peças.

Encontramos um café adorável em uma rua com o doce nome de Rue des Capucines, próxima à praça, com um grande terraço e lugar para sentar na esquina, oferecendo um ótimo ponto de observação. Louis pede uma cerveja e tento não piscar enquanto me lembro que ele tem quase dezoito anos, é uma coisa normal aqui. Escolho *un Perrier rondelle*, como um lembrete da minha primeira noite em Paris. Tanta coisa mudou desde então, incluindo meu sotaque. Não quero me gabar, mas se eu ficasse mais algumas semanas em Paris, eu até passaria por uma local. Só que eu não tenho algumas semanas. Logo vou ter de me despedir de tudo isso, dos terraços e das calçadas pavimentadas e prédios antigos.

O que significa que preciso dizer tudo que está preso na minha garganta agora.

— Por que você entrou em contato com a *mademoiselle* Pastel? Depois de tudo que eu disse para você, eu achei que você nunca mais ia pensar em mim.

O garçom chega bem nessa hora com as nossas bebidas. Louis espera até ele se afastar para responder.

— Você colocou na cabeça que sou um conquistador que fica atrás de bailarinas e sai pela cidade partindo corações. — Abro a boca para negar, mas ele ergue a mão e me impede. — Fiquei muito magoado por você pensar isso, depois de tudo que aconteceu entre nós.

— Desculpe — digo, sem olhar nos olhos dele.

Ele também não olha para mim. Em vez disso, pega um porta-copos e fica girando entre nos dedos. Dois caras que estão na mesa ao lado ficam nos olhando com expressão estranha, talvez sentindo a tensão entre nós.

— Você estava certa — diz ele, ainda sem olhar para mim.

Ai. Parece que alguém me beliscou com muita força. E a dor continua por alguns segundos ainda.

— Sobre o quê? — perguntou, embora prefira não saber.

Louis pigarreia e se ajeita na cadeira. Nunca o vi tão desconfortável.

— Naquele dia que a gente se conheceu na escadaria... — começa ele, antes de dar um suspiro. — Eu estava lá para ver minha ex-namorada. Bem, minha quase ex.

Sinto um aperto no coração e sinto lágrimas no canto dos olhos. Não achei que a verdade pudesse ser pior do que eu vinha imaginando, mas talvez eu esteja errada.

— Eu posso explicar — diz ele, olhando para mim.

— Não precisa — retruco com voz estrangulada.

Parte de mim quer saber, é claro, com riqueza de detalhes. Mas não sei se aguento.

— Por favor, me deixe fazer isso — responde ele.

Mas antes que eu tenha a chance de dizer qualquer coisa, ele começa:

— Dois anos atrás, quando Max era aluno do programa, ele me convidou para uma festa com os alunos da escola. Brinquei que ele tinha sorte de passar tanto tempo com um monte de garotas bonitas, e ele não quis que eu me sentisse excluído. Conheci uma garota na festa e começamos a sair. Desde o início, as coisas eram confusas e complicadas. Nós dois éramos ciumentos, possessivos até. Havia uma coisa muito verdadeira entre nós, mas... sei lá. Não deu certo. Mas nos divertimos. Nós nos tornamos um grupo bem próximo, Max, Émilie, que ainda não estavam juntos, e algumas outras pessoas da escola. Nós íamos para a casa uns dos outros, ao cinema, a shows e festas. Eu não estava em um relacionamento só com ela, mas com todos eles. Acho que foi só por isso que o namoro durou tanto. E, então... ela terminou comigo. Não deveria ter sido uma grande surpresa, mas eu fiquei arrasado...

— Você a amava — digo com voz trêmula.

Ele afasta o olhar e concorda com a cabeça antes de continuar:

— Então, comecei a ficar com outras bailarinas, garotas que ela conhecia. Não era nada de mais, acho que eu só estava tentando atingi-la de alguma forma. Teve uma festa que as coisas saíram um pouco do controle. Nós todos bebemos muito, e as fotos circularam pela escola. Meu pai viu. Não disse nada para mim na época, mas avisou ao Max, dizendo algo do tipo: "Este programa não é um acampamento de verão. Se você tem energia suficiente para sair por aí, não está se esforçando o suficiente."

Aquilo parece muito com algo que o pai dele diria, mas Louis parece tão sério que decido não comentar.

— E, então... Ela me procurou. Disse que queria tentar de novo.

Noto que Louis ainda não disse o nome dela. Fico me perguntando se é porque é doloroso demais para ele.

— Pedi conselho do Max. Ele é meu melhor amigo há dez anos, já que eu sempre estava na escola do meu pai. Meus pais tinham acabado de se separar, minha mãe estava sempre viajando, e eu não tinha para onde ir.

— Deve ter sido difícil passar pelo divórcio dos seus pais. — Sinto vontade de colocar a mão sobre a dele, mas resisto ao impulso.

Ele encolhe o ombro.

— Eles são muito mais felizes como amigos do que eram antes. De qualquer forma, Max me disse que eu talvez estivesse extrapolando porque ainda gostava dela. Ele estava certo. Nós acabamos voltando, tipo, há um ano, e foi bom por alguns meses. Fizemos um monte de coisas juntos com Max e Émilie, mas faltava alguma coisa quando estávamos sozinhos.

Louis lança um olhar culpado para mim.

— Então vocês ainda estavam namorando quando a gente se conheceu? — pergunto no tom mais neutro que consigo.

Por dentro, estou abalada e amarga. Aquele foi um dos momentos mais animados e espontâneos da minha vida. Eu me sinto enganada, embora não tenha o direito de ficar assim.

— Não — responde ele. — Sim. Tipo, mais ou menos. Passamos os últimos seis meses terminando e voltando e terminando de novo. Eu nunca sabia se estávamos juntos ou não. Quando eu estava esperando na escada da escola, nós tínhamos acabado de terminar *de novo*. Mas ela disse que queria conversar, e não consegui evitar ir vê-la.

— Quem é? — pergunto, tentando repassar os detalhes daquele dia.

Louis não hesita:

— A melhor amiga de Émilie, a Sasha. Ela é monitora também. Ela se atrasou porque teve que ficar conversando com alguém e eu já estava arrependido por ter ido até lá. Era aquele ciclo interminável, sabe? E nunca ia para nenhum lugar bom... e foi quando eu te vi.

Suspiro.

— Então você me usou para fugir de uma conversa constrangedora com a sua quase ex? — Demonstro uma irritação maior do que eu planejava, mas Louis não se importa.

— Sei que parece horrível, mas foi exatamente isso — confirma ele. — Você estava em pânico, e linda, e eu percebi que não queria estar ali. Que não ia adiantar nada.

Engulo em seco, lembrando-me daquele dia no *Musée d'Orsay* quando Émilie fez uma cara estranha para Louis. Ela deve tê-lo visto conversando comigo e pensou na amiga. Também me lembro que vimos Fernando conversando com Sasha na rua, e na festa do barco, quando eles quatro estavam juntos.

— Então, você e Sasha... — começo. Sei a pergunta que quero fazer, mas tenho muito medo da resposta.

— Já acabou. Ela tem mandado mensagens, e eu disse que estava tudo terminado. Para sempre. Mas não consigo cortá-la da minha vida. Temos um monte de amigos em comum e não quero perdê-los.

Concordo com tristeza. Sei que todo mundo tem um passado, mas parece que essas coisas não estão tão no passado assim.

— Eu juro, Mia. Nada aconteceu entre a gente desde que eu te conheci. Acho que ela percebeu que algo mudou. Eu não respondia mais as mensagens dela na hora. Nunca fui tão distante assim.

— Você acha que foi ela que contou para o seu pai? Talvez ela tenha nos visto juntos em algum lugar e o procurou?

Acho que, de certa forma, não importa como *monsieur* Dabrowski descobriu, mas se uma das monitoras me detesta porque roubei o namorado dela e está tentando sabotar meus últimos dias no programa, eu gostaria de saber.

Louis nega com a cabeça.

— Foi o que achei logo de cara. Sei que ela pode ser ciumenta, mas...

— Eu só quero saber que tipo de problema eu vou enfrentar — digo com uma risada curta.

Louis respira fundo.

— Foi a minha mãe. Lembra que eu contei sobre você e a lenda da sua família? Acho que ela nunca tinha me ouvido falar de alguém assim. Ela não teve a intenção de criar problemas, mas meus pais conversam às vezes, e acho que esse assunto meio que surgiu. Naquela noite, depois que ele contou para você sobre... outras garotas, meu pai me deu uma bronca. Disse que eu deveria passar mais tempo tentando descobrir o que quero fazer com a minha vida, e ficar bem longe das bailarinas *dele*.

Olho em volta, sentindo-me entre a cruz e a espada. Não deveríamos nem estar juntos agora.

Mas Louis se endireita na cadeira e olha no fundo dos meus olhos.

— E sim, logo que eu te conheci, achei que talvez eu só tivesse uma atração por bailarinas. Mas eu não conseguia parar de pensar em você e percebi que era uma coisa diferente. Você não é como ninguém que já conheci. Você é apaixonada pelo balé, mas abre espaço na sua vida para... bem... para viver. Então, para responder a sua pergunta, eu liguei para *mademoiselle* Pastel... porque eu me importo e quero resolver o mistério da sua família, porque *você* se importa com isso. Eu só queria fazer você feliz. Desde o momento que eu te conheci, eu pensei "eu amo ver o sorriso dela". E se o sorriso for para mim, melhor ainda.

— Uau — digo, sentindo um quentinho no coração.

Diversos sentimentos surgem dentro de mim e lutam entre si. Não consigo processá-los agora. Será que realmente sou essa garota que Louis descreve? Até agora, minha vida parecia uma sucessão de aulas de balé. Mas então eu vim para Paris, e é como se a cidade tivesse aberto os meus olhos. Ou será que foi ele?

O garçom pergunta se queremos mais alguma coisa, e Louis faz um sinal para dispensá-lo.

— Eu disse para o meu pai que eu não conseguiria ficar longe de você. Não se você me procurasse. — Ele contrai os lábios. — Eu fiquei muito chateado com tudo que você disse. Mas eu mereci. Quando você me perguntou por quem eu estava esperando naquele dia, eu não fui sincero com você.

Concordo e baixo o olhar. Acho que, em algum nível, eu sabia. Quis acreditar que ele estava esperando por Max porque parecia que estávamos vivendo um conto de fadas. Eu via Louis na minha mente como aquele francês encantador, mas a vida real é bem mais complicada que isso.

— Sinto muito, Mia. Essas últimas semanas com você foram o período mais feliz da minha vida, e sinto que te traí.

Quero chorar e rir. Me jogar em seus braços e fugir dele. Quero machucá-lo e quero amá-lo e não quero ter que escolher.

— E eu sinto muito pelo lance da sua paixão — digo, por fim. — O que eu disse... foi horrível.

— Foi mesmo, mas tinha um pouco de verdade — responde ele. — Na minha infância e adolescência, sempre achei que ter uma paixão era o mesmo de não poder se divertir. Meus pais estavam fazendo o que amavam, mas trabalhavam tanto que parecia que nunca tinham tempo para aproveitar as coisas. Mas tudo que você me disse me fez começar a pensar no que quero fazer. Isso me inspirou e me assustou ao mesmo tempo. Eu nunca contei isso para você... Mas eu pintava.

— Sério?

Ele concorda e sorri.

— Eu amava quando meu pai comprava livros de arte para mim quando eu era criança, para que eu tivesse ideias. Mas eu simplesmente desisti quando comecei o Ensino Médio. Fiquei preguiçoso, eu acho. Ou talvez sentisse que eu deveria fazer o contrário do que meus pais faziam. Você me fez querer começar de novo. Na verdade, até comecei a trabalhar em uma coisa...

Prendo a respiração.

— Posso ver?

— Não — diz Louis com firmeza. — Ainda não está pronto.

Eu me recosto, um pouco surpresa.

— Tenho certeza de que é incrível. Você pode pelo menos me contar sobre o que é?

Louis simplesmente ignora a minha pergunta e faz um gesto para o garçom pedindo a conta. Ele tira a carteira do bolso, mas eu o impeço.

— É por minha conta, lembra? — Tento soar contente, como se não tivesse notado a mudança repentina de atmosfera.

— Você não precisa se preocupar com o meu pai, Mia. Ele pode ser durão às vezes, mas isso não tem a ver com você, mas sim comigo.

— Ele tinha todo o direito de ficar zangado — digo.

Talvez ele não precisasse ter dito as coisas daquela forma, mas eu errei o passo, e ele sabia por que eu estava distraída. Não o culpo.

— Você vai ser incrível, eu sei que vai — diz ele quando coloco a nota e algumas moedas na bandejinha.

Então, ele se levanta.

— Tenho que voltar.

Saímos um pouco depois. Nossa despedida é rápida e um pouco estranha. Louis parece perdido em pensamentos, e sinto que todo o necessário foi dito. Por ora. O sol começa a se pôr quando estou voltando para o alojamento, o céu se tingindo de um tom mais escuros de azul. Só uma pergunta queima dentro de mim pelo resto da noite. Quando vou vê-lo de novo?

Capítulo 26

A apresentação se aproxima, e Audrey e eu dobramos nossa quantidade de ensaios. Chegamos à escola muito antes de todo mundo e ficamos muito tempo depois que todo mundo vai embora. Mas, hoje, quando a animação pelo espetáculo está ainda maior, alguns alunos mais novos perguntam se podem ficar para assistir ao ensaio.

— Desde que fiquem em silêncio — responde Audrey com frieza. Mas noto o sorriso dela. Que bailarina não gosta de ter admiradores?

Ela se oferece para colocar a música para a minha coreografia, pois vou primeiro. Tento aquietar a mente quando assumo a posição, esquecendo as pessoas diante de mim, as buzinas dos carros lá fora na rua e até mesmo Louis. Quero que este ensaio seja apenas para mim, ou pelo menos, para Odile. Os primeiros acordes soam pela sala, e faço a minha *entrée*. Assim que ergo a minha perna direita no ar, minha mente bloqueia todos os sons da rua e todos os pensamentos conflitantes, permitindo que apenas os meus sentimentos inspirem cada movimento. A dança dura uns três minutos, mas, no meu coração, ela dura para sempre, misturando os movimentos dos meus músculos com o prazer de estar fazendo o que mais amo na vida.

    Só volto para o mundo real quando termino. A pequena audiência aplaude, e até mesmo Audrey se junta às palmas. Agradeço com uma mesura elegante e vou até o banco para recuperar o fôlego. Audrey não perde um minuto sequer e me entrega o celular dela antes de se encaminhar para o centro da sala. Ela entra na posição, alinha a postura e os ombros e ergue o queixo para formar o ângulo perfeito. Toco a música e ela começa a dançar. Fico olhando, hipnotizada pela elegância que ela emana. Ela é a Cisne Branco dos sonhos, destinada para o papel. É quando penso: *monsieur* Dabrowski escolheu de forma perfeita. Ele nos enxergou desde o início.

    Não tirei os meus olhos de Audrey, mas no instante que ela termina, alguma coisa parece diferente. As pessoas aplaudem com menos vigor, e a atmosfera está estranha. Audrey fica boquiaberta. Acompanho o olhar dela e ofego.

    Myriam Ayed, a *danseuse étoile* do Balé de Paris, está aqui, assistindo atrás da porta entreaberta. Está de meia-calça e com um moletom largo que deixa entrever a alça do collant, e ela está segurando a bolsa de dança. É quando percebo que ela está aqui para fazer exatamente o que estamos fazendo: ensaiar para sua próxima apresentação. A escola é tão grande, e as salas dos bailarinos profissionais ficam em uma ala diferente. Nós não a vimos desde a reunião de boas-vindas.

    — *Bravo* — diz ela, aplaudindo algumas vezes, enquanto entra na sala. — Muito bom.

    — Obrigada — agradece Audrey baixinho, claramente impressionada.

    — Você também. — Myriam olha para mim, e eu fico vermelha. — Vocês duas dançam muito bem.

Dou um sorriso e murmuro um agradecimento, mas é isso. Tenho medo de dizer alguma coisa idiota.

— Posso sugerir uma coisa? Troquem — diz ela, apontando para mim e para Audrey.

Minha amiga olha para mim de cenho franzido e eu faço o mesmo.

— Não entendi — digo.

O resto dos alunos está no mais absoluto silêncio, enquanto assistem como Audrey e eu vamos lidar com a pressão de dançar na presença da mulher que idolatramos.

— Você vai ser o Cisne Branco — diz ela para mim. — E você — ela aponta para Audrey — vai ser o Cisne Negro. Troquem os papéis. Só por hoje, tentem se colocar no lugar da outra.

— Mas... — começo.

Estou prestes a listar os motivos por que não podemos. Só a ideia de fracassar diante de Myriam Ayed é tão insuportável que acho que não vou nem conseguir respirar. O que me impede de continuar é o olhar de Audrey que parece dizer "O-be-de-ça". Ela está certa. Quero realmente discutir com a bailarina mais famosa de Paris?

Myriam Ayed se senta enquanto Audrey se afasta para que eu possa assumir a posição. Mas não sei a coreografia. Não conseguiria listar os passos mesmo se tentasse. Porém, meu corpo parece saber. Na verdade, acho que meus músculos agradecem a mudança enquanto levanto a perna e giro e faço uma pirueta. Meus braços seguem, envolvendo uma árvore invisível, levados pela música e pelas batidas do meu coração. Tenho certeza de que não estou no comando. É como se meu corpo tivesse dito para o meu cérebro: *relaxa e deixa tudo comigo*.

Assim que concluo o último passo, meus olhos buscam os de Audrey. A essa altura, já aprendi a interpretar as expressões dela, por mais impassível que ela pareça. É tudo muito sutil, mas ela está dizendo *perfeito*.

Então, é a vez de Audrey virar o Cisne Negro. Vejo o temor no olhar dela, mas a música a leva exatamente como fez comigo e, quando termina, ela está com um sorrisão no rosto.

— *Magnifique* — diz Myriam Ayed com um sorriso radiante para nós duas. — A verdade é que o balé é uma experiência colaborativa. Cada bailarina prepara a cena para a seguinte. Mesmo quando você está executando o solo, a dança não tem a ver apenas com você: você está simplesmente chamando a atenção de todo mundo por alguns minutos antes de passá-la para os outros. O balé tem a ver com harmonia. E a harmonia só pode ser obtida por meio do espírito de trabalho em equipe.

Presto atenção em cada palavra, enquanto sinto a felicidade crescer dentro de mim. Olho para Audrey e o rosto dela está o mais solene possível. Talvez tenhamos dançado pela primeira vez o solo uma da outra, mas eu diria que estamos nos colocando uma no lugar da outra desde o instante que pisamos em Paris. Atravesso a sala e caminho até ela, e não consigo evitar: eu me aproximo e a abraço. Ela fica tensa no início, mas sinto o coração dela começar a se acalmar.

— Esse é o melhor dia da minha vida — cochicho no ouvido dela.

— Não, é o melhor dia da *minha* vida — retruca ela.

Solto uma gargalhada, mas o máximo que Audrey se permite é uma risadinha. Afinal, Myriam Ayed ainda está nos observando.

* * *

Às vezes, eu gostaria de poder morar em uma academia de dança. A realidade não me procura lá. Não sou a Mia. Não sou uma garota de dezessete anos. Não sou uma aluna do Ensino Médio. Ali sou quem quero ser, alguém que sente tudo por meio do prisma de uma das mais lindas formas de arte.

No entanto, assim que saio da escola, volto a ser só a Mia. E tem alguma coisa me incomodando. Meu tempo aqui está acabando, Paris e Louis estão escapando por entre meus dedos, e não há nada que eu possa fazer para impedir. Audrey e eu caminhamos em silêncio até a estação do metrô. Tão em silêncio que quase me esqueço da presença dela.

Até ela perguntar:

— Prefere ir andando?

— Tá — respondo.

Nosso alojamento fica logo depois do rio, mas, em geral, ficamos cansada demais para voltar andando depois da aula, mesmo que o caminho passe por alguns dos lugares mais lindos da cidade: *Place des Vosges*, uma elegante praça cercada por galerias de arte; *Pond de Sully*; e *Île Saint-Louis*, bem atrás da Notre-Dame.

Gostaria que a linda vista me ajudasse a clarear os pensamento, mas não é tão fácil. Louis e eu trocamos algumas mensagens desde aquela noite, mas as coisas estão diferentes e provavelmente vão continuar assim. Agora sinto o peso de todas as contradições que guardo dentro de mim. Não queria ter me apaixonado, mas não consigo me manter longe de Louis. Eu queria me concentrar no balé, mas não consigo resistir à tentação de explorar a lenda da minha família. Sempre digo para mim mesma que não podemos ficar juntos, mas sempre corro para ele o mais rápido que consigo. Estou farta de discutir com meu cérebro e complicar as coisas para o meu coração. Estou farta de tentar manter tudo sob controle.

Respiro fundo e me viro para Audrey. Quero perguntar para ela uma coisa, mas as palavras parecem presas na garganta. Não sei por onde começar.

— O quê? — pergunta ela, olhando para mim com uma expressão estranha.

— Eu... eu adoro essa hora do dia em Paris. O sol se põe tão devagar que torna a luz ainda mais linda, você não acha?

Audrey levanta uma das sobrancelhas.

— Não parece que você queria falar sobre a cor do céu. Peraí, você quer falar sobre...?

Será que realmente estou pensando em conversar com Audrey sobre meus problemas amorosos? A garota com que eu talvez compita por papéis pelo resto da minha carreira no balé?

— Ah, então é sobre ele — diz Audrey.

— É — admito por fim. — O nome dele é Louis. Eu realmente não vim para Paris para me apaixonar, sabia?

Audrey dá uma risada.

— Espero que não! Mas e daí?

Encolho os ombros.

— A gente meio que ficou junto, e sei que foi errado, mas juro que não foi por isso que consegui o papel de Odile.

Paro e olho para ela, mas Audrey não reage.

— É — diz ela. — Você conseguiu Odile porque mereceu. Qualquer um consegue ver isso.

— Ah — digo. Será que teria sido fácil assim desde o início? — Bem, de qualquer forma não estamos mais juntos por minha causa e eu...

— E você quer voltar para ele.

— Não — digo com firmeza, mas é claro que não estou sendo sincera. — Isso não faria sentido.

Audrey para de andar e faz um gesto para eu me aproximar dela para sairmos do caminho das pessoas que estão atravessando a ponte. Ao nosso lado, uma jovem de vestido verde de lenço colorido cobrindo o cabelo escuro canta "La vie en rose", de Édith Piaf.

— Mia, você vai fazer o que o seu coração mandar fazer. Você é assim.

— Mas e quanto ao nosso espetáculo? E os diretores do ABT? Eu não deveria estar pensando em nada além disso.

Audrey suspira.

— E quanto ao arrependimento que vai sentir?

Sei o que meu coração está dizendo. Ele está gritando o mesmo nome repetidas vezes desde o primeiro dia.

— Você jamais arriscaria se distrair por causa de um garoto — digo.

Audrey dá uma risadinha.

— É claro que não. Mas ainda quero me apaixonar. Quando eu for bailarina do Bolshoi ou de alguma companhia importante, não quero voltar para casa para um apartamento vazio todos os dias, tendo apenas minhas sapatilhas de ponta como companhia.

Olho à minha volta, para o outro lado do rio, enquanto ouço a letra que que a artista está cantando.

— *Il est entré dans mon coeur une part de bonheur dont je connais la cause.*

O significado ressoa alto e claro no meu coração. *Um pedaço de felicidade entrou no meu coração, e sei o que a causou.*

L.O.U.I.S.

Vim para a cidade mais bonita do mundo para me concentrar na minha carreira e, em vez disso, encontrei exatamente o que Paris promete: romance. Eu me esforcei muito, consegui o papel de Odile. Ensaiei o máximo que pude e vou continuar fazendo isso até o instante de entrar no palco. Então, qual é a pior coisa que pode acontecer comigo agora? Arrependimentos, eu acho. Quero estar com Louis. Mesmo que seja apenas por alguns dias, mesmo que nós nunca mais voltemos a nos ver.

Não sei se vou ser capaz de me perdoar se não der uma chance para nós.

Capítulo 27

A primeira parada no itinerário de sábado é voltarmos ao *Musée de l'Orangerie*, dentro das Tuileries. Há uma roda-gigante em uma das extremidades do parque e vemos o Louvre na outra, com fileiras e mais fileiras de árvores no meio. Há pássaros nos galhos cantando sob o sol brilhante. Nosso dia de caça a quadros de Degas começa muito bem.

Noite passada no telefone, *mademoiselle* Pastel me disse que conseguiu meios. para vermos dois quadros que não estão em exposição para o público. O terceiro está no *Musée d'Orsay*. Tirei uma foto dele da última vez que fui lá, e o rosto da dançarina estava virado, então não dá para ver. Mesmo que aquele seja o quadro, talvez não tenhamos como saber.

— É engraçado que estejamos aqui para ver um Degas — comenta Louis assim que entramos no museu.

— Por quê? — pergunto, tão concentrada na nossa missão que pareço séria demais.

— Este lugar é famoso pelas pinturas panorâmicas das ninfeias de Claude Monet.

Ele nos guia até um dos salões ovais. Tons de azul, roxo e verde formam círculos no espaço, com dezenas de turistas reunidos do meio para admirá-los. Só em Paris os próprios museus são obras de arte em si mesmos, desde pirâmides até estações antigas de trem e salões ovais para combinar com as pinturas. Estou prestes a me aproximar para ver melhor quando Louis me segura.

— Espera — diz ele. — Você se esqueceu de uma coisa.

Mas antes que tenha tempo de perguntar, ele me beija.

Dou um sorriso quando ele se afasta e me inclino para mais um beijo. Sei que hoje o dia deve ser dedicado a Degas, mas... isso é bom demais para deixar passar. Tento não pensar muito nas coisas.

Circulamos pelo salão oval, admirando várias manchas de pastel que se espiralam e formam um *tableau*. É completamente hipnotizante, e me faz esquecer tudo sobre Degas. Mas não por muito tempo.

Então, descemos a escada para o piso inferior. Encontramos uma pessoa da equipe do museu, um jovem de uniforme cinza, e dizemos que temos uma reunião com o sr. Martin, o arquivista do museu. Ele nos leva até uma porta no final do corredor com uma plaquinha que diz "privativo", e sinto uma centelha de animação quando entramos. Vejam só, estou usando contatos importantes. Ou tão importantes quanto o porão de um museu pode ser.

— Vocês não podem tocar em nada — avisa sr. Martin assim que passamos por uma fileira de caixas pretas enfileiradas com um pequeno espaço entre elas.

A barba preta é bem cerrada e ele usa óculos de armação redonda e tem um ar de quem faria qualquer coisa para proteger os bebês dele.

— Também não podem contar a ninguém que estiveram aqui — acrescenta, parecendo um professor do ensino fundamental.

— Pode deixar — digo.

Embora se encontrarmos o quadro com a minha antepassada, eu talvez fique tentada a colocá-lo embaixo do braço e sair correndo. Está bem frio neste aposento com luz néon e sem janela, e sinto um arrepio com o meu vestido florido. Sr. Martin explica que a temperatura é mantida bem baixa para preservar as obras de arte, muitas das quais têm centenas de anos. Nesse meio tempo, este rascunho de dezessete anos deseja ter colocado um cardigã na bolsa. Louis esfrega o meu braço para me esquentar e pega a minha mão. Ainda estou com frio, mas paro de me importar.

Sr. Martin para diante de uma grande caixa preta, na qual se lê 57.*B* e tira do bolso um par de luvas brancas de algodão. Louis e eu prendemos a respiração enquanto ele abre a caixa e noto como tudo é tão silencioso. Só ouvimos o zunido dos aparelhos de ar-condicionado. Percebo que embora ninguém em Paris tenha ar-condicionado em casa, as obras de arte recebem um ambiente climatizado com a temperatura ideal durante todo o ano. Prioridades.

— Aqui está — diz sr. Martin, tirando uma pequena moldura. Com cuidado, ele a carrega até um cavalete próximo e tira o papel de seda.

— É lindo — digo, olhando para a jovem em um mar de tule verde.

Os traços são marcantes, nariz fino e o cabelo preto preso com uma fita igualmente verde. O braço esquerdo está erguido, mas não dá para saber ao certo se ela está no meio de um *arabesque* ou se está se alongando.

— Por que este fica escondido? — pergunto.

Presumi que os melhores quadros de Degas estivessem em exibição por todo mundo, e que apenas suas obras menores ficassem guardadas em arquivos. Mas este quadro é magnífico e merece ser visto.

Sr. Martin dá de ombros com ar triste.

— Temos tantos quadros e tão poucas paredes. Às vezes emprestamos peças para uma exposição. Mas ninguém vê este quadro há mais de dez anos.

— Isso nos torna superespeciais — diz Louis com um brilho nos olhos.

Observo o quadro de novo, esperando que ele fale comigo de alguma forma.

— O que acha? — pergunta Louis.

Inclino a cabeça. Será que devo reconhecê-la? Será que vou *saber* quando encontrar? Pergunto se posso tirar uma foto, mas a expressão horrorizada do sr. Martin diz tudo. Ei, perguntar não ofende. Pelo menos ele me deixa ficar olhando por um tempo. Sinto os olhos de Louis em mim, pensativos, mas não sei ao certo como me sinto. Sr. Martin é paciente o suficiente para ouvir todas as minhas perguntas sobre o quadro. Onde exatamente foi pintado, em que ano, a história. Embora ele tenha muitas respostas, elas não me dão a clareza que eu esperava.

As Tuileries estão repletas de gente, e de cachorros, quando saímos do museu.

— Nosso próximo compromisso é só à tarde, não é? — pergunta Louis quando começamos a andar por uma das ruas.

Noto um brilho nos olhos dele e sorrio.

— O que você está tramando?

— Você, *mademoiselle*, vai ganhar um presente — diz ele, sorrindo. — É um segredo não muito bem guardado.

Depois de uma caminhada curta, chegamos ao que parece ser uma ruazinha. Mal dá para ver a entrada para a *Galerie Vivienne* da rua; você poderia muito bem passar direto pela placa desbotada acima da porta de ferro fundido.

Quando entramos, é como se tivéssemos viajado no tempo. É uma passagem estreita e comprida coberta com claraboias arredondadas que permitem a entrada da luz do sol que reflete nos ladrilhos coloridos. Parece que estou dentro do mundo de Degas. O espaço conta com lindas lojinhas que vendem livros, brinquedos de madeira, vinho e antiguidades.

Louis observa enquanto absorvo tudo.

— Obrigada por me trazer aqui — agradeço, sentindo-me estranhamente orgulhosa por ter um guia turístico particular.

— Gostaria de poder mostrar mais — responde ele. — Existem tantas passagens escondidas por toda a cidade. Eu adoro o fato de termos que saber onde procurar... Não são tão fáceis de encontrar.

Também gostaria de poder visitar todas, mas estou faminta.

— Por favor, me diz que a próxima parada envolve o almoço — digo com uma risada.

Louis se empertiga.

— *Bien sûr!* Não é um encontro francês se não há comida.

Voltamos para as Tuileries e seguimos para o Angelina, uma renomada e tradicional casa de chás.

Enquanto aguardamos um lugar, ele diz:

— É melhor eu te avisar que este é um ponto turístico, e não costumo frequentar muitos.

—Ah, então você está abrindo uma exceção para sua namorada estadunidense? — pergunto, ajeitando meu cabelo no reflexo do vidro.

E é quando me dou conta do que acabei de dizer. *Non*, Mia! Qual é o seu problema? Você não pode sair por aí dizendo que é namorada de alguém. Principalmente quando as coisas já são complicadas o suficiente.

Mas ele não demonstra surpresa com o comentário e simplesmente responde:

— Exatamente. É meu dever como francês me certificar de que você prove o famoso chocolate quente e as deliciosas sobremesas. Mas vamos pedir uma salada primeiro para podermos fingir que não viemos só pelos doces.

— Eu só tenho mais uma semana para provar todas as tortinhas de framboesa da cidade — digo. — Não posso perder tempo fingindo.

Minha intenção era fazer uma brincadeira, mas uma sombra passa pelos olhos de Louis.

— Só uma semana, né?

Não é uma pergunta. Nós dois sabemos muito bem que temos uma data limite. Louis suspira e me abraça pela cintura, puxando-me pra ele. É tão bom, tão certo, tão perfeito, estar abraçadinha com ele. E ele me beija.

Ele estava certo sobre as sobremesas, e o almoço praticamente nos coloca em coma glicêmico. Amo os doces dos Estados Unidos e não sou exigente: donuts, bolo de cenoura, brownie, tudo isso. Mas tem algo de especial nos doces franceses, desde a camada brilhante que cobre as frutas delicadas até os nomes engraçados como *religieuse,* para um folhado com camada dupla de creme, ou *Paris-Brest* para se referir a um doce que pode ser considerado o ancestral do *cronut,* uma mistura de croissant e donut. Mas, nós, sempre bravos soldados, partimos para a nossa missão em busca do Degas perdido.

O quadro número dois é de acesso ainda mais difícil. Ele se encontra na sede da Givenchy, a famosa grife de alta-costura francesa, e enfeita a sala do principal designer da marca. Sob circunstâncias normais, não conseguiríamos simplesmente aparecer, mas, por sorte, *mademoiselle* Pastel ajudou a empresa a comprar esta peça muitos anos atrás.

Como é sábado, o prédio está vazio. Só quem está aqui é o assistente do designer, um jovem chamando Vincent, que está de terno preto e tem a cabeça raspada. Graças a insistência de *mademoiselle* Pastel, ele foi designado para nos acompanhar pelo prédio. Quando passamos por um closet do tamanho de um quarto com centenas de vestidos de alta-costura, percebo que eu jamais teria encontrado este quadro sozinha. Se Louis não tivesse me dado esperança de que conseguiríamos, eu jamais estaria aqui, tão próxima de ficar cara a cara com outra obra-prima.

Este na verdade é um desenho, com uma moldura preta simples que ocupa metade da parede atrás da mesa. Ele mostra três bailarinas e é bem simples, apenas carvão sobre tela branca, ainda assim incrivelmente preciso. As garotas foram reproduzidas fazendo um *plié*, com riqueza de detalhes, desde a posição da saia de tule até a curva dos braços, deixando bem claro que Degas não era apenas um observador. Ele realmente entendia o balé.

— É este — digo para Louis.

Não sei explicar como sei. Só sei que sei.

A garota do meio parece muito familiar, e logo percebo o motivo. Mesmo assim, preciso ter certeza. Busco a foto de Élise Mercier e suas duas amigas na bolsa. Louis a pega e a posiciona ao lado do desenho enquanto Vincent faz uma expressão curiosa, nos observando. Acho que ele não é fã de Degas.

— Olhe — digo, comparando cada garota da foto com uma do desenho. — A altura combina.

Ficamos olhando um para o outro enquanto um sorriso se abre no nosso rosto.

Louis observa o desenho de novo e concorda com um movimento lento da cabeça.

— Esta é a sua antepassada.

Respiro fundo e sinto meus olhos marejados. Não me esqueci do que *mademoiselle* Pastel disse. Não há como ter certeza absoluta. Mas o meu coração sabe. Louis sabe. Estamos diante do desenho que Degas fez da minha tataravó, uma *danseuse étoile* da Ópera de Paris. A lenda da minha família é verdadeira. Não há sombra de dúvida na minha mente.

— Viu? — cochicha ele no meu ouvido, como se conseguisse ler os meus pensamentos. — O balé é o seu destino.

Louis troca algumas palavras com Vincent e menciona a foto. O rapaz arregala os olhos com uma expressão de nojo, como se Louis tivesse pedido para eu cortar o desenho da moldura e colocar no meu bolso.

— *Ah, non!* — exclama Vincent com dureza. — *Ce n'est pas possible!* — Não mesmo! Não é possível!

— *Je compreende* — responde Louis. *Eu entendo.*

Mas, então, ele dá uma piscadinha para mim. Enquanto continua conversando com Vincent, noto que Louis está lentamente fazendo com que ele fique de costas para mim, para que ele não veja a minha mão. Aproveitando a oportunidade, tiro o celular da bolsa e tiro algumas fotos discretas. Não dá para ver direito o que estou fazendo, mas dou uma olhada para a minha tela antes de guardar o aparelho, só para ver se deu certo. O desenho de Élise Mercier feito por Degas vai ficar comigo para sempre.

— Como está se sentindo? — pergunta Louis, pegando a minha mão quando já estamos lá fora e passeando pela rua movimentada.

Estou nervosa com o espetáculo. Nas nuvens por ter encontrado o Degas que procurávamos. Triste por ter que ir embora de Paris. Animada com este dia maravilhoso ao lado dele. E confusa com tudo isso.

— Feliz — digo por fim, sorrindo. É a melhor palavra para resumir tudo.

— Eu também — responde ele, passando os dedos pelo meu cabelo.

Então, ele pressiona os lábios contra os meus. A Mia de sempre ficaria constrangida de fazer isso com tanta gente em volta. Mas Mia, *la parisienne,* só sente um frio na barriga e uma onda de alegria.

Quero que este dia dure para sempre, mas como isso não é possível, escolho a melhor alternativa: torná-lo inesquecível.

— Você vai me chamar de turista de novo — começo, fazendo Louis sorrir na hora. — Mas não posso ver uma roda-gigante e *não* dar uma volta. Estou pensando nisso desde que passamos por ela naquela noite.

— Isso não tem nada de turístico — responde Louis, sério. — É romântico.

* * *

Louis e eu nos sentamos um do lado do outro na cabine, admirando a vista. Sempre que vejo um monumento que reconheço, o Arco do Triunfo, a Sacré-Coeur ou a Torre Eiffel, não consigo segurar o gritinho, e Louis dá risada. O corpo dele está quente ao lado do meu, e fico arrepiada quando ele beija meu pescoço.

— Hoje foi um dia incrível — digo com um suspiro.

— Foi mesmo.

— Todos os dias com você são incríveis — continuo, com a voz falhando. — Não quero ir embora.

Meu coração dispara enquanto Louis fica olhando no fundo dos meus olhos.

— Então não vá — diz ele, tão baixinho que parece até que imaginei.

Respiro fundo, mas sei que este não é o momento de fazer promessas nem tomar decisões que vão mudar minha vida. Só quero aproveitar o que Louis e eu temos. E agora, o que tenho é a chance de beijá-lo enquanto estamos no céu.

Capítulo 28

Na manhã de segunda-feira, estamos todas um pouco animadinhas quando chegamos à escola. É a primeira vez que não vamos vestir nosso collant e seguir direto para as aulas de dança. Em vez disso, todo o elenco de O *lago dos cisnes* segue para a prova final do figurino. Eu, por exemplo, nunca fiquei tão animada por *não* dançar.

Fico radiante quando tiro a minha roupa da capa protetora. O figurino que experimentei antes agora está novinho em folha, desde o bordado complexo até as camadas e mais camadas de tule em volta da cintura. Depois de semanas usando apenas branco, e em uma sala cheia de cisnes brancos, é um presente especial poder entrar na pele do malévolo Cisne Negro. Valérie e a equipe de costureiras fizeram um excelente trabalho; o figurino veste como uma luva. Mas a *pièce de résistance* ainda está por vir. Abro a caixa que veio junto com a capa protetora e pego o arranjo da cabeça. Eu o encaixo na parte de trás da cabeça e duas plumas adornadas com contas cobrem minhas orelhas.

— *Mamma Mia*, Mia! — exclama Lucy com um sotaque italiano exagerado, enquanto caminha até mim. Ela está usando o figurino dela, uma versão menos elaborada do figurino de Audrey.

— Você está incrível — digo.

Lucy dá um risinho.

— Se gostou tanto do meu, troco pelo seu. Serei o Cisne Negro sem reclamar.

Reviro os olhos, e ela ri. Estamos todos reunidos na maior sala de ensaios, a única grande o suficiente para todos nós. Tecidos pendem no canto do teto em provadores improvisados para podermos colocar e tirar nosso figurino. Ver todo mundo vestido para a apresentação me enche de muito orgulho. Você pode ensaiar a coreografia dezenas de vezes. Pode ouvir a música no celular em todos os momentos livres que conseguir. Pode reler a história, mergulhando fundo para explorar as motivações da sua personagem. Mas é necessária uma sala cheia de aves brancas, e esta pequena ave preta, para se sentir em casa. O programa se aproxima rapidamente do fim e ninguém se atreve a falar sobre o que está por vir. Vamos nos apresentar no palco na frente de diretores de programas de ensino de balé de todo o mundo em poucos dias.

Em vez disso, enquanto esperamos que Valérie e a equipe de costureiras verifiquem o figurino e façam ajustes de última hora, conversamos sobre um futuro mais próximo.

— O que vai fazer amanhã? — pergunto para Anouk e Lucy.

Exceto por mim, Audrey e Fernando, todos os alunos ganharam o dia de folga antes do ensaio geral. Todos os protagonistas, inclusive eu, vão se encontrar com *Monsieur* Dabrowski amanhã à tarde para uma passagem final, mas vamos ter a manhã livre para descansarmos antes da grande apresentação.

— Vou fazer compras — diz Lucy, com um brilho animado nos olhos. — Economizei por meses para me dar um presente em Paris. Mas ainda não fiz isso. Onde eu estava com a cabeça?

— No namoro com Charles? — retruca Anouk em tom debochado.

— Tá legal — admite Lucy.

Ela dá uma risada. Ela nos atualizava todos os dias na hora do jantar sobre suas aventuras com ele. Disse até que está planejando voltar por uma semana no fim do verão, antes do início das aulas, para se verem de novo.

— E você, Anouk? — pergunto. — O que falta fazer da sua lista do que não pode perder em Paris?

— Vou fazer um tour de arte de rua com meus amigos. Que pena que não pode vir comigo.

Concordo com a cabeça e, então, é claro, penso em Louis. Quando passeamos pela cidade, ele sempre me mostra obras de arte pintadas nas paredes. Em geral, é um grafite simples em preto e branco em um canto, mas às vezes vemos um mural colorido e impressionante, rico em detalhes. Louis fala animadamente sobre como os museus estão nas ruas agora, e eu me vejo imaginando se teríamos tempo para fazer um passeio turístico como o de Anouk. Provavelmente não.

Lucy se vira para nosso Cisne Branco.

— E você, Audrey?

Audrey está se abrindo aos poucos todos os dias. Pelos padrões dela, isso significa ficar mais um pouco na mesa do jantar e conversar com a gente, em vez de ir direto para cama com um livro e uma máscara de rosto.

— Bem, hum... — começa Audrey.

Ainda tem uns seis alunos na fila na nossa frente, então temos bastante tempo para esperar, e implicar.

— Os planos de Audrey para Paris são todos em relação a Rússia — diz Anouk para Lucy com uma piscadinha. — Bol-shoi, Bol-shoi, Bol-shoi — repete ela em ritmo de torcida.

Lucy ri, mas não me junto a elas. Agora conheço a história de Audrey. A mãe ligou para ela todos os dias durante o verão, lembrando-a de que ela *tem* de impressionar o diretor do programa de formação de bailarinos do Bolshoi. Ela não tem outra escolha. Mesmo assim, não sei se é isso que Audrey realmente quer. Todas as vezes que ela fala sobre a companhia russa, o rosto dela se contrai um pouco.

Não vou tão longe a ponto de dizer que ela é minha melhor amiga, mas as coisas estão bem melhores entre nós. Ensaiamos juntas ajudamos uma à outra e como queremos companhias diferentes, não estamos concorrendo uma com a outra.

— Quem sabe o que pode acontecer? Podemos nos surpreender — digo, mais para mudar de assunto.

Mas Lucy nota na hora.

— O que você quer dizer com isso?

Olho uma vez mais para o meu reflexo no espelho. Sempre que vislumbro a garota coberta por penas pretas, eu me pergunto quem ela é de verdade. Demoro um segundo para me reconhecer. Eu mudei desde que cheguei a Paris. Os sonhos são os mesmos, mas parecem diferentes.

— Existem outras companhias — respondo de forma vaga, sentindo o rosto ficar vermelho.

— Pois é — diz Anouk, ajeitando a alça no ombro e estendendo o braço. — Eu aceitaria entrar na que me chamasse. Copenhagen, Pequim, Sydney. Seria uma ótima desculpa para viajar. O balé existe em todos os lugares. Sempre é uma ótima oportunidade para aprender.

Concordo com ela, mas é muito mais complicado que isso.

— Você não sentiria saudade da família? — pergunto.
— Se conseguir um programa de formação de bailarinos em algum lugar e se tudo der certo, você provavelmente ficaria com a companhia. Talvez não por toda a carreira, mas pelo menos por alguns anos.

Lucy e Anouk olham de uma para outra e dão de ombros.

— E daí?

— Seria difícil, ficar tão longe dos meus pais e de todos — digo.

Lucy abre um sorriso maldoso.

— E se você encontrar um motivo para ficar aqui?

Nego com a cabeça.

— O ABT sempre foi a minha primeira escolha.

— Até que alguééém apareceu — diz Lucy fazendo uma vozinha.

— Shh! — Olho em volta para me certificar de que ninguém ouviu.

Ontem à noite finalmente admiti para Anouk e Lucy que conheci um francês lindo chamado Louis. Contei que ele era amigo de Max, mas não mencionei a *outra* conexão dele com a escola.

— Sei lá — digo, dando de ombros. — Se houvesse uma oportunidade aqui... Acho que morar em Paris por um tempo seria bom.

Sinto o olhar de Audrey em mim, mas não olho para ela. Ainda quero receber um convite do ABT. Mas quero passar mais tempo com Louis.

— Falando no seu namorado — diz Lucy baixinho. Mesmo assim, a fulmino com o olhar, mas ela ignora. — Você devia ligar para ele. Nós todas temos uma folga amanhã de manhã, né?

— É — concordo, olhando para Audrey para o caso de ela querer fazer mais um de nossos ensaios.

Mas, para ser bem sincera, já chegamos ao ponto em que isso seria um exagero.

— Então, liga para ele — diz Lucy. — Diga que quer comemorar.

— Em uma noite de segunda-feira? — pergunta Audrey, um pouco chocada.

— Por que não? — responde Lucy para ela, antes de olhar para mim e insistir: — Por favor, Mia, peça para ele encontrar algo divertido para fazermos hoje à noite. A gente bem que merece.

Suspiro e olho para Audrey. Espero que ela bata o pé e reclame dizendo que é uma péssima ideia. Em vez disso, vejo um brilho de animação nos olhos dela. Nós todas nos esforçamos tanto. Estamos prontas. E se quisermos uma última noite de diversão em Paris, Louis com certeza é a pessoa certa para ligar.

Capítulo 29

Por acaso, um dos amigos de Louis do Ensino Médio organizou uma festa na casa dele. Raphaël acabou de voltar das férias de verão, mas os pais ainda estão viajando.

— Eu não ia porque queria ficar com você — diz Louis no telefone depois de explicar isso.

Faço uma expressão radiante para as três meninas que estão com os olhos fixos em mim.

Depois que acabamos a prova dos figurinos, vamos almoçar no refeitório. Sim, até mesmo Audrey. Como eu disse, ela está vivendo perigosamente ultimamente.

— Mas se vocês quiserem sair hoje à noite — acrescenta Louis —, tenho certeza de que meu amigo vai ficar feliz de receber vocês.

— Pode contar com a gente — digo.

Depois que desligamos, faço um resumo para as meninas: uma festa em uma casa ao norte de Marais, com muitos franceses gatos. E o amigo de Louis quer ser DJ e tem um ótimo gosto musical. Quase consigo ver Lucy e Anouk salivando. Audrey banca a desinteressada, mas não perde uma palavra do que eu digo.

Depois do ensaio, Audrey e eu voltamos rápido para casa para trocar de roupa. Louis disse para Raphaël que ia ajudar a arrumar tudo, então, vou para lá junto com as meninas. Lucy e Anouk já estão prontas para ir, pois o ensaio delas acabou bem antes do nosso.

— Oi — digo quando um cara muito bonito abre a porta do apartamento no quinto andar pra gente.

— *Bienvenue!* — *Bem-vindas.*

— O Louis é... — começo, mas paro de falar. Não faço ideia do que ele disse para os amigos sobre nós, nem sequer se disse alguma coisa. — Louis nos convidou...

— Você é a Mia — diz Raphaël com um sorriso caloroso.

Lucy e Anouk dão risinhos atrás de mim quando entramos no apartamento. O pé-direito é bem alto com um lustre escultural pendendo do teto da maior sala que já vi. O ponto principal da sala é uma lareira, toda pintada de preto e cheia de velas apagadas. É tão moderno e elegante e não se parece em nada com Westchester.

No caminho para cá, Lucy fez um monte de perguntas sobre Louis, como a gente se conheceu, se a gente tinha planos para o futuro e coisas assim. Mas consegui dar respostas vagas. Um simples olhar para Audrey me confirmou que ela guardaria o meu segredo, mas, à medida que o nosso tempo em Paris está chegando ao fim, estou menos preocupada de as pessoas descobrirem sobre nós.

O espetáculo O *lago dos cisnes* é daqui a três dias. Eu me dediquei com toda disciplina do mundo na escola, me saí bem em todos os ensaios, e *monsieur* Dabrowski não disse mais nada para mim, pelo menos não sobre Louis. Talvez Louis estivesse certo ao dizer que aquela explosão tinha mais a ver com ele do que comigo. Talvez ele quisesse só me assustar um pouco depois de eu ter errado um passo naquela apresentação. Funcionou.

— Os amigos de Louis são maneiros — cochicha Anouk no meu ouvido depois de nos apresentarmos e sermos levadas até a sala cheia de pessoas bem-vestidas da nossa idade.

As meninas estão de saia curta e sandálias rasteiras de cores bonitas ou metálicas e os garotos estão de jeans justo e camisa de botão. Não tem ninguém da escola aqui. Louis não passa a vida toda com bailarinas, no final das contas.

Descubro que as festas de adolescentes francesas são bem parecidas com as dos Estados Unidos. Não há copos vermelhos de plásticos nem barris de chope, e os pratos com baguete e queijo dão uma dica, mas o resto é praticamente a mesma coisa: música alta, pessoas dançando em todos os lugares e grupos reunidos nos cantos da cozinha ou no corredor. Anouk e Lucy logo seguem para a pista de dança, e até mesmo Audrey parece relaxar. Na verdade, ela estava conversando com um cara do outro lado da sala.

— Você está se divertindo? — pergunta Louis enquanto me abraça pela cintura.

Estamos sozinhos em um canto.

— Hum — digo dando de ombros.

Eu *deveria* estar me divertindo. Estou com as minha amigas. Estou com Louis. A festa está ótima.

— Nem eu — cochicha Louis no meu ouvido. — Quer dar o fora daqui?

— E os seus amigos? E as minhas amigas?

— Ninguém vai notar que saímos. E as garotas não vão se importar.

Hesito por um instante, mas sei que quero ir. Louis e eu temos tão pouco tempo juntos. Conversamos sobre tudo que gostaríamos de fazer em Paris, todos os lugares que ainda quero visitar e os que Louis quer me mostrar, mas sei que é só como se estivéssemos sonhando acordados.

Agora a realidade está nos alcançando.

Está escuro lá fora e um pouco frio. Só estou de top, mas sinto o corpo aquecer logo que começamos a caminhar.

— Aonde vamos? — pergunto.

Louis dá de ombros.

— Paris parece tão grande, mas é bem fácil andar pela cidade. Na verdade, é a melhor maneira de conhecê-la. Sair vagando pelas ruas e deixar a intuição te levar.

— Tá bom — digo, pegando a mão dele. — Vamos virar à direita bem aqui.

Ficamos passeando sem rumo nem destino por uma hora, talvez mais. Passamos por uma praça grande chamada *Place de la République* e nos vemos caminhando por ruas estreitas de lojas. Mas nós dois estamos em silêncio. Desconfio que estejamos pensando a mesma coisa. Eu vou embora. E não há nada que possamos fazer a respeito.

— Esta obra foi feita por um artista muito maneiro do sul da França — diz Louis quando passamos por um mural de uma garota de macacão e um penteado feito de guarda-chuvas coloridos. Parece que ela está subindo a escada para as margens do Canal Saint-Martin.

Passamos por uma estação de trem que eu não tinha visto antes, uma das quatro que existem em Paris, e por várias igrejas com séculos de idade. Elas parecem surgir até mesmo nos menores cantos, como joias ocultas de tempos antigos. Gostaria de visitar cada uma delas, mas isso não vai acontecer.

Um anúncio no ponto de ônibus anuncia promoções de volta às aulas, e fico pensando nos alunos do programa anual que vão nos substituir. Nos últimos dois anos, pensei muito em trocar de escola para poder frequentar um programa específico de formação de bailarinos em Nova York, mas sempre abandonei a ideia antes mesmo de conversar com meus pais sobre o assunto. Eu não sabia se já estava pronta para estudar a apenas quarenta minutos de casa, e eu tinha quase certeza de que minha mãe não permitiria uma coisa dessas.

— Você voltaria? — pergunta Louis como se estivesse lendo a minha mente.

— Para a escola?

Ele dá de ombros.

— Para Paris, em geral.

— Eu adoraria... um dia.

Afasto o olhar. Não deveria ter dito a última parte, principalmente agora que vejo a sombra de decepção nos olhos dele. Mas é a verdade. Eu adoraria voltar um dia para Paris, mas isso não vai acontecer em um futuro próximo. Essa viagem já custou muito caro para a minha família. Durante o ano, passo muitas noites e fins de semana dançando, o que torna impossível que eu arranje um emprego. Além de alguns trabalhos de babá pontuais, dependo totalmente dos meus pais, com um pouco de ajuda da vovó Joan, para as despesas de balé, incluindo este presentão incrível de vir dançar em Paris.

— Hum — responde Louis, baixando o olhar. — Um dia parece algo tão distante.

Não quero dizer para ele o que mal tive coragem de admitir para as meninas. Sim, seria incrível vir estudar em Paris depois que eu me formar no Ensino Médio; mas, àquela altura, Louis já terá se esquecido de mim. Sinto uma lágrima surgir e a enxugo discretamente. Tenho me feito a mesma pergunta repetidas vezes nos últimos dias: será que existe algum futuro para Louis e eu? O raciocínio varia, mas a resposta não muda: não, provavelmente não. Vou voltar para casa para fazer o último ano da escola. Louis vai começar a faculdade em setembro, vai estudar língua inglesa na Sorbonne, uma universidade de prestígio bem perto de onde ele mora. Nossos caminhos simplesmente não estão destinados a se cruzar de novo.

De repente, me dou conta de que estamos novamente aos pés da escadaria que leva à Sacré-Coeur, e nós dois erguemos o olhar, maravilhados com a basílica. Mesmo que seja bem tarde, há dezenas de pessoas sentadas na escadaria e outras tantas subindo para admirar a cidade à noite.

— Vamos subir de novo — digo para Louis. — Quero apreciar a vista mais uma vez.

Ele sorri.

— Qualquer coisa que você queira.

A subida é ainda mais íngreme do que me lembro. Era melhor eu pegar leve e deixar meus músculos se recuperarem entre os ensaios, mas meus glúteos estão dispostos a aguentar isso por nós.

Estamos ambos um pouco ofegantes quando chegamos ao topo e nos viramos para olhar a vastidão da cidade sob nossos pés. Estou em Paris há algumas semanas agora, mas vi tudo muito por alto.

— Eu gostaria de poder passar meus últimos dias aqui explorando a cidade.

Louis solta uma risada, mas que tem um toque de tristeza.

— Não quer, não. Você vai passar seus últimos dias aqui dançando o papel da sua vida na frente das pessoas certas. É isso que você vai fazer.

Dou de ombros.

— Eu sei, mas isso — digo, absorvendo o panorama maravilhoso da cidade mais uma vez. — Esse deve ser o lugar mais bonito e romântico de toda Paris.

Louis abre um sorriso.

— O mais bonito, talvez — diz ele —, mas o mais romântico tem muita competição. Venha comigo.

Ele puxa meu braço e eu o sigo de volta pelas ruas de Montmartre. Àquela hora, tudo é calmo, tanto os retratistas quanto os turistas voltaram para casa. Ainda assim, parece um lugar familiar para mim. Nosso primeiro beijo foi aqui. Sempre vou pensar em Montmartre como nosso.

Alguns minutos depois, chegamos à Rua dos Abbesses, com fileiras de restaurantes, cafés e lojinhas charmosas. Louis nos guia até uma praça menor que parece ter saído direto de um filme com sua entrada de metrô de ferro fundido pintado de verde.

— Aqui está — diz Louis enquanto cruzamos para o outro lado.

Está bem escuro, e não vejo do que ele está falando no início. Mas, então, quando paramos entre dois postes, eu vejo: um grande muro com uns dez metros de largura e uns três de altura, coberto de ladrilhos azuis com inscrições em branco e quadradinhos vermelhos. Dou um passo para a frente para ver melhor.

— O que diz? — pergunto tentando ler algumas das palavras na parede. — Não é francês.

Louis se vira para mim.

— Eu amo você.

Meu coração para.

— É o que diz — continua Louis. — "Eu amo você" em dezenas de idiomas. Este é o *Mur des je t'aime*, e acho que é um bom concorrente para o lugar mais romântico de Paris.

Meu coração começa a bater de novo. Na verdade, está disparado em um ritmo alucinado, enquanto minha mente tenta lidar com o fato de que eu *achei* que Louis tinha acabado de se declarar para mim. E como eu queria ouvir aquelas palavras...

— E aí? — pergunta Louis, me dando um empurrãozinho. — Gostou? Acho muito maneiro.

Respiro fundo.

— Amei.

Ele não diz nada por um tempo e fica olhando nos meus olhos, com respiração lenta.

Je t'aime. É o que quero dizer. Mas sou covarde demais para isso, tenho medo de lidar com as consequências da minha partida de Paris em alguns dias, deixando Louis para trás. Mas *sou* um pouco mais corajosa do que eu era logo que cheguei aqui. Então, eu o puxo para mim e, antes de poder pensar mais sobre o que eu deveria ter dito ou o que gostaria de dizer, fico na ponta dos pés e roço o meu rosto no dele. E o beijo diante de todos os "eu te amo" do mundo.

Capítulo 30

Chegou o dia. O fim do programa e o início de uma nova vida. Nesse meio-tempo: o espetáculo vai começar! Figurino, música e todo o elenco dançando O *lago dos cisnes* de uma coxia para outra para um público mais que especial.

A magnitude do que conquistei nas últimas semanas me atinge com ainda mais força quando Audrey e eu chegamos à escola. Como protagonistas, temos nosso próprio camarim para nos arrumar, afastadas da comoção do corpo de baile. Pela primeira vez na vida, eu me sinto realmente especial e não tenho vergonha de admitir. Eu me esforcei muito, ensaiei por horas e horas e horas. Quero acreditar que o que quer que aconteça hoje, eu não terei arrependimentos.

Audrey e eu nos sentamos uma do lado da outra no mais absoluto silêncio, olhando para o espelho diante de nós. Aplico uma grossa camada de base, sombra brilhante, mas quando tento passar o batom, minhas mãos estão trêmulas demais.

O diretor do programa de formação de bailarinos do ABT está na plateia. Meu sonho da vida toda está ao alcance das minhas mãos... ou não.

Audrey olha para mim pelo espelho.

— Você consegue — diz com firmeza. — Você está pronta.

Meu maxilar treme, e sou obrigada a soltar o batom.

— E se eu não estiver? Ou e se eu estiver e mesmo assim não for o suficiente?

Audrey respira fundo.

— Não posso deixar que você passe o seu nervosismo para mim.

Ela se levanta e começa a andar de um lado para o outro, parecendo ofegante.

— Você acha que não estou morrendo de medo do que vai acontecer aqui?

Suspiro, sentindo as palavras presas na garganta. Ficamos nos olhando por um tempo, a tensão pesando no ar entre nós.

— Espere aí! — digo, de repente. — Tive uma ideia.

Pego meu telefone e abro o aplicativo de música.

Quando as primeira notas soam no camarim, Audrey meneia a cabeça.

— Você só pode estar brincando — diz ela, abrindo um sorriso.

É salsa, uma lembrança de quando dei algumas lições para Audrey Chapman sobre como relaxar.

Eu me levanto e pego a mão de Audrey. Ela revira os olhos, mas não tenta resistir enquanto começo a fazer alguns dos passos que ela aprendeu naquela noite às margens do Sena. Um pé para a frente, um pé para trás e logo entramos em sincronia. Audrey levanta minha mão e me faz girar. Faço o mesmo com ela. Quando a música termina, nós duas nos sentamos diante do espelho rindo.

— Obrigada, Mia.

— Pelo quê?

— Por ser você.

* * *

Das minhas amigas, Lucy e Anouk são as primeiras a entrar no palco. Nós nos abraçamos nas coxias, antes da entrada delas.

— Vocês vão brilhar — digo com um sorrisão.

— É melhor que esteja certa — diz Lucy em tom de brincadeira.

Anouk cruza os dedos com uma careta de nervosismo, e elas seguem. Depois disso, é a vez de Fernando e, por fim, a de Audrey. Ela suspira e assente para mim enquanto aguarda a deixa. Pego a mão dela e ficamos nos olhando nos olhos, compartilhando nossa força e nossa determinação de tornar a apresentação de hoje a melhor da nossa vida. Os holofotes só podem iluminar uma de cada vez, mas estamos juntas nisso.

Assisto nas coxias aos dois primeiros atos do balé, tentando apenas apreciar o espetáculo. Eu me obrigo a não espiar a plateia. Não quero ver a expressão no rosto do diretores dos programa de formação de bailarinos. Nem sei qual deles é o da ABT. O que acontecer agora já foi decidido, tenho certeza. Fico radiante quando a "Dança dos pequenos cisnes" começa. Como para muitas pessoas, essa é uma das minhas partes favoritas do balé. As quatro cisnes mais lindas dançam juntas, cruzando o palco da direita para a esquerda, enquanto uma pequena orquestra toca uma das músicas mais conhecidas de todos os tempos. É um momento lindo e delicado, a calma antes da tempestade prestes a ser provocada por... bem, por mim.

Um pouco antes da minha entrada, respiro fundo e sopro um beijo para o céu, na direção de Élise Mercier.

Obrigada, penso. *Espero que esteja vendo, porque você, mais do que qualquer outra pessoa, me fez chegar aqui.* Alongo com alguns *pliés*, sentindo-me incrivelmente feliz. Eu talvez me veja outras vezes nessa mesma posição no futuro, pronta para entrar no palco para me apresentar em um dos maiores papéis de balé, mas nunca vou deixar de valorizar. Vou tratar cada apresentação como se fosse minha última, aproveitar cada minuto, e dar o meu melhor em cada passo.

E é o que faço.

Deslizo pelo palco, meu coração quase explodindo no peito, mas minha mente aguçada. Meus músculos decoraram cada parte de cada passo, e os sinto profundamente. Assumo completamente o papel de Odile, suas motivações e ações se tornam minhas. Uma jovem maldosa tentando roubar o coração de um príncipe. Sinto sua dedicação a Fernando enquanto giro pelo palco sob o olhar atento de Rothbart. À medida que me aproximo do meu *coup de force*, os trinta e dois *fouettés*, não sinto medo. Na verdade, estou empolgada para fazê-los, sabendo que consigo. Não estão tão perfeitos, nunca estariam, mas sinto a força da minha perna de apoio a cada volta. Tenho o controle absoluto do quadril; mantenho a postura. Em outras palavras: eu arrasei.

Faço minha mesura de agradecimento no fim do espetáculo e vejo o olhar de *monsieur* Dabrowski pousado em mim. Não identifico surpresa nem decepção. Na verdade, tenho quase certeza de que o que vejo é um pouco de orgulho. Mas não preciso ficar imaginando por muito tempo, porque ele pede para falar com cada um dos protagonistas em particular depois.

— Que delicadeza, Mia — começa calmamente quando chega a minha vez. — Sua apresentação foi maravilhosa.

Ontem talvez eu tivesse perguntado se ele estava realmente falando sério. Poderia até ficar um pouco chocada.

Mas não hoje. Eu sei, no fundo, que foi a melhor apresentação da minha vida. Até a próxima.

— Estou muito feliz com a minha decisão — diz ele com a voz mais suave do que de costume. — Nem sempre é fácil saber como as coisas vão se sair, mas você é o Cisne Negro perfeito. Na verdade, você teria sido um Cisne Branco muito gracioso também.

Dou um sorriso, agradecida pelo elogio, mas acho que ele está errado quanto a isso.

— Audrey foi uma Odette dos sonhos — digo. — Adorei ser Odile. Ela tem atitude e um segredo sombrio. É mais divertido assim.

O *maître de ballet* sorri, mas logo fica sério de novo.

— Não sei se devo contar isso... — Ele para de falar e parece estar pensando no que dizer ou como dizer.

Prendo a respiração. Há boatos de que os diretores dos diversos programas de formação de bailarinos vão fazer os convites hoje para audições amanhã. Sei que não devo criar muitas expectativas, mas não me importo. O que senti dançando neste palco foi poderoso demais. Sempre soube qual seria o meu caminho, mas agora consigo enxergá-lo de maneira muito mais clara.

— Não está nas minhas mãos — acrescenta *monsieur* Dabrowski, cuidadoso ao escolher as palavras —, mas qualquer companhia teria sorte de ter você.

Solto o ar me sentindo um pouco tonta. Será que isso significa que o diretor do ABT gostou de mim? Ele está tentando me dizer que me ajudou a abrir aquela porta e que o resto é comigo?

— Obrigada, *monsieur* Dabrowski. O senhor foi o melhor mentor que já tive. — Minha voz estremece quando digo isso.

Estou sendo sincera. Ele pode ser durão, quase cruel, às vezes. Mas não sei se eu estaria aqui se ele não tivesse me colocado na direção certa.

— E você foi uma ótima aluna. Todos nós cometemos erros às vezes, e eu me incluo nisso. Mas você fez o certo. Você se manteve fiel a você. — Há uma pausa para que eu me pergunte o que ele realmente quis dizer com aquilo. O rosto dele se suaviza antes de continuar: — Vi você e Louis na outra noite. Ele acha que eu não sei o que está aprontando, mas presto mais atenção do que ele imagina.

Fico imóvel, sem saber como reagir. Mas ele abre um sorriso.

— Está tudo bem, *mademoiselle* J... Mia. Sei do que é capaz agora. E estou ansioso para vê-la fazer tudo de novo amanhã nas suas audições.

Ofego. Vou ter mais de uma? Sei que ele não pode me dizer. Ele vai deixar o diretor do programa de formação de bailarinos me contar a novidade. Mas, com o selo de aprovação de *monsieur* Dabrowski, tenho tudo de que preciso para ser a minha melhor versão.

Mas ainda sinto que preciso esclarecer as coisas.

— Sobre Louis... — começo.

Ele faz um gesto com a mão.

— Não posso culpá-la por seguir o seu coração. Nenhum de vocês dois. Tudo deu certo no fim.

Sinto um nó de emoção na garganta e, por um momento, fico com medo de começar a chorar de felicidade. Porque essa é a verdade, eu realmente segui meu coração. Corri atrás dos meus sonhos. Confiei nos meus sentimentos e agora estou exatamente onde deveria estar. Apenas a alguns passos graciosos do programa de formação de bailarinos do

American Ballet Theatre. Venha comigo, Odile. Vou levá-la para Nova York.

Capítulo 31

Se eu achei que esse dia não poderia ficar melhor, logo vi que eu estava errada. Quando voltei andando para o alojamento com as minhas amigas, encontrei Louis me esperando na porta da frente com um buquê de rosas vermelhas.

— U-lá-lá — cochicha Anouk no meu ouvido, e tenho certeza de que meu rosto fica da mesma cor das flores.

— Desculpe — diz Louis baixinho enquanto me entrega o buquê. — Não quis envergonhá-la na frente das suas amigas.

Reviro os olhos.

— São elas que estão passando vergonha — digo, lançando um olhar para Lucy e Anouk, que estão encarando a gente de forma nada sutil. — Você é simplesmente... perfeito.

— Venham, garotas — diz Audrey, empurrando-as de leve. — Vamos entrar.

Então, antes de ir embora, ela se vira para mim.

— Posso colocá-las na água, se quiser.

Dou um sorriso e aproximo as rosas do meu rosto. O cheiro é maravilhoso. Não quero me separar delas, mas também quero Louis nos meus braços, então entrego o buquê para Audrey.

Assim que estamos a sós, Louis me olha com admiração.

— Você estava incrível. Senti vontade de me levantar e gritar como você estava maravilhosa no palco.

— Ainda bem que não fez isso — digo com uma risada.

Quase compartilho o que o pai dele me disse, mas não quero estragar as coisas. Até receber o convite do programa de formação de bailarinos, não tenho certeza de nada.

Então, eu me aproximo e o beijo. Precisarei de todas as forças que puder reunir para amanhã, e é exatamente isso que o beijo de Louis me dá.

— Tudo bem — diz Louis, logo depois pegando minha mão. Ele me puxa em direção à Vespa, estacionada ao lado do ponto de ônibus. — Tem uma coisa que preciso te mostrar.

— O quê? Agora? — pergunto, tentando resistir. — Louis, não posso. Não nesta noite. As audições são amanhã...

— Eu sei! — Os olhos dele estão brilhando. — É exatamente por isso que você precisa ver. Lembra que eu disse que estava trabalhando em uma coisa?

Concordo com a cabeça. Na verdade, tentei abordar o assunto algumas vezes desde então, mas Louis sempre desconversou, dizendo que não estava pronto para mostrar para ninguém.

— Estou pronto agora. — Ele abre um sorriso e morde o lábio inferior.

Não sei se já o vi tão animado assim.

Preciso me alongar, jantar e me preparar para dormir cedo. O único encontro excitante que eu deveria ter é com o meu rolo de alongamento. Mas penso nas rosas. Nele me assistindo da plateia. No olhar esperançoso e no sorriso devastador. Preciso ficar um pouco mais com Louis.

— Você tem uma hora — digo com toda a seriedade que consigo. É claro que estou com um sorriso bobo nos lábios, então acho que o tom não ajudou muito.

— Sério? — pergunta ele.

Tenho certeza de que ele achou que seria muito mais difícil tentar me convencer. Mas não quero passar o resto dos meus momentos em Paris discutindo com Louis sobre passar ou não o máximo de tempo juntos. Sei o que quero. Quero Louis.

A Vespa nos leva para o outro lado de Paris, para os arredores da cidade. À medida que os prédios se tornam menos conhecidos e mais esparsos, percebo que nem perguntei aonde estamos indo. Estou começando a me perguntar que projeto secreto pode ser esse. E, quando ele finalmente para em uma zona industrial na frente do que parece ser uma armazém abandonado, mais perguntas giram na minha mente.

Esta não é a Paris dos sonhos pela qual me apaixonei. Na verdade, é o oposto. A construção é cinzenta, desmazelada e parece prestes a desmoronar. Vejo lixo espalhado ao redor: pneus velhos, caixas de papelão e até mesmo a carcaça de um carro. Mas, quando tiramos o capacete, Louis está vibrando de animação.

— A gente vai entrar aí? — pergunto.

O que realmente quero dizer é *Não vou entrar aí de jeito nenhum*.

Louis pega a minha mão com um sorriso iluminando seu rosto.

— Confie em mim, Mia.

Eu confio, mesmo que ele não tenha respondido às minhas perguntas. Louis para quando estamos perto do prédio.

— Preciso que feche os olhos — diz ele com ar solene. Olho para o chão e vejo latas amassadas e cacos de vidro. — Vou cuidar de você.

— Confio em você.

Fecho os olhos, e vamos caminhando devagar e com cuidado. Concentro-me no calor da mão de Louis na minha e no som calmo da voz dele enquanto me diz que estamos quase chegando. Um minuto depois, ele me vira para que eu olhe para ele.

— Pode abrir os olhos — diz.

Mas tudo que vejo é o rosto dele diante de mim.

— Você se lembra de quando eu disse que eu gostava de pintar quando criança?

Concordo com a cabeça.

— Você me inspirou, Mia. Eu não tocava em um pincel há anos, mas ver sua paixão, o seu amor pelo que faz, me fez realmente me perguntar o que poderia despertar isso em *mim*. Me fez me perguntar o que *eu* amo. Vi o que você tinha e percebi que queria ter também.

Prendo a respiração, esperando pelo resto da história, mas é isso.

— Pode se virar.

Eu obedeço e arfo. Vejo uma bailarina diante de nós, com uns três metros de altura. Pintada em uma das paredes do prédio, direto no concreto, usando um figurino preto bordado, um arranjo de penas na cabeça e sapatilhas brancas de ponta. Os braços estão erguidos para o céu enquanto ela se sustenta na perna direita, e a esquerda está levantada em um *arabesque*. Ela está olhando para baixo com um sorriso do que seria o fim do *pas de deux* do Cisne Negro. Os lábios vermelhos são o único toque de cor na parede.

— Você fez isso — digo.

Louis olha nos meus olhos.

— Você gostou?

Olho para ele, completamente maravilhada.

— É a coisa mais incrível que já vi.

— Não tão incrível quanto a verdadeira — responde Louis. Eu quase consigo sentir o coração dele flutuando no peito.

— Você deve ter demorado horas — digo, ainda processando que Louis usou a lateral de um prédio para... me pintar.

Os olhos dele se anuviam.

— Comecei no dia seguinte àquela primeira apresentação.

Um pouco antes de eu terminar tudo com ele. Respiro fundo, tentando clarear os pensamentos. Mas tudo que consigo fazer é olhar para ela. As linhas marcantes e, ao mesmo tempo, tão delicadas. Ele capturou a essência de Odile, a *minha* essência, de forma tão perfeita que não consigo afastar o olhar. Esqueça Degas. Louis Dabrowski acabou de se tornar meu artista favorito.

Quando consigo afastar o olhar da versão gigantesca do Cisne Negro, noto mais pinturas na parede adjacente, alguns grafites menores e mais coloridos.

— Se eu ia começar a pintar de novo — explica Louis, seguindo meu olhar. — Eu queria que fosse uma coisa diferente. E descobri este lugar, onde os artistas de rua vêm praticar, e me diverti experimentando. Não é o lugar mais charmoso, mas...

— Acho que é — digo abraçando-o pelo pescoço. — Esse é o presente mais lindo que já recebi na vida.

Louis fica radiante e me puxa para ele.

— Comecei a vir aqui quase todos os dias e só terminei ontem à noite. Eu tinha que mostrar para você agora.

— Que bom que mostrou — digo antes de beijá-lo.

Louis suspira e se afasta. Ele tem mais coisas a dizer.

— Antes de conhecer você, eu não fazia ideia do que eu queria fazer com a minha vida, mas agora acho... bem... tem uma faculdade de arte que talvez me interesse em... Nova York.

Prendo a respiração. Não quero parecer animada demais, mas... e daí? Pego o rosto dele com as duas mãos e o beijo.

— Sério?

Ele concorda com a cabeça.

— Já conversei com a minha mãe. O processo de inscrição é intenso, mas posso usar essa pintura no meu portfólio, e então...

Ele não termina a frase em voz alta, mas preencho as lacunas na cabeça. Então, poderíamos ficar juntos de verdade.

— Eu não sei como você se sente — diz Louis, olhando nos meus olhos. — Mas isso não é uma paixão de verão. Pelo menos não para mim.

Ele prende a respiração e espera pela minha reação. Há uma mistura de nervosismo e expectativa no rosto dele, uma vulnerabilidade que eu não tinha visto antes. Este não é o Louis que faz piadinhas e comentários petulantes. Esta é a versão direta.

Preciso de um tempo para responder. Porque não vim para Paris para ter uma paixão de verão. Mas também não esperava conhecer... o Louis. Mesmo assim, tem mil motivos para não dar certo. Respiro fundo. Minha boca fica seca. Quero falar direito, e não estou me referindo apenas às palavras ou ao meu sotaque.

Por fim, me sinto pronta para confessar o que senti desde o início.

— *Je t'aime, Louis.*

Ele sorri, com os olhos brilhando.

— Amo você, Mia.

Nosso beijo é a coisa mais gostosa que provei em toda Paris.

— Tenho uma coisa para você — digo enquanto voltamos para a Vespa de Louis. — Bem, para nós. — Enfio a mão na bolsa e tiro uma sacola de papel pardo e entrego para ele.

Ele desembrulha um cadeado com duas chavinhas e franze a testa.

— Quando eu era pequena, ouvi a história da ponte dos cadeados no Sena e achei a coisa mais romântica do mundo. Todos esses casais prendendo um símbolo do amor e jogando a chave no rio.

Louis sorri.

— *Era* uma coisa muito romântica. Até a ponte quase desmoronar por causa de todo o peso extra.

— Eu sei. Mas, para mim, é um sinal de que há muito amor em Paris. Eu quero que o nosso fique aqui... mesmo depois que eu for embora.

Louis olha para o cadeado. Então, ele enfia a mão na mochila e pega uma caneta preta e escreve em um dos lados:

MIA + LOUIS

Pego o cadeado e acrescento **MILO** do outro lado e desenho um coração em volta.

— Onde podemos prendê-lo? — pergunto, olhando em volta.

— Quero que o cadeado fique bem aqui — diz ele, apontando para a frente da Vespa. — Assim, ele sempre vai estar comigo enquanto cruzo a cidade.

— Gosto disso — digo enquanto Louis me entrega uma das chaves. Ele guarda a outra no bolso.

Então, me puxa para um abraço.

— Eu amo você. E eu queria dizer isso de novo sem ser uma resposta para a sua declaração.

Abro a boca, mas ele coloca o indicador sobre meus lábios.

— Preciso levar você de volta ao alojamento. Amanhã você tem um dia importante pela frente.

Concordo com a cabeça e monto na garupa da lambreta. Na verdade, meu sorriso está tão grande que minha bochecha roça extremidade do capacete. Fico agarradinha nele e rio sozinha. Sinto que meu coração pode explodir de alegria. Sei que já disse isso muitas vezes desde que cheguei a Paris, mas *este* é o melhor dia da minha vida.

Louis sai do parque abandonado e pega a rua principal que nos levará de volta à cidade. O trânsito está intenso, cada pista cheia de carros, com para-choques quase grudados um no outro. Seguro firme enquanto ele vai costurando e nos levando para a frente da fila diante do sinal vermelho. Do outro lado do cruzamento, uma placa retangular anuncia "PARIS" em letras pretas com contorno vermelho contra um fundo branco.

Estamos em casa, penso. Louis olha pelo espelho retrovisor e dá uma piscadinha. Aperto mais a cintura dele, meu coração disparado no peito.

O sinal fica verde e Louis arranca. Em alguns minutos vou estar no alojamento, jantando com minhas amigas antes das audições de amanhã. Só que... vejo uma coisa com o canto dos olhos. Um carro vindo da direita a toda velocidade na nossa direção. Ouço um estrondo alto e forte. E tudo fica preto.

Capítulo 32

Quando acordo, a primeira coisa que percebo é que meu corpo não parece mais pertencer a mim. Meus olhos estão secos como se estivessem cheios de areia, minha boca está pastosa, e meu lábios, grudados. Meus membros estão pesados, não se mexem. Nem me importo com onde estou. Já sei que minha vida acabou.

Volto a dormir, mas se passam dez minutos ou dez horas, não sei dizer. Acordo de novo e ouço um bipe contínuo e baixo; abro os olhos e vejo um homem de jaleco branco de pé ao meu lado.

— Mia, você está me ouvindo? — pergunta ele com forte sotaque francês. — Você sofreu um acidente. Chegou ao hospital na noite passada.

Olho para o meu pulso, mas mal consigo me mexer e não vejo nada. Alguém tirou todas as minhas joias, inclusive meu relógio.

— Que horas são? — pergunto.

Minha voz está tão rouca que não sei se ele consegue me ouvir.

— São seis horas da manhã. Você está dormindo desde que chegou. Você se lembra do que aconteceu?

Tento dar de ombros, mas dói. Não é que não me lembre. Só não quero lembrar.

— Sou o Dr. Richard. E você está em um dos melhores hospitais de Paris. Você vai ficar bem, Mia.

Afasto o olhar, enquanto sinto os olhos marejados. A única coisa que vai fazer tudo ficar bem é se eu conseguir sair daqui com minhas próprias pernas e me encontrar com o diretor do programa de formação de bailarinos do ABT hoje.

Tento me sentar, mas sinto uma dor horrível do lado esquerdo do corpo. Sinto mais lágrimas nos olhos.

— Você quebrou a clavícula, mas foi uma fratura sem complicações. Vamos mantê-la em observação por precaução, mas você teve muita sorte, Mia. Não vai precisar de cirurgia. Vai levar uns dois meses para calcificar e você vai precisar de fisioterapia, mas tenho certeza de que vai ter uma recuperação completa.

Fratura sem complicações. Você teve sorte.

Ele sorri de novo, convencido de que está me dando boas notícias. Ele também disse que o hospital ligou para os meus pais e assegurou a eles que eu estava bem.

Não estou bem.

Lágrimas escorrem pelo meu rosto, escorregando pelo pescoço e molhando a fronha do travesseiro. Mal consigo ouvir o médico dizer que estávamos quase do outro lado do cruzamento quando um carro vindo da direita avançou o sinal vermelho. Fui lançada alguns metros à frente e caí do lado esquerdo do meu corpo. Louis caiu por cima da lambreta e bateu de cara no chão. O capacete ficou arruinado, mas ele está bem. Sofreu uma concussão leve, um verdadeiro milagre, mas também está em observação.

A luz de néon no teto parece me cegar, assim como a verdade sobre o meu diagnóstico.

Como não consigo me obrigar a dizer nada, o médico me diz para descansar, que ele vai voltar para me ver dali a umas duas horas.

— Você vai ficar bem, Mia — diz ele, virando-se de novo para mim quando chega à porta.

Só que ele não me conhece, não sabe nada sobre mim. Eu não vou ficar bem. Quero gritar, mas até isso parece fora do meu alcance.

Fecho os olhos de novo. Não sei quanto tempo se passa antes de uma voz suave e familiar chegar a mim do outro lado do quarto.

Minha visão está embaçada, e meus olhos se ajustam aos poucos ao sol forte que entra pela janela. Tem uma mulher sentada em uma cadeira no canto, falando baixinho ao celular.

— Mãe? — chamo, achando que estou tendo uma alucinação.

Minha mãe se levanta da cadeira.

— Mia! — diz ela, vindo rápido para o meu lado.

Tento me sentar, mas não consigo.

— Eu ainda estou em Paris? — pergunto, olhando para o quarto.

Minha cabeça está pesada como se tivessem derramado concreto dentro dela. Estou confusa e não consigo me concentrar. Quero voltar a dormir e só acordar daqui a dez anos, quando tudo finalmente parar de doer tanto. Talvez.

Minha mãe confirma devagar com a cabeça. Vejo olheiras sob os olhos brilhantes.

— Entrei no primeiro voo que consegui. Disseram que você vai ficar bem, mas não suportei a ideia de você passar por tudo isso sozinha.

Sinto um aperto na garganta. Não sei o que dizer.

— Você precisa de alguma coisa? — pergunta minha mãe. A voz cheia de preocupação enquanto ela se senta com cuidado na lateral da cama e pega minha mão. — Água? Um suco? Eles deram um remédio para a dor e disseram que você pode sentir sede.

Olho para o meu braço, que está com um acesso intravenoso. Sinto mais lágrimas escorrerem pelo meu rosto.

— Fale comigo, Mia — pede minha mãe novamente.

— Que horas são? — pergunto, procurando meu celular com o olhar. Mas ele não está na mesinha de cabeceira.

Minha mãe tenta parecer o mais casual possível, mas vejo a preocupação no rosto dela.

— Acabou de passar das duas da tarde.

Meneio a cabeça e tento me sentar.

— Talvez se eu...

Minha mãe aperta minha mão.

— Sei o que está pensando, Mia. Mas não é possível. Sinto muito. De verdade — continua minha mãe. — A polícia já conversou com as testemunhas. Isso não teria acontecido se aquele carro não tivesse avançado o sinal vermelho.

Não. Nunca teria acontecido se eu não estivesse na garupa da Vespa de Louis na noite anterior à maior oportunidade da minha vida. Não teria acontecido se eu não o tivesse conhecido.

Alguém bate na porta e a abre. Louis entra. A camisa está rasgada no cotovelo, e ele está com marcas vermelhas no queixo e nas bochechas, mas está de pé, caminhando sozinho. Sem ferimentos.

— Mia! — diz, correndo para a minha cama.

Minha mãe se afasta e vai até a janela para nos dar um pouco de privacidade. Parece que já conhece Louis, ou pelo menos sabe quem ele é. Mas não quero ficar sozinha com ele. Não consigo nem olhar para ele agora.

Mesmo assim, ele fica ao lado da minha cama.

— Sinto muito, Mia. Eu não deveria ter insistido para sairmos ontem à noite.

— E eu não deveria ter aceitado.

— Meu pai — começa ele. — Ele ficou aqui a noite toda. Está arrasado com tudo que aconteceu. Ele queria ver você, mas teve que ir...

— Para as audições — termino, com a voz falhando.

Louis baixa o olhar, mas consigo ver as lágrimas escorrendo pelo rosto dele.

— Você conseguiu uma com o ABT. — Ele enxuga os olhos antes de acrescentar: — E uma com o Royal Ballet e outra com a *Opéra de Paris*. Sinto muito, Mia.

Achei que eu já estivesse morta por dentro, mas isso acaba comigo. Vejo minha mãe lançando um olhar para mim com expressão preocupada. Começo a chorar, em silêncio primeiro, mas depois meu corpo todo treme com os soluços. Sinto uma dor no peito que se espalha por todos os lados. Mas não me importo com a dor física, pois sei lidar com ela.

— Sinto muito — diz Louis.

Acho que ele está chorando também, mas não consigo enxergar direito por causa das minhas lágrimas. Elas não param de cair, levando embora cada uma das minhas esperanças e dos meus sonhos, encharcando a gola da camisola.

Minha mãe se vira para Louis.

— Talvez seja melhor você ir embora. — O tom é bondoso, mas firme.

Louis lança mais um olhar para mim, mas não consigo nem olhar para ele. Ele tenta segurar minha mão, mas eu a afasto.

Não existe mais nada dentro de mim.

Apoio a cabeça no travesseiro molhado de lágrimas e viro para o outro lado. Não sei quanto tempo leva, mas ele finalmente caminha até a porta e vai embora.

E é quando me dou conta de que nunca mais vou ver Louis Dabrowski de novo.

Capítulo 33

Ainda estou no hospital quando acordo de novo. Minha clavícula ainda está quebrada; minha vida ainda está acabada. Fico deitada ali por um tempo, sem me mexer, tentando não sentir nada, até que uma enfermeira aparece com uma bandeja de café da manhã.

— *Bonjour, vous allez bien?* — pergunta ela, colocando a refeição na mesa ao lado da cama. *Olá, tudo bem?*

Ela usa uma linguagem bem formal, algo comum para alguém que está falando com uma desconhecida, mas me dou conta de novo de que estou presa em um quarto de hospital, bem longe de casa.

Ela olha para meu prontuário e de novo para mim.

— O médico — começa ela, em busca de palavras em inglês. — Ele disse que você pode ir.

Concordo com a cabeça e ela faz menção de sair, mas eu a chamo.

— Minha... *maman?* — pergunto.

Ela sorri e se aproxima.

— Ela já vai voltar.

Tento comer um pouco depois que a enfermeira sai, mas o sal das minhas lágrimas é a coisa mais saborosa à disposição. Olho para o meu celular para ver as horas. O refeitório do alojamento deve estar fervilhando durante o último café da manhã. Tento me imaginar lá, contando piadas e brincando, mas não consigo. Meu coração está vaio.

Até ouvir uma batida na minha porta, e três lindos rostos aparecerem na porta. Chocada, tento me sentar, mas sinto dor quando me mexo. Lucy, Anouk e Audrey entram e se aproximam da cama, o cheiro familiar e os sorrisos calorosos enchem o quarto.

— Não trouxemos flores — disse Lucy, remexendo a bolsa enorme.

Uma lembrança daquela noite surge na minha mente: Louis me oferecendo um buquê lindo de rosas vermelhas. Achei que elas eram as mais lindas que eu já tinha visto.

— Não preciso de flores — digo com voz sem vida.

— Pensamos em algo muito melhor — acrescenta Anouk.

Lucy pega um saco gorduroso de papel e me entrega. Nem preciso abrir para saber o que tem lá dentro. Sou capaz de reconhecer o cheiro amanteigado a um quilômetro de distância. Apesar do aroma maravilhoso, estou completamente sem fome.

— Como você está se sentindo? — pergunta Anouk quando tiro um pedaço do croissant e coloco na boca. Pelo menos é algo para eu fazer.

Audrey faz uma careta atrás dela. Ela sabe melhor do que qualquer pessoa como estou me sentindo. Lágrimas começam a escorrer pelo meu rosto, anunciando a única coisa que tenho para dizer.

— Não, não, não! — diz Lucy, sentando-se na beirada da cama e pegando minha mão. — Sabe? Eu tenho uma prima que quebrou a clavícula alguns anos atrás e hoje ela corre maratonas.

— Isso — acrescenta Anouk. — E com uma boa fisioterapia...

— Eu vou conseguir voltar no tempo para fazer minha audição para o ABT? — pergunto.

— Desculpe, Mia — diz Anouk, parecendo constrangida. — Eu não quis... Eu sei que isso é uma merda.

— Exatamente — digo, soltando uma risada amarga apesar das lágrimas.

— Mas você *vai* dançar de novo — diz Lucy, fazendo carinho na minha mão.

Sei que ela está sendo sincera, mas ainda não estou forte o suficiente para encarar isso. Então, tento falar com leveza:

— Quando vocês vão voltar para casa?

— Agora — diz Anouk, olhando para o relógio. — Mas a gente quis vir te ver.

— Obrigada — digo. — Significa muito para mim.

— Desculpe não poder ficar mais — diz Lucy com um sorriso culpado. — Vou sentir saudade de você quase como vou sentir de Paris.

Lucy dá um risinho da própria piada, mas tudo que consigo dar é um sorriso amarelo.

Paris. Tudo que quero é esquecer que já coloquei os pés nessa cidade e que estava a poucos passos de realizar o meu sonho. Até um carro esmagá-lo.

— Ei, meninas, vocês se importam de me deixar conversar com a Mia por um momento? — pergunta Audrey de repente.

Ela estava sentada aos pés da cama, esperando em silêncio.

Lucy e Anouk trocam um olhar e se levantam. As duas me abraçam e prometem manter o contato. Sinto os olhos marejados de novo ao perceber que é assim que meu verão dedicado ao balé vai acabar. Não apenas no hospital, mas longe das minhas amigas cedo demais.

Depois que elas saem, Audrey se aproxima.

— Dói? — pergunta ela, parecendo constrangida.

— Minha clavícula? Dói um pouco. Mas o resto... — Eu paro de falar.

Não preciso dizer. Ela sabe que prefiro mil vezes a dor física à dor da derrota de ter perdido a minha chance de entrar para programa do ABT.

— Sinto muito, Mia. Fiquei chocada quando soube. Eu nunca desejaria...

— Eu sei.

Audrey morde o lábio inferior e olha para mim com um suspiro pesado.

— Olha, eu queria que você soubesse por mim...

Ela faz uma pausa, e eu fico ofegante e digo:

— O ABT ofereceu para você uma vaga no programa de formação de bailarinos, e aposto que o Bolshoi também.

Audrey conseguiu todas as audições. E é claro que arrasou em todas elas.

Ela faz uma careta.

— Aceitei o ABT.

Concordo com a cabeça, tentando respirar fundo. Preciso ser forte.

— Eu gostaria que você pudesse vir comigo. Seria maravilhoso fazermos isso juntas.

É difícil de acreditar, mas ela parece sincera. Este verão com certeza mudou nós duas.

— Você merece isso, Audrey. Estou feliz por você. — E, por mais estranho que pareça, é verdade.

O queixo dela treme e, por um instante, acho que ela vai chorar. Em vez disso, ela faz algo ainda mais surpreendente.

— Estou com medo — diz. — Minha mãe está louca da vida por eu não ter escolhido o Bolshoi, mas não é só isso. Estou morrendo de medo de estragar tudo. E se eu for para o ABT e não chegar aos pés dos outros bailarinos?

Solto uma risada.

— O quê? — pergunta, franzindo a testa.

— Audrey Chapman tem sentimentos e está admitindo isso em voz alta. Meu trabalho aqui está feito.

Minha mãe volta uma hora depois que Audrey partiu. Há um sorriso no rosto dela e um passo alegre no seu caminhar. Talvez seja porque estou tomando remédios, mas não consigo entender.

Ela se senta na beirada da cama e me oferece um copo d'água.

— Pronta para ir?

Concordo devagar com a cabeça. Há semanas eu vinha temendo esse momento, voltar para casa, para minha vida normal, mas agora tudo assumiu um novo significado. Enquanto ainda estou aqui, posso me prender ao fingimento. Sei que é bobagem, mas, no fundo, ainda tenho esperança de que vou acordar deste pesadelo e conseguir minha audição.

— Que horas é o nosso voo? — pergunto para minha mãe quando ela se levanta.

Ela tira uma roupa da minha bolsa de lona. Deve ter ido ao alojamento pegar minhas coisas.

— Cinco e meia. — Ela começa a guardar as poucas coisas que tenho aqui: minha bolsa, meu celular, a roupa que eu estava usando no dia do acidente. — Daqui a dois dias.

— Oi?

Um sorriso ilumina o rosto dela.

— Sinto muito que não tenha conseguido fazer suas audições, Mia. Sei o quanto isso significava para você.

Achei que eu já tivesse chorado tudo que tinha para chorar, mas descubro mais lágrimas escorrendo pelo meu rosto. Fico imaginando quando vou deixar de me sentir quebrada.

Minha mãe me entrega um lenço de papel.

— Eu gostaria de poder fazer alguma coisa para mudar isso, mas conversei com seu pai e nós dois concordamos que o seu verão em Paris não pode terminar assim. Então, tenho uma surpresa para você. Sua aventura aqui ainda não acabou.

Vejo alegria e animação nos olhos dela e, por mais machucada e confusa que eu esteja, não consigo evitar sentir uma centelha de esperança. Aonde vamos agora?

Capítulo 34

OH. MON. DIEU.

Quando nosso táxi começa a diminuir a velocidade na Rue de Rivoli, passando pelo Louvre e as Tuileries, meu coração quase para.

Olho para minha mãe.

— O que você fez?

Ela só ri como resposta, muito feliz consigo mesma. Paramos na frente de um corredor de pedra que leva até a entrada do Le Meurice. Passei por ele antes, durante a minha caça pelo Degas com Louis, mas sei mais sobre o lugar porque as meninas falaram sobre isso outro dia no jantar. É um dos hotéis mais chiques de Paris, onde as celebridades se hospedam.

Mesmo muito ciente do cabelo sujo e da tipoia no peito, sinto-me um pouco mais leve quando o carregador abre a porta para mim. Ele também pega nossas malas e nos acompanha pelo hall grandioso. Candelabros de cristal pendem do teto, e espelhos antigos enfeitam as paredes ao lado de quadros que poderiam muito bem estar em museus. Fico sem ar.

— Você roubou um banco? — pergunto para minha mãe quando finalmente estamos a sós no quarto.

As poltronas são forradas de veludo cor-de-rosa e todos os móveis são folheados a ouro. Cortinas pesadas de tecido sedoso enfeitam as janelas imensas, que deixam passar uma luz suave. Eu me sinto uma princesa.

Minha mãe ri.

— Não. Só usei todos os pontos do meu cartão de crédito e paguei a diferença. Mas a minha reserva não era para uma suíte. Acho que o recepcionista ficou com pena de você e nos deu um *upgrade*.

Vou até a janela e percebo que tem uma varanda. Quando a abro e vou até o lado de fora, quase perco o ar.

— Mãe! Você não vai acreditar nisso.

Minha mãe vem correndo e também arfa. Paris inteira se derrama diante de nós, com seus prédios cor de creme, vasos de planta pendurados nos peitoris e os telhados de ardósia. Conseguimos ver todo o esplendor das Tuileries até o Louvre e o famoso relógio do *Musée d'Orsay*. Só isso já seria suficiente para colocar um sorriso no meu rosto, mas é a Torre Eiffel, com toda sua glória à nossa direita, que me faz esquecer os meus problemas.

— Obrigada, mãe — digo.

Ela sorri e faz carinho no meu cabelo. Os olhos dela brilham e ela dá um beijo na minha testa.

— Eu só estou feliz por você estar bem — sussurra.

Ficamos assim, de mãos dadas, por um longo tempo, enquanto a brisa suave sopra no nosso rosto e a Torre Eiffel brilha ao sol.

Ainda estou um pouco cansada, então minha mãe sugere que a gente ostente e almoce em um dos renomados restaurantes do hotel.

— Tem certeza de que não roubou um banco? — pergunto.

Minha mãe ri de novo.

— Não venho a Paris desde antes de você nascer, e só vamos ficar por dois dias. Acho que podemos curtir.

A toalha branca, os talheres bonitos e a louça fina normalmente me intimidariam, mas hoje não estou me preocupando com as coisas pequenas. Em vez disso, tento me concentrar nos sabores, a baguete mais fresquinha que já comi, os grãozinhos de sal na manteiga que derrete na boca.

— Por que você sempre fala comigo sobre um plano B, mãe? — pergunto assim que um garçom bem formal anota nosso pedido.

Minha mãe faz uma careta, mas não tenta mudar de assunto.

— Eu só queria proteger você.

— Mas por quê? Você sempre soube que eu queria ser bailarina. Era o meu único plano. E agora eu preciso de um plano B. — Tento controlar as lágrimas. — Como você sabia?

Minha mãe respira fundo e olha para o salão. A maior parte das mesas está ocupada, mas não há muito barulho. As pessoas falam em voz baixa e comem com gestos comedidos e sofisticados. Ao nosso lado, um homem almoçando sozinho pega o guardanapo branco de tecido e limpa cuidadosamente o canto da boca. Em seguida, pega a taça de vinho pela haste com apenas dois dedos.

— Também já fui bailarina — diz minha mãe quando o silêncio dura tempo demais. — Vi de camarote como é um ambiente competitivo e cruel.

Eu já sabia daquilo, mas fico em silêncio. Quero ouvir o resto da história.

— Acho que eu nunca te contei isso, mas eu também queria ser bailarina profissional. Você e eu somos mais parecidas do que você imagina.

O primeiro prato chega. Meu gaspacho está tão lindo, com um fio de azeite aplicado artisticamente na superfície, que até sinto pena de enfiar a colher.

Minha mãe dá um sorriso triste, enquanto começa a comer a *salade niçoise*.

— Eu era passional e ansiosa. — Ela afasta o olhar antes de acrescentar: — Quando fui fazer a minha audição para o ABT, eu tinha certeza de que entraria.

— Você fez uma audição para o ABT? — perguntei, arregalando os olhos.

Ela concorda com a cabeça.

— Muitas e muitas vezes.

— Oi? — pergunto, tentando manter a voz baixa.

Ela come outra garfada.

— Isto está incrível! Se eu ficar muito tempo em Paris, não vou mais caber nas minhas roupas.

Não vou deixá-la mudar de assunto.

— Mas o que aconteceu com o ABT?

Ela faz uma careta.

— O que acontece com a maioria dos bailarinos que fazem uma audição: não consegui. Nunca passei da segunda rodada. Fui para a Califórnia e fiz audição para o San Francisco Ballet e o Los Angeles Ballet. Nada. Eu era boa. Tinha talento e ambição. Mas não o suficiente.

Congelo. Não consigo continuar comendo como se essa não fosse a maior novidade do mundo para mim. Minha mãe nunca compartilhou isso comigo. Ninguém da família me contou.

— O que você fez? — pergunto, prendendo a respiração.

Minha mãe dá de ombros.

— Continuei minhas aulas. Fiz audições para companhias menores. E, então, um dia percebi que aquilo não daria certo. Eu poderia ter continuado, mas quanto mais eu pensava no assunto, mais eu sentia que o balé não era para mim. Passei anos da minha vida fazendo aulas e participando de competições, e eu não tinha nada para mostrar. Eu estava cansada das decepções e das rejeições. Então, fui fazer faculdade na Filadélfia. No início, achei que eu me sentiria completamente perdida e que me arrependeria de ter aberto mão do meu sonho. Mas não foi o que aconteceu. Eu me diverti. Fiz amigos, encontrei novas coisas para me dedicar. Conheci seu pai. Tenho uma ótima carreira, amo meu trabalho e posso trazer minha filha para um almoço chique em Paris. Não me arrependo de nada.

Solto o ar devagar, tentando processar esta história. Eu não conhecia minha mãe de verdade até agora, e acho que é um pouco de culpa minha. Durante todos esses anos, nós brigamos por causa da minha paixão pelo balé, nunca pensei em perguntar como ela *realmente* se sentia em relação ao assunto.

— Desistir não é a escolha certa para mim — digo, com a voz firme, mas as mãos trêmulas.

Minha mãe sorri.

— Levei muito tempo para enxergar, mas sei disso agora. Sinto muito se não apoiei mais o seu sonho. Eu só queria mostrar que você poderia ser feliz sem o balé. Mas vovó Joan me contou que você encontrou nossa antepassada, a *danseuse étoile*. Sei o que isso significa para você.

Ela estende a mão e pega a minha. Sinto-me exausta, acabada. Acho que não aceitei totalmente o que aconteceu comigo, e o que a vida será para mim nos próximos meses.

— Quero ser uma bailarina profissional. Esse sempre foi meu maior sonho — digo para convencer mais a mim mesma. — Mas e se não der certo?

Minha mãe faz um gesto suave com a cabeça.

— Se não der, você vai ficar bem.

— Vou mesmo?

Respiro fundo e mordo a língua. Que tipo de horror seria se eu começasse a chorar em um restaurante chique?

— Mia — diz minha mãe em tom determinado. — Olhe para mim. Logo isso será apenas um pequeno percalço no caminho. Pode acreditar.

— Perdi minha chance com o ABT. Duas vezes.

— Eu achava que eu queria isso mais do que qualquer coisa no mundo. Então, minha vida seguiu por outro caminho e foi perfeita. A questão aqui não é perder chances. É aproveitar a jornada. Você deve correr atrás dos seus sonhos por quanto tempo quiser, mas também deve se permitir trocar de sonhos ao longo do caminho.

Faço que sim com a cabeça e volto a comer silenciosamente. Quero acreditar que ela está certa, mas não consigo esquecer tudo e todos que perdi nos últimos dois dias. Ainda assim, sei bem dentro de mim que vou voltar a dançar.

Assim que voltamos para o nosso quarto, meu celular toca. Não vou mentir, meu coração se parte de novo quando percebo que é um número desconhecido. Louis não mandou mensagem nem ligou desde que saí do hospital. Mas também não fiz isso. Ainda estou sensível demais, e nós já dissemos tudo que tínhamos para dizer. Talvez a nossa história devesse terminar assim. Um rompimento sem complicações, exatamente como a fratura da minha clavícula.

— Alô?

— *Madem*... Mia — diz uma voz masculina, soando um pouco insegura. — Aqui é o *monsieur* Dabrowski.

Sento-me em umas das poltronas, meu coração disparado.

— Eu sinto muito... — digo. — Prometi que não decepcionaria o senhor, e...

— E cumpriu a promessa — diz ele com firmeza. — Você não tem como controlar tudo, Mia. Sim, eu gostaria que você e Louis não tivessem saído naquela noite depois do espetáculo. E com certeza gostaria que aquele carro não tivesse avançado o sinal vermelho. Mas coisas acontecem. Infelizmente ninguém vive em uma bolha.

— Então o senhor não está com raiva de mim? — pergunto, tentando esconder a surpresa.

— Sei que você está com raiva de você mesma, e isso basta. O que está feito está feito.

— Eu perdi a audição com o ABT. Acabei com as minhas chances — digo o óbvio.

Dói admitir isso em voz alta de novo, mas preciso aceitar essa nova realidade.

— É verdade — responde ele com seriedade. — O diretor do programa de formação ficou surpreso quando contei a ele. Ficou sem palavras.

— Sinto muito — desculpo-me novamente, só porque sinto a necessidade de preencher o vazio.

Fui eu que ferrei com o meu futuro, mas está claro que decepcionei muita gente à minha volta. As pessoas mais importantes.

Monsieur Dabrowski respira fundo.

— Conversei um pouco mais com ele. Em geral, não costumo interferir nessas coisas, porque não está nas minhas mãos como as companhias de balé recrutam seus bailarinos. Mesmo assim, perguntei se ele te daria mais uma chance.

— Ah — digo, perguntando-me se estou entendendo direito. Não consigo imaginar *monsieur* Dabrowski intercedendo por mim, mas parece que foi exatamente o que ele fez.

— Ele disse que não — acrescenta *monsieur* Dabrowski com um sussurro. — Mesmo impressionado com sua apresentação, ele convidou outros alunos para a audição e sentiu que eles deveriam ter prioridade, considerando sua condição. São tantos os bailarinos que querem ser aceitos no ABT...

Ele para de falar e tenho certeza de que ele pensa, assim como eu, em Audrey. Ela já deve estar em casa se preparando para a nova vida em Nova York. Tento espantar a pontada de inveja antes que fique pesada demais para eu suportar.

— Obrigada por tentar — agradeço, sentindo as palavras presas na garganta.

Não é surpresa nenhuma, é claro. Por que o ABT me daria outra chance quando eu sequer apareci na audição?

— Mas estou ligando por outro motivo — continua *monsieur* Dabrowski. — A diretora do programa de formação de bailarinos do *l'Institut de l'Opéra de Paris* me ligou ontem. Ela também ficou sabendo o que aconteceu, é claro, mas ficou pensando sobre o assunto. Ela viu o tamanho do seu talento. Ela vai a Nova York algumas vezes por ano, e disse que gostaria de ver você da próxima vez que for, se você já estiver recuperada. Não fez promessas, mas... às vezes os alunos conseguem uma vaga com adiamento do início. Exceções podem ser abertas. Sei que não é o ABT, mas a *Opéra de*

Paris tem uma ótima reputação também — acrescenta ele, com uma risadinha.

Solto um grito e minha mãe me olha com preocupação. Dou um sorriso para que ela saiba que estou bem. Melhor que bem. Não sei quanto tempo vou demorar para ficar boa, não sei o que vai acontecer na minha vida em um ano. Mas aquela porta aberta, aquela chance de me encontrar com a diretora do *l'Institut de l'Opéra de Paris* de novo, é o único sinal de que preciso.

Capítulo 35

Tem tanta coisa para fazer e ver no bairro que mamãe e eu nem pegamos o metrô nos dois dias seguintes. Chama-se *le premier arrondissement*, ou seja, o primeiro bairro. E por um bom motivo: tem tudo ali.

Passeamos pelo *Jardin du Palais-Royal* e paramos para tirar fotos em uma instalação de arte moderna no pátio do palácio. Colunas em preto e branco de todos tamanho que se contrastam com a arquitetura clássica em volta. Elas são divertidas e inesperadas, outro sinal de que Paris é tão elegante, mas com uma pitada de ousadia. Mais tarde, na Ladurée, provamos quase todos os sabores de macaron, simplesmente porque não tinha motivo para não fazer. O de rosa é o meu favorito, mas minha mãe preferiu a combinação de morango com marshmallow.

Mesmo que eu não consiga falar sobre balé, minha mãe insiste para visitar a butique Repetto na Rue de la Paix. Ela acha que preciso me dar um presente, que devo comprar alguma coisa de Paris para quando eu finalmente estiver pronta para dançar de novo. Não conto a ela o motivo de ser tão difícil voltar aqui, que foi a minha primeira e mais assustadora e emocionante e maravilhosa aventura com Louis. Mas parece importante para ela que eu deixe Paris sentindo-me bem e feliz, ou pelo menos melhor, e não tão triste. Minha mãe insiste em comprar um novo collant branco. Não discuto e espero que ela se vire de costas para parar de sorrir.

Na maior parte do tempo, a gente só fica passeando pelas ruas sem um plano, entrando em ruas bonitas, parando para beber alguma coisa em um dos cafés charmosos, ouvindo artistas de ruas cantando músicas francesas que não conhecemos e entrando em igrejinhas para admirar os vitrais de perto. Sinto uma leveza no ar, cheia de doçura e esperança. O verão está a pleno vapor. Também conversamos por vídeo com meu pai e Thomas, que parece estar com ciúmes da minha aventura com mamãe. Thomas nos faz prometer que temos que levar macarons para ele, mas meu pai está quieto. Vejo a preocupação nos olhos dele e me esforço para parecer animada, mas sei que ele está preocupado comigo.

Para ser sincera, também estou. Quando *monsieur* Dabrowski e eu encerramos a ligação, eu nem sabia o que pensar. O ABT não me queria. E com razão. Eles ofereceram uma audição e não apareci. Não importa o quanto o diretor pode ter gostado da minha apresentação. Tenho certeza de que, a essa altura, ele já até se esqueceu da minha existência. Como minha mãe bem disse: existem muitos bailarinos que querem ser profissionais. Todos talentosos, determinados e dispostos a tudo. E a maioria deles não foi atropelado por um carro antes da grande chance.

E apesar de estar grata à diretora do programa de ensino do *l'Institut de l'Opéra de Paris* ter dito que está disposta a me ver de novo, não sei bem como interpretar isso. Será que ela está fazendo um favor para *monsieur* Dabrowski? Ele jurou que não tinha nada a ver com aquilo, que ela o tinha procurando, mas quanto mais penso sobre o assunto, mais eu me pergunto se ela vai se lembrar de mim daqui a alguns meses quando for a Nova York.

Deixando tudo isso de lado, porém, será que quero mesmo voltar para Paris no ano que vem? Se você me perguntasse isso no decorrer do verão, durante os melhores momentos que passei com Louis, eu provavelmente diria que sim. Mas aquilo foi quando minha vida de repente se transformou em um conto de fadas. Eu queria acreditar que poderia ter tudo que eu quisesse. Que nunca precisaria abrir mão de nada. Que poderia ficar acordada até tarde e acordar cedo. Ficar com minhas amigas e sair de fininho para me encontrar com Louis em todas as chances que tínhamos. Descobrir a lenda da minha família e dar toda a atenção a Odile.

Mas agora não tenho mais tanta certeza sobre ter tudo. Sempre pareceu bom demais para ser verdade. Sim, eu vou ficar boa. Um dia. Vou ter que me esforçar muito para me recuperar totalmente e ainda mais para compensar o tempo perdido. Vou ter que viver um dia de cada vez.

Nossa última tarde chega em um piscar de olhos. Sinto as mãos trêmulas enquanto guardo minha coisas. O rolo com o meu pôster de Degas está no canto do quarto, esperando para voltar para casa comigo e retomar seu lugar de direito acima da minha cama de infância.

— Isso é tudo — diz minha mãe quando nossas malas estão perto da porta e prontas para ir.

Concordo com a cabeça com ar triste. Este foi um lindo interlúdio, considerando as circunstâncias, mas assim que eu sair deste lindo quarto, vou voltar para a vida real com uma clavícula quebrada e sonhos esmigalhados.

Minha mãe suspira como se conseguisse ler a minha mente.

— Por que não fica mais um pouco enquanto desço para fazer o *check-out*? — sugere. — Não precisa ter pressa. Ainda temos quase uma hora. Vou esperar lá embaixo. Preciso mesmo ver meus e-mails. Aposto que meu chefe já mandou duas ou três emergências na última hora.

Quando ela sai, vou até a janela uma última vez e saio para a varanda. Sinto um aperto no coração ao ver a Torre Eiffel pela última vez. Será possível sentir saudade de uma estrutura de metal? Ontem comprei um chaveirinho da torre de um vendedor de rua da Champs-Élysées, mas nada é capaz de substituir a verdadeira. Tiro uma foto e publico no meu Instagram. Passando pelo meu feed, percebo que só compartilhei umas cinco fotos do meu verão em Paris. Estive muito ocupada aproveitando a vida para sentir a necessidade de compartilhar a experiência com o mundo.

Escrevo na legenda:

Au revoir, Paris. Je t'aime.

Fico mais um tempo na varanda, sentindo uma onda de paz. Tive sorte de viver um verão na cidade mais bonita do mundo. Apesar de desejar poder mudar o fim, quantas pessoas de dezessete anos podem dizer o mesmo? Quantos bailarinos aspirantes fizeram o que eu fiz?

Quando eu voltar para Westchester, e as coisas estiverem um pouco mais claras na minha cabeça, vou escrever para Louis. Talvez ele não queira ter notícias minhas. Talvez o acidente tenha sido apenas a forma de o universo encerrar este capítulo. Talvez ele já tenha percebido que a nossa história deveria terminar no fim do verão. Eu só gostaria que não tivesse terminado comigo chorando em um leito de hospital, enquanto ele ia embora, magoado e confuso.

Uma batida fraca na porta me causa um sobressalto. Mamãe já deve ter entregado a chave. Vou abrir a porta e fico boquiaberta.

— O que... — digo.

O cabelo de Louis está bagunçado, como se ele tivesse acabado de tirar o capacete e esquecido de arrumar de novo, como costuma fazer. Vejo os machucados e olheiras no rosto dele. Mas ele está aqui.

— Achei que você já tivesse ido embora — diz, olhando para mim como se eu talvez não fosse real. — Achei que tivesse ido embora de Paris logo depois do acidente. E, então, eu vi o Instagram e... vim o mais rápido que consegui.

E é quando percebo. Não contei para ninguém que eu ia ficar mais um tempo. Ninguém sabia que eu ainda estava em Paris. Eu não *deveria* estar. Minha mãe só revelou a surpresa depois que meus amigos foram embora e depois que vi Louis pela última vez. Ou a vez que eu achei que seria a última. Quando *monsieur* Dabrowski ligou, ele deve ter achado que eu já estava em casa.

— Eu... eu... — começo. É difícil formar uma sentença.

— Eu achei que estava... acabado. Quando você foi embora... eu achei... que era o fim. Que aquele sempre deveria ser o fim.

Pela expressão de sofrimento no rosto dele, percebo que eu estava errada.

— Eu fiquei péssimo depois do acidente — diz ele. — Achei que você nunca mais ia falar comigo.

— O quê? Não é verdade. Não foi culpa sua — digo. — Eu deveria ter contado que ainda estava aqui.

— Eu não ligo — diz Louis, pegando o meu rosto com as duas mãos. — Você está aqui. Agora. Comigo. Eu amo você, Mia. Eu não podia deixá-la ir embora de Paris sem dizer isso de novo.

— Eu também amo você — digo, beijando-o apesar das lágrimas.

Sei que vou sofrer tudo de novo quando estiver no avião, mas tudo bem. O amor é como o balé nesse sentido: vale a pena, mesmo que às vezes provoque sofrimento. Do jeito certo.

Epílogo

Não estou correndo dessa vez, mas sou tomada por uma sensação de *dèjà vu* quando entro no terminal do aeroporto Charles de Gaulle. Está tão movimentado quanto da última vez que cheguei aqui, mas não estou saltando nem fazendo piruetas para chegar ao meu destino. Meu cabelo não está bagunçado e não sinto o suor escorrendo pelas costas.

Na verdade, paro no meio do caminho e entro no banheiro. Apoio as minhas coisas na parede e vou até a pia para me arrumar. Escovo os dentes, penteio o cabelo e tiro as migalhas da minha roupa antes de pegar uma roupa limpa. Lavo o rosto, aplico uma grossa camada de hidratante para suavizar a pele depois de um longo voo e me olho no espelho. Estou totalmente apresentável agora, com roupas limpas e com expressão quase descansada. Na verdade, estou até parecendo alguém que conheço.

De volta ao terminal, tiro uma selfie com a placa de táxi atrás de mim e clico em enviar como mensagem.

Adivinha onde estou 😉, escrevo. Continuo caminhando em direção à saída quando meu telefone toca.

— Não é o meio da noite em Nova York? — pergunto assim que atendo a chamada de vídeo.

Audrey dá de ombros. Atrás dela, vejo prédios iluminado e a sombra de algumas pessoas.

— Você está na rua? — pergunto, incrédula. Faço uma conta rápida, e deve ser uma hora da manhã lá.

— Estou! — confirma Audrey com um sorrisão e o rosto corado. — A gente está voltando de um festival de música no Brooklyn.

Ela move o telefone para me mostrar o grupo. Três garotas e um cara acenam para mim.

— Oiê! — dizem os três juntos.

— Gente, esta é minha amiga Mia — diz Audrey, virando o telefone de volta para o rosto dela. — Ela acabou de se mudar para *Parri*.

Todos riem e eu também, até me dar conta do que estou ouvindo. E sou impactada de novo: acabei de me mudar para Paris.

Acontece que o *l'Institut de l'Opéra de Paris* realmente me esperou. Meu último ano do Ensino Médio passou como um borrão. E apesar de ter sido uma recuperação difícil, em alguns meses eu já estava dançando de novo. Nem acreditei no início, mas meu corpo se lembrava de cada movimento. Eu me encontrei com a diretora do programa de formação de bailarinos em Nova York na primavera, e ela ficou nas nuvens quando soube que eu já tinha voltado a dançar havia um tempo. "Era para ser", disse ela quando me abraçou, despedindo-se. Acho que Élise Mercier teria concordado.

— E o seu sono da beleza? — pergunto para Audrey.

— Ah, tudo bem — diz ela, rindo. — Uma amiga minha me ensinou que aproveitar a vida pode me tornar uma bailarina ainda melhor.

— Muito sábia essa sua amiga.

Audrey assente.

— Já estou com saudade dela.

Quase me esqueço de que Audrey e eu não fizemos amizade logo de cara. Mas agora somos muito amigas. Eu pegava o trem para Nova York só para visitá-la e para vê-la dançar no ABT. No início, eu me preocupei que seria muito doloroso, mas fiz as pazes com a situação. Na verdade, Audrey me ajudou a ver, assim como minha mãe sugeriu, que o plano original nem sempre é o melhor. A mãe dela sempre quis que ela entrasse no Balé Bolshoi, mas Audrey seguiu seu coração. No fundo, sabia o que era melhor para ela, onde a vida dela deveria ser.

Desligo a ligação com Audrey assim que alcanço o terminal de chegada. Dou uma olhada na multidão, enquanto sinto meu coração disparar. Tem uma fila grande de pessoas segurando plaquinhas com o nome de passageiros. Nenhum deles está aqui para mim.

Quando trocamos mensagens na semana passada, ele disse que não sabia se ia dar para me buscar por causa do horário de aulas. Eu disse que tudo bem. Louis e eu nunca fizemos promessas um para o outro. Naquele dia no Le Meurice, nós nos despedimos com lágrimas nos olhos e valorizamos o tempo que passamos juntos pelo que tinha sido: um verão incrível que deixaria lembranças para a vida toda, não importando o que ia acontecer em seguida. Nós nos falávamos por mensagens e por vídeo, mas não era a mesma coisa, é claro. O tempo e a distância sempre têm um jeito de entrar no meio, mesmo das melhores histórias de amor. Mas meu sentimento nunca mudou.

Enquanto vou passando pela multidão, vejo um balão no fim da fila. Ele diz *Bienvenue à Paris!* Meus olhos seguem a fita e olho para o jovem que o segura. Camisa de linho.

Cabelo bagunçado. E aquele sorriso. O sorriso dele sempre me pega.

Dou uma risada enquanto me aproximo.

Louis dá de ombros.

— Achei que flores seriam *tão* ultrapassadas...

— Um novo começo — digo, aceitando o balão. — *J'aime ça.* — *Gosto disso.*

Ele assente, impressionado com meu sotaque. Comecei a estudar ainda mais o francês quando aceitei o convite do *l'Institut de l'Opéra de Paris.*

— Mia — diz Louis.

Respiro fundo.

— Louis.

— Bem-vinda ao lar.

E antes do meu sorriso aparecer, ele me beija.

Juro que eu poderia fazer 32 *fouettés* perfeitos bem ali. Ou virar um cisne e sair voando com ele. Quando Louis me abraça, estou convencida de que este é o mais feliz que eu vou me sentir na vida.

Até o nosso próximo beijo. No melhor estilo francês, é claro.

Agradecimentos

Muito obrigada a toda a equipe da Alloy Entertainment: Laura Barbiea, Sara Shandler, Josh Bank, Romy Golan e Hayley Wagreich. Foi (e ainda é!) um sonho trabalhar com esses feiticeiros. Muito obrigada por me levarem nessa agitada jornada (de Vespa).

Gratidão a Danielle Rollins, uma das escritoras mais dedicadas que já conheci e que ainda encontra tempo para ajudar outros autores.

Muito obrigada à minha agente, Leigh Feldman, por estar sempre a par de tudo e por me mostrar que tenho sempre alguém do meu lado (e um agradecimento para Ilana Masad por ter nos apresentado).

Merci a Wendy Loggia, essa editora extraordinária, e a Alison Romig, não apenas por ter amado o livro e desejar publicá-lo, mas também por me mandar a mais linda carta de oferta com seis páginas maravilhosas. O melhor e-mail que já recebi na vida.

Também sou grata a toda a equipe da Delacorte Press; que sorte tenho de estar em tão boas mãos. Muito obrigada pelas boas-vindas calorosas e entusiasmadas que deram a este livro. Estou muito animada por vocês estarem animados.

Basta apenas uma pessoa para começar a escrever um livro, mas todo autor precisa de uma aldeia para terminá-lo. Muito obrigada a todos os meus amigos, principalmente Allison Amend, Elizabeth Conway, Marie Douat, Émilie Fromentin, Clara Kasser e Laura Stampler, pelas pequenas e grandes ajudas, e por sempre me ouvirem e por todos os discursos de apoio. Eu adorei cada um deles. Agradeço também a Rafael Molina e Elsa Lagache por responder às inúmeras perguntas sobre balé.

Muitos *bises* para minha família, Françoise Jouhanneau, François-Xavier Jouhanneau, Typhaine Cartry, Louis Jouhanneau, Patrick Jouhanneau e Marie Collin, que comemoraram nas coxias e que estão esperando ansiosamente a edição em francês.

Também agradeço a Aggie Pancakes, meu eterno melhor amigo felino: não importa que os prazos estejam apertados, nem que seja muito tarde na noite, escrever é muito melhor quando você está encolhidinho ao meu lado.

É claro que deixei o melhor por último. Para o meu amor, Scott Thistlethwaite, obrigada por tudo. Pela vida maravilhosa que construímos juntos, pelas incríveis aventuras que vivemos, pelo seu apoio incondicional e por sempre acreditar em mim. Sua força calma, sua bondade, ternura, incontáveis piadas e mentalidade de que o copo está sempre cheio torna minha vida muito melhor. Eu não teria chegado aonde cheguei sem você ao meu lado.

Este livro, composto na fonte Fairfield,
foi impresso em papel Ivory Slim 65g/m² na gráfica Corprint.
São Paulo, Brasil, abril de 2025.